(quase) borboleta

HELDER CALDEIRA

(quase) borboleta

1ª edição

Copyright © 2020 by Helder Caldeira

Grafia conforme o Acordo Ortográfico da Língua Portuguesa

CAPA
Rosana Martinelli

FOTO DE CAPA
Busto de Antínoo, Museu Arqueológico Nacional, Atenas © Giuseppe Pinto

PREPARAÇÃO
Renato Potenza Rodrigues

REVISÃO
Vivian Miwa Matsushita
Larissa Lino Barbosa

Dados Internacionais de Catalogação na Publicação (CIP) de acordo com ISBD

C146q   Caldeira, Helder
         (quase) borboleta / Helder Caldeira. — 1ª ed. — São Paulo: Quatro Cantos, 2020.

         ISBN 978-65-88672-00-6

         1. Literatura brasileira. 2. Ficção 3. Romance I. Título.

                                                         CDD 869.8992
2020-2160   CDU-821.134.3(81)

Índices para catálogo sistemático:
1. Ficção : Literatura brasileira   869.8992
2. Literatura brasileira   821.134.3(81)
Elaborado por Vagner Rodolfo da Silva — CRB-8/9410

Todos os direitos desta edição reservados em nome de:
RODRIGUES & RODRIGUES EDITORA LTDA. – EPP
Rua Irmã Pia, 422 — Cj. 102
05335-050
São Paulo — SP
Tel (11) 2679-3157
www.editoraquatrocantos.com.br
facebook.com/editoraquatrocantos
instagram.com/editoraquatrocantos
twitter.com/editora4cantos

À memória do meu pai.

Uma borboleta amarela?
Ou uma folha seca
Que se desprendeu e não quis pousar?
MÁRIO QUINTANA, "Haikai de outono"

sumário

PRÓLOGO — Violeta *13*

Périplo fabuloso *19*
Outono *37*
Casulo *51*
Sereias silenciosas *61*
Metamorfose *91*
Fendas *113*
Se essas asas pudessem voar *129*
Colorblind *157*
Epifania *181*
#Semfiltro *215*
Dogma *261*
Rag Doll *283*
River deep, mountain high *303*

EPÍLOGO — Ultravioleta *313*

AGRADECIMENTOS *315*

PRÓLOGO

violeta

A cafeteira italiana assobiava sobre o cooktop e o vapor em excesso anunciava a proximidade do outono e o início das noites frias em West Vancouver. Mas foi o perfume de café que, finalmente, despertou a atenção de Jared, que havia tempo estava perdido, contemplando a fotografia na tela do notebook. Atravessou o loft a passos largos. No armário, sob a bancada da pia, pegou a caneca preta de cerâmica esmaltada e fundo vermelho, salpicou duas pitadas generosas de canela e completou com aquele café forte e superquente. Passou a borda perto do nariz e absorveu lentamente o perfume da bebida. Era o olfato, e não o sabor, que lhe emprestava a medida ideal. Com algum esforço, fez correr uma das portas frontais, cuja aparência delicada da armação em aço e dos grandes vidros retangulares, escondia algum peso sustentado por silenciosas roldanas. Caminhou até o centro do primeiro terraço e conferiu os traços mesclados em magenta e azul das nuvens de baixa altitude a tingir a claridade já frouxa daquele crepúsculo. O relógio de pulso registrava exatamente 19h51 de domingo, 2 de setembro de 2018.

Daquele ponto privilegiado, no sopé da montanha Hollyburn, a primeira de uma cordilheira que se estende por toda a fronteira oeste do Canadá até o golfo do Alasca, e às margens do oceano Pacífico, era possível avistar toda a exuberância de Vancouver, tendo em primeiro plano os arcos iluminados da Lions Gate, ponte pênsil que cruza o Burrard Inlet e parece espetada no Stanley Park, península verdejante que divide as águas da zona portuária e da English Bay.

Um fiapo de lua minguante insistia em aparecer e desaparecer atrás das nuvens, permitindo aos olhos a percepção da velocidade dos ventos. Lentamente, um enorme navio-cruzeiro se preparava para ancorar no futurístico Canada Place que, com os grandes vincos brancos do teto, em arquitetura que faz lembrar velas de antigas naus, também parecia movimentar-se em direção ao visitante.

Jared caminhou até a chaise-longue vermelho-coral e instalou-se confortavelmente. Faltando vinte dias para o vernissage de sua maior e mais ousada exposição, só agora descobrira aquela que deveria ser a principal obra: o jovem solitário e triste sentado num banco de madeira no Stanley Park. Já tinha fotografado mais de três centenas de anônimos, mas aquele, de alguma forma, saltava ao cenário. Os olhos bem cortados, em tão profundo tom que faziam-no lembrar o mar Mediterrâneo — os raríssimos olhos violeta de Elizabeth Taylor, a última grande estrela que passou sobre a face da Terra —, reviravam algum lugar inabitado de seus próprios sentimentos. Eriçavam, sobremaneira, os fios ralos da barba por fazer. Coçou-a. Escorregou a mão até a nuca, dobrando levemente o pescoço e alcançando os fios disformes daquele cabelo liso, superfino, amendoado, saltando ao gorro de lã. Fechou os olhos e correu o dedo indicador pelas sobrancelhas, percebendo a rebeldia de fios maiores que precisavam ser pinçados. Qual impressão aquele garoto teve de um homem cuja aparência não negava seus trinta anos de idade, reforçada pelo aspecto relaxado? Será que o encontraria novamente no Stanley Park? E, se isso viesse a acontecer, não seria mais adequado estar preparado? Não seria melhor dar um trato naquele visual?

Abriu lentamente os olhos, que guardavam um pálido tom verde-aspargo, fitou a noite quase posta no céu de Vancouver, levou a caneca à boca e sorveu uma porção considerável de café, já nem tão quente. Sentiu o sangue circular em maior velocidade pelo corpo. Pretendia levantar-se da chaise-longue quando foi, literalmente, atropelado por Tungow, que irrompeu pelo terraço e jogou-se sobre o dono.

Havia pouco mais de cinco anos que aquele husky canadense branco era o fiel companheiro de Jared. Estavam sempre juntos e, quando Tungow percebia guardar alguma distância por demasiado tempo, corria cegamente em direção ao dono, na maioria das vezes rendendo trombadas monumentais, já que aquele cão de grande porte, com mais de trinta e cinco quilos, pouca consciência tinha do próprio corpo. No fundo, Jared adorava essa aproximação vigorosa e descontrolada de Tungow. Não raro, dava boas gargalhadas e acabava fartamente lambido pelo fiel companheiro. Tinha a convicção de que aquela relação o salvara do lado sombrio da fama e do sucesso. Ninguém sai ileso de uma vida pública. Tungow, com seu carinho, lealdade e amor incondicionais, acabava atuando, também, como um redutor de danos. Danos mentais, que fique claro.

E naquele momento, o que houve foi um dano irreversível: ao jogar-se sobre o dono de forma tão intempestiva, a caneca parecia ter ganhado vida, saltando ao chão, onde se partiu em vários pedaços e espalhou o resto de café pelo chão do terraço. Tungow olhava para Jared com aquela cara de criança que faz traquinagens e meio palmo de língua para fora. Como brigar, se o cachorro parecia estar adorando a peraltice e insistia em lançar-lhe aquele doce olhar, mescla entre piedade e declaração de amor? Depois de alguns minutos de carinhos e lambidas, Jared levantou-se, acendeu as luzes do primeiro terraço e pôs-se a recolher os cacos da velha caneca de fundo vermelho. Sobre o piso claro e graças ao reflexo da luz, o café derramado assumiu um tom violeta. Virou-se, quase incrédulo, e contemplou o crepúsculo de Vancouver naquela mesma tonalidade. Lembrou-se dos olhos daquele jovem triste no Stanley Park e que agora pareciam viver no inconsciente de suas predileções.

Violeta... essa era a cor!

Sequer cogitou secar o café derramado no terraço, que acabou conquistando a atenção e o paladar de Tungow. Entrou em sobressalto no loft, deixou os cacos da caneca sobre a primeira bancada que encontrou e, ainda com as mãos besuntadas e aquele longínquo perfume de canela, pegou o notebook e correu para o ateliê. Na verdade, o que se convencionou chamar ateliê era o único cômodo verdadeiramente fechado e com tratamento acústico no grande loft de trezentos metros quadrados, moderno e bem decorado, no quarto andar do último prédio do condomínio Twin Creek Place, no topo da Dunlewey.

Conectou o notebook à grande impressora industrial Epson SureColor S80600. Cliques ansiosos, fez os devidos cortes na fotografia, ajustou a quantidade de pixels para garantir a alta qualidade e determinou o tamanho da impressão: dois metros de largura por um metro e meio de altura, toda em escala de cinza. Conferiu se o rolo de lona branca estava no ponto correto e, finalmente, pressionou o botão start. Com a inimaginável delicadeza que os avanços tecnológicos conferiram a praticamente todos os equipamentos que antes pareciam elefantes em movimento num cômodo cheio de cristais, quase não era possível ouvir as engrenagens e paletas em atuação. Lentamente, a alvura da lona que surgia deu lugar às primeiras linhas escuras. Um minuto depois, a imagem já revelava a ponta dos dedos indicador e polegar da estátua de Harry Jerome. Jared mantinha a expressão cortante e concentrada do artista à iminência de sua obra. Lábios cerrados, cenho franzido, pupilas mióticas. O compasso respiratório buscando um equilíbrio de oxigenação, enquanto tentava compreender aquela extraordinária sensação de que todos os seus poros estavam em plena dilatação. O duelo entre o consciente e o inconsciente sobre a realidade de uma aura margeando o corpo. O coração tentava saltar-lhe do peito.

A arte é um universo paralelo à existência dos seres. Silenciosa, perversa e temperamental. Vez ou outra, ela deixa o seio onírico onde reina absoluta e ultrapassa a sutil linha fronteiriça que a separa da realidade. Ao artista, cumpre o apuro dos sentidos para captar esse raro e belo momento de transpasse. Na fração de tempo dessa ruptura entre universos, a arte permite-se criatura e, à sensibilidade daquele que observa, é dada a oportunidade do Criador. Fazer desse registro algo próximo ao divino, à eternidade, é o que distingue os grandes mestres. Assim nasce uma obra-prima.

Violeta... essa era a cor... como os olhos do rapaz.

périplo fabuloso

Diz a fábula que um homem passou algum tempo observando o esforço sôfrego de uma borboleta para romper seu casulo. Um corpo grande demais para tão pequena fenda aberta. Ao percebê-la imóvel, imaginou-a exausta, sem forças para realizar o ato final da transformação. Pretendendo-se gentil, o homem tomou às mãos uma tesoura e, cuidadosamente, cortou o invólucro, concedendo-lhe liberdade imediata.

Contente por seu gesto nobre, passou outro tempo observando a borboleta, agora liberta, aguardando o momento em que ela abriria suas belas asas e voaria pelo jardim. No entanto, isso nunca aconteceu. Ela não conseguiu voar. Rastejou pelo resto de seu tempo, com o corpo murcho e as asas encolhidas. Faltou ao homem a compreensão de que o esforço para romper o casulo apertado era um processo fundamental, determinado pela natureza, para exercitar o corpo polimorfo e preparar sua estrutura para uma nova etapa da vida.

Fabulosa moral, o esforço íntimo é fundamental na preparação para superar obstáculos. Quem se recusa ao esforço, ou recebe alguma ajuda equivocada, jamais terá condições de existir plenamente, de voar com segurança rumo ao seu destino. Graças à desastrosa interferência daquele homem, ela jamais seria, de fato, uma borboleta. Edificante, não fosse por ser grande a possibilidade de o criador da história jamais ter acompanhado todo o doloroso e solitário périplo da metamorfose de uma lagarta. Tivesse tal oportunidade, destacaria importante ressalva à fábula: na maioria das vezes, diante de um sofrer lascivo e solitário, o desejo mais profundo é encontrar alguém que ajude a romper o casulo que oprime.

⏮

Aquele domingo, dia 2 de setembro, amanheceu com temperatura amena, sinalizando que o outono vindouro seria mais frio do que o habitual na costa oeste do Canadá. Ainda assim, a intensidade do azul-celeste exibia o verão que não pretendia partir sem um *gran finale*. Manhãs assim rompiam o tradicional silêncio da região de Champlain Heights, muito especialmente na vizinhança de Killarney, último bairro ao extremo sudeste de Vancouver, subúrbio à margem do Fraser River e fronteiriço às cidades de Burnaby e Richmond, trinca que compõe a maior região metropolitana da Colúmbia Britânica.

Os primeiros acordes de crianças brincando na rua dos fundos acordaram o jovem Albert Tremblay. No subsolo úmido da pequena e desleixada casa de madeira, a penúltima da McKinnon Street, os móveis e objetos tremiam conforme o movimento de carros no setor leste da 54th Avenue crescia. Ouviu, ao longe, os sinos da igreja convocando para a primeira missa do dia. Abriu apenas um dos olhos para avistar o velho rádio-despertador branco National Panasonic sobre o assento da cadeira, improvisada como bancada ao lado da cama. O timer giratório indicava 6h50. Foram poucos minutos até a televisão da sala ser ligada em alto volume. Ouviu, nitidamente, as vozes dos apresentadores Ben Mulroney e Anne-Marie Mediwake, no programa *Your Morning*, da CTV. Era o sinal de que sua mãe estava acordada e não tardariam os gritos histriônicos de chamamento. Não os permitiria naquela manhã. Num salto, deixou a cama, subiu a escada estreita e, a caminho da cozinha, tentou passar pela porta de acesso à sala sem ser percebido. Não logrou êxito.

— Albert! — gritou sua mãe, refestelada num sofá acastanhado, ainda trajando uma camisola de algodão com estampa floral, tentando alcançar volume superior ao da televisão. — Albert, venha cá!

Ele freou no corredor. Fechou os olhos e respirou fundo. Sua mãe, Abigail, era uma senhora rechonchuda, malcuidada e desavergonhadamente comodista. Sem nunca ter trabalhado, fora abandonada pelo marido, Chester, e era associada ao Reino das Testemunhas de Jeová. Dos anciãos, recebia amparo social. Foi assim que conseguiu pagar as duas hipotecas da casa onde moravam, e recebia a doação mensal de uma pequena quantia em dinheiro e alimentos, contrapartida à oferta do talento de seu filho, que havia cinco anos tocava violino durante os cultos. Nos últimos nove meses, para garantir o custeio da família, Albert passara a trabalhar meio período como office boy e copista no escritório de advocacia de Matilda Phryne, uma das mais antigas servas do Salão do Reino no bairro de Killarney.

— Albert, já que você está indo para a cozinha, faça o café. Não quero perder a entrevista do Don Kusch hoje.

— O pó de café acabou! — disse o rapaz, entredentes.

— Não acabou! Eu guardei um resto atrás da lata de biscoitos. Aliás, você deveria conversar com os servos ministeriais. O que a Congregação manda de comida não está dando mais.

— Meu sonho é acordar e ouvir um simples *bom dia*!

— Já fez o café?! — fuzilou Abigail.

Albert seguiu, cabisbaixo, para a cozinha. Enquanto preparava o café, avistou pela janela de vidro um casal que caminhava pela rua dos fundos, levando seu bebê no carrinho para aproveitar o sol daquela manhã. Ficou tentando imaginar seu pai, pensando na ausência de qualquer recordação familiar. Ainda não havia nascido quando Chester saiu de casa e nunca mais voltou. Não tinha sequer uma foto a servir-lhe de referência, todas destruídas pela mãe. Ainda assim, em seu íntimo, guardava alguma compreensão à tal ausência. Albert sabia quem era Abigail e, certamente, ela jamais seria como aquela mulher sorridente que caminhava ao lado do marido, conduzindo o filho, numa manhã de domingo.

Tão logo ficou pronto o café, abriu o armário e alcançou duas canecas brancas, com frases gravadas nas laterais. Numa delas ainda era possível ler com nitidez a pergunta: *Quem está fazendo a vontade de Jeová hoje?* Noutra, em letras desbotadas, o singelo aviso: *Ande pela fé, não pela vista*. Serviu-as e retornou à sala. Ao entregar uma delas à mãe, quase derramou a sua, espantado pela sonora e repentina gargalhada:

— Don Kusch é demais... demais! — repetia Abigail, apontando para a TV. — Ele conseguiu deixar a Anne-Marie sem graça!

Com alguma curiosidade, Albert tentou ver e ouvir o que estava acontecendo no programa, mas sua mãe insistia em concorrer com o volume do aparelho:

— Olha a cara da mulher dele! Coitada! Essa Emma é uma burra! Não está entendendo nada... — Abigail foi interrompida por um engasgo, mas logo retomou a verborragia. — Atriz? Dizem que ela era prostituta antes de casar com o Don. Agora é atriz? Sei... Essa aí não engana ninguém!

Albert desistiu. Deixou a sala e seguiu para o banheiro. Passou longo tempo com os olhos fixos no espelho, perdido no próprio reflexo. Tinha dezoito anos e ainda não conseguia se encontrar, enxergar-se por inteiro. Por qualquer ângulo, via apenas frações, pedaços desconexos de um ser humano. Seus olhos marejados, em raríssimo tom violeta, tremiam. Diante deles, um abismo existencial. Aquela mãe, aquela casa, todos aqueles móveis e objetos desordenados. Nada daquilo lhe trazia algum significado de ser ou pertencer. Ao contrário. Havia uma enorme distância entre o que gravitava à sua órbita e os poucos sonhos nos quais permitia-se embarcar, jornadas inconfessáveis até aos próprios olhos, que precisavam cerrar-se para conceder algum imaginário deleite.

Uma nova gargalhada da mãe fez com que recobrasse a consciência. Avistou a caneca de café sobre a pia do banheiro, sem conseguir compreender o que ela fazia ali. Releu a frase nela gravada: *Ande pela fé, não pela vista*. Tomou um banho rápido e vestiu sua única calça jeans e a primeira camiseta branca que encontrou. Pegou seu violino e já estava de saída quando foi interrompido pela mãe:

— Aonde você vai tão cedo?

— Vou dar uma volta...

— E vai levar esse violino? Para quê?

— É minha forma de evangelizar.

— De graça?! — Abigail sorriu, entortando a boca, como sempre fazia ao exercitar sua ironia. — Enquanto você vai fazer sua pregação na rua, de graça, eu vou ficar aqui sozinha. Vou ter que ir para o fogão e fazer o almoço. Todo dia oro para que Jeová Deus, em algum momento, me diga o que eu fiz para merecer isso.

— Você não fez nada! — Albert reiterou, com um suspiro profundo de resignação. — Você não fez nada.

Fechou a porta e desceu os oito degraus da escada de acesso. Atravessou o pequeno gramado malcuidado. Não havia flores. Naquela casa, não havia jardim.

Deixou a McKinnon Street e apressou-se pela 54th Avenue. Precisava sair logo daquele lugar, e o caminho até o Stanley Park, do outro lado da cidade, seria longo. Tirou do bolso o velho celular para conferir as horas: 8h23 da manhã.

▶

A corrida matinal de Jared e Tungow foi interrompida bem em frente ao antigo restaurante Fraîche, no número 2240 da Chippendale Road, ao avistar um inconveniente paparazzo entocado entre os ciprestes, à esquina com a Boulder Court. Estalou os dedos para o cachorro e mergulhou na pequena trilha por entre a mata, margeando o riacho de águas cristalinas que desce da montanha, atalho que imediatamente o levaria à privativa Twin Creek.

Será que esse cara não tem nada melhor a fazer numa manhã de domingo?, questionou-se Jared, enquanto observava Tungow matando sua sede naquelas águas geladas. *Quanto vale uma foto ruim de alguém correndo? Cinquenta dólares? Não vale a pena*, concluiu, alongando os braços e as pernas. Ficou imaginando o chefe do pobre paparazzo negociando a tabela da invasão de privacidade: *Pago sessenta dólares se a foto for nítida e a roupa estiver suada. Se o moletom exibir a nuance de alguma parte íntima, pago cem!*

Poucos metros adiante, encontrou Stefano LaBelle dentro do riacho, com a água à altura dos joelhos, recolhendo galhos submersos. Não causou estranheza avistá-lo naquela situação, afinal, excentricidade era a marca daquele ítalo-americano, alto, magro, de nariz avantajado e bigode desenhado, que se tornou vizinho havia pouco mais de um ano. *Ele é a cara do Adrien Brody em* O Grande Hotel Budapeste*!*, sempre pensava quando o via.

— Bom dia! — cumprimentou Jared. — Não está muito cedo para um mergulho, senhor LaBelle?

— Bom dia, rapaz! — replicou o homem. — Estou limpando a área para os salmões.

— Será que este ano eles vão passar por aqui?

— Tomara que sim! — disse Stefano, retirando da água uma galhada escura e arremessando-a em direção à margem. Prosseguiu: — Você sabia que um salmão, ainda que nade milhares de quilômetros pelo oceano, volta para se reproduzir e morrer exatamente no rio onde nasceu?

— Isso é lenda, senhor LaBelle! — desdenhou Jared.

— É verdade! Os cientistas acreditam que o salmão se orienta pelo magnetismo do planeta e, quando encontra o rio que o levou ao mar, passa a usar o olfato para localizar o curso d'água onde nasceu. O olfato de um salmão é melhor que o do seu cachorro! — Stefano foi interrompido pelo latido forte de Tungow, como num protesto àquela afirmação.

— Você acredita mesmo nisso?

— Claro! — asseverou. — Outro dia, li a entrevista de um ictiólogo e ele explicava que cada rio, cada curso d'água, tem características químicas únicas. Uma espécie de impressão digital. E o salmão registra na memória exatamente essa assinatura. — Stefano limpou o bigode com a manga da camisa, dobrada na altura do antebraço. Passou a refletir: — Se viva fosse, provavelmente *Dame* Agatha utilizaria salmões, ao invés de elefantes.

— Desculpe-me — Jared franziu o cenho. — *Dame* Agatha? Elefantes?

— Agatha Christie… *Os elefantes não esquecem* — pelo tom de voz, o homem parecia não acreditar no desconhecimento do rapaz acerca da escritora britânica, rainha absoluta dos romances policiais. — Você nunca leu?

— Ah! Claro! — Jared tentou alguma assertividade, mas tinha apenas vaga ideia do que se tratava. Saiu pela tangente: — Senhor LaBelle, a conversa está ótima, mas vou deixar você preparando o caminho para os salmões e seguir o meu. Ainda quero tirar umas fotos hoje.

— Vá em frente, rapaz!

Ainda tentando esquivar-se do vexame literário e retomando a caminhada, Jared ousou exibir algum conhecimento mais profundo sobre o périplo dos salmões:

— Quem sabe, este ano, *June hogs* apareçam!

— Pois é! Quem sabe? — respondeu Stefano, erguendo a mão em aceno de despedida e ricocheteando entredentes, inaudível ao rapaz que desaparecia trilha acima. — *June hogs* em setembro? Essa garotada... Não espanta que ele nem saiba quem é Agatha Christie!

▶

Foram mais dez minutos de corrida até Jared alcançar o *cul-de-sac* do Twin Creek Place. Subiu a escadaria e entrou com o cachorro pelo hall de acesso à cozinha. Foi à geladeira, pegou uma garrafa d'água, abriu a porta de vidro do primeiro terraço e contemplou a vista privilegiada de Vancouver naquela manhã ensolarada de domingo. Esticou o pescoço para trás, tentando conferir as horas no painel digital do micro-ondas: 8h50. *Um banho rápido e ainda consigo capturar essa boa luz da manhã no Stanley Park*, concluiu em pensamento, já apurando os passos em direção ao banheiro.

▶

O relógio estava prestes a registrar dez da manhã quando as rodas largas do Jeep Wrangler vermelho, sem capota, deixaram a Marine Drive, alcançaram a Rodovia 99 e o primeiro grande arco da Lions Gate agigantou-se. Via de regra, Jared reduzia a velocidade naquele trecho, sobre o Burrard Inlet, avistando a extensa área verde do Stanley Park e, à esquerda, o Canada Place e o estonteante conjunto de edifícios do Eastside. Era como um filme, cortado pelos tirantes da ponte pênsil. Dali já era possível sentir o perfume da vegetação do parque, mesclado ao cheiro de mar. No banco de trás, Tungow esticava o focinho, como se compartilhasse o apreço pelo aroma do passeio.

Entrou pela Stanley Park Drive, contornou toda a ala oeste do parque, margeou o Lost Lagoon pela rua homônima e o Royal Yacht Club, chegando exatamente ao local desejado: o estacionamento da loja de suvenires Legend of the Moon, ao lado do histórico polo de totens. Por sorte, uma vaga o aguardava sob a sombra da frondosa árvore. Não era preciso qualquer sinal ou guia à coleira. Tão logo estacionado o Jeep, Tungow era o primeiro a descer, num salto. Extremamente obediente, sentava ao lado do veículo, meio palmo de língua para fora, aguardando o dono preparar a câmera Nikon D850. Mas, naquela manhã, enquanto Jared atinha-se ao equipamento, o cachorro correu por entre os carros estacionados, encontrando uma senhora bem-vestida que caminhava com rapidez em sentido oposto. Jared gelou ao ouvir os primeiros e distantes latidos de Tungow, seguidos por gritos em tom entrecortado, quase anasalados, mescla entre o grave e o agudo. Correu em sua direção:

— Socorro! Tirem esse cachorro daqui! — gritava aquela senhora, encolhendo levemente uma perna, uma mão ao peito e outra em abanos ininterruptos. Deixando o agudo mais sonoro para os finais de frase, repetia sem cessar: — Tirem esse cachorro daqui! Tirem esse cachorro daqui!

Jared os alcançou rapidamente e logo percebeu que Tungow não estava atacando aquela mulher. Por algum motivo, ele apenas latia, abanava o rabo como uma bandeira e, vez ou outra, estendia a língua. Conhecia seu cão e sabia que, na verdade, ele estava brincando. Mas, aquela senhora não o conhecia e estava apavorada. Imediatamente, colocou a guia na coleira, enquanto o cachorro pulava, em festa. Dirigiu-se à mulher:

— Senhora, me desculpe... Ele não está atacando!

— Eu não quero saber! Tire esse cachorro daqui! — continuava a gritar, chacoalhando um dos braços. Seus lábios tremiam.

— Senhora, fique calma! Ele não está atacando — insistiu Jared, tentando trazê-la à normalidade. — Ele só está brincando...

— Não me interessa! Esse monstro enorme veio na minha direção. Achei que ele fosse me matar! — não poupava o exagero dramático.

— Senhora... — tentou, interrompido de imediato.

— Você deveria ter mais cuidado com seu cachorro, rapaz! — a voz já encontrando gravidade, sem perder a assertividade. — Ele podia ter me atacado. Olha o tamanho desse bicho!

— Ele é dócil. Não a atacaria. Venho sempre aqui e ele nunca fez isso antes...

Enquanto tentava encontrar palavras para se desculpar pelo inconveniente, Jared percebeu tratar-se de uma mulher transgênero, ostentando um elegante tailleur em tweed salmão escuro, cortado por delicado cinto chumbo acima do umbigo, uma saia justíssima à altura dos joelhos e os sapatos de salto alto carretel cinza. Com a palma das mãos quase delicadas, corrigia a base daqueles volumosos cabelos castanho-prateados acima dos ombros, visivelmente modelados por muito fixador. A maquiagem leve evidenciava um rosto forte e não buscava disfarçar as marcas de quem se aproximava dos cinquenta anos. Colar e brincos de pérolas miúdas compunham um visual que, de relance, lembrava Jacqueline Kennedy em sua era Onassis.

— Eu não sei como me desculpar — Jared prosseguia em sua busca por uma retratação. — Se há alguma coisa que eu possa fazer, por favor, a senhora me diga.

— Pra começar, você pode parar de me chamar de senhora! — sorriu, irônica, sem mostrar os dentes.

— Tudo bem... desculpe-me...

— E pode parar de pedir desculpas também! — olhou fixamente para Tungow, sentado ao lado de seu dono e demonstrando sua habitual simpatia. — O que passou, passou. Só tenha mais cuidado com seu cachorro de hoje em diante.

— Bom, se houver alguma coisa que eu possa fazer por *você* — Jared fez questão de ressaltar a palavra "você".

— Pensando bem, há uma coisa sim — disse, semicerrando os olhos, enrugando a boca e levando o dedo mínimo ao queixo. — O rapaz pode buscar uma água bem gelada.

— Claro! Perfeitamente! — sem pestanejar, Jared seguiu em direção ao pequeno bar, dentro da loja de suvenires. Quando já estava a certa distância, ouviu o apelo:

— Água com gás... Só me acalmo com água com gás!

Tão logo voltou e entregou-lhe a garrafa d'água, ficou admirando aquela cena *sui generis* numa manhã de domingo, aquela senhora sorvendo pelo canudo e olhando-o de soslaio. De repente, ela fez-lhe sinal para que segurasse a garrafa. Sacou da bolsa um cartão de visitas e entregou ao rapaz.

— Permita me apresentar... eu sou CheTilly — finalmente ela sorriu, deixando à mostra dentes tão brancos quanto a neve. Torcendo levemente o rosto, permitiu-se a ousadia. — CheTilly... quase chantili... a cobertura que faltava para seu bolo, que, a partir de agora, só precisará dos morangos!

Jared ergueu as sobrancelhas e sorriu incrédulo. Contemplou aquele cartão preto, no qual se lia em letras douradas "CheTilly", seguido por curiosas qualificações: "shows e vidência". Ao lado dos contatos, uma frase concluía aquela que deveria ser uma apresentação formal: "Faça da sua vida um grande espetáculo".

— Meu nome é Jared — apresentou-se, estendendo uma das mãos. — Desculpe! Não tenho nenhum cartão de visitas... — foi interrompido pelo latido do cachorro. — Ah! Esse mocinho aqui chama-se Tungow e promete nunca mais atacá-la.

— Como vai, Tungow? Espero que você seja um bom menino daqui pra frente. — CheTilly se voltou para Jared: — É um prazer conhecê-lo, ainda que em situação tão adversa. Mas... espere um pouco... acho que já vi você em algum lugar.

— Talvez — disse, como sempre constrangido quando era reconhecido.

— Você não é um dos dançarinos da boate, é?

— Não — Jared sorriu.

— Espere um pouco... Jared... Jared... esse nome... — CheTilly tentava descobrir quando, olhos arregalados, matou a charada: — Jared Kusch!

— Sou eu... é um prazer conhecê-la, ainda que em situação tão adversa — simpático, repetiu aquilo que ouvira.

— Meu Deus do céu! — ela parecia incrédula, mas imediatamente tentou disfarçar a tietagem. Sem sucesso: — Eu adoro seu trabalho!

— Obrigado, CheTilly!

— Adoro mesmo... de verdade! Aqueles desenhos que você faz nas fotos são incríveis!

— Obrigado! — insistia Jared, embora estivesse certo de que ela minimizava sua arte a "desenhos" e "fotos".

— Eu sou fã do seu pai! Assisto a todos os filmes do Don Kusch... desde criança! — exagerou CheTilly. — E sua mãe, ui! Mulher mais linda que Emma Cartier, não há!

— Eu agradeço — Jared ficava verdadeiramente constrangido em situações assim, quando sua árvore genealógica saltava às mais simples relações sociais. Em geral, esquivava-se, como agora: — Bom, eu preciso ir... ainda quero tirar umas fotos para a nova exposição.

— É uma pena! — Lamentou, prosseguindo: — Mas, tudo bem! Nós somos artistas. Temos nosso tempo!

— A exposição com os novos trabalhos será daqui a três semanas, na VAG. — Jared se referia à famosa Vancouver Art Gallery, suntuoso prédio em estilo neoclássico no número 750 da Hornby Street, uma espécie de joia da coroa do complexo arquitetônico da Robson Square. Convidou: — Espero que você apareça lá. Está convidada para o vernissage, dia 22 de setembro.

— Não repita, porque sou capaz de aparecer lá... linda, poderosa, maquiada e com meu boá de plumas pink! — abriu vasto sorriso.

— Mas é para aparecer mesmo!

— Posso te perguntar uma coisa? — disse CheTilly, após breve silêncio.

— Claro! Diga — assentiu Jared, com algum receio bem disfarçado.

— Você está aqui... hoje... agora... em busca da sua obra-prima, certo?

— Minha obra-prima? Não diria isso... Eu ainda estou produzindo os trabalhos da nova exposição. Estou aqui para capturar fotos. Não sei dizer se alguém como eu está atrás de uma obra-prima.

— Mas eu sei, querido! Eu sinto isso.

— É a "vidência"? — Jared apontou para a palavra no cartão de visitas que lhe foi entregue.

— Digamos que sim — CheTilly pegou Jared pelo braço e o conduziu para cima do canteiro gramado que separava a rua do estacionamento. Fez com que olhasse para a baía. Adiante o Canada Place e o Eastside: — Há quem pense que uma obra-prima acontece sem querer, por alguma intervenção divina. Não é verdade.

Jared não sabia se admirava a vista ou olhava para CheTilly, grave em seu discurso, mas sem eloquência:

— Há, em cada um de nós, um instinto — havia uma profundidade em seu olhar, que mesmo direcionado à frente, revelava-se mergulhado em si. Prosseguiu: — É esse instinto que nos conduz à *magnum opus*. É uma questão de compreender ou não o que ele nos diz. Abra o seu coração. Torne-o disposto a interagir com seu instinto. — Virou-se para Jared: — À sua frente há uma rua, um caminho. Você pode ir para a direita ou para a esquerda. Feche os olhos e tente ouvir seu instinto. Para qual lado ele quer que você vá?

Jared entrou no jogo. Fechou os olhos e respirou fundo. Fez como Tungow, esticando o pescoço à frente, tentando farejar. Concentrou-se. Sentiu a brisa.

— Para a esquerda... eu vou para a esquerda.

— Então, é lá que você vai encontrar aquilo que procura... ou aquilo que procura você!

Quando Jared abriu os olhos, CheTilly já estava caminhando para o estacionamento, a alguma distância. Pegou a câmera fotográfica e mirou naquela mulher e em seus passos lentos e delicados. Ela parou. Virou-se lentamente, olhando-o por sobre os ombros. Fechou os olhos, ergueu sutilmente a cabeça e abriu os braços, tal qual asas. Jared captou a cena com a câmera, com o grande totem ao fundo.

— Fique tranquilo... não sou eu a sua obra-prima! — falou CheTilly, elevando o tom para que ele a ouvisse, já entre os carros estacionados. — Vá! Siga seu instinto!

Ela entrou no carro e partiu.

Que encontro estranho!, pensou Jared, enquanto percebia o veículo desaparecer nas curvas da Stanley Park Drive. Fez um sinal para Tungow e seguiu seu caminho. Foi para a esquerda, como mandara o instinto.

●

Jared atravessou a Stanley Park Drive e aguardou alguns instantes para cortar a ciclofaixa, permitindo que um casal passasse, desfilando em patins. Fotografou. No banco à frente, um casal de idosos admirava a vista, tirando algumas migalhas de um pacote e alimentando os pequenos pássaros pousados perto de seus pés. Fotografou novamente.

Poucos passos adiante, três enormes áceres produziam vasta área de sombra para algumas pessoas sentadas ao redor de seus troncos. Jared capturou exatamente o momento quando uma folha caiu sobre o livro que uma jovem tinha à mão. Aquela folha, com três pínulas e onze pontos, símbolo máximo do Canadá, já tinha os tons amarelo-avermelhados próprios do outono, como exibido na bandeira do país. Fotografou.

Caminhava lentamente pelo Hallelujah Point quando avistou a estátua em bronze, com quase três metros de altura, do atleta canadense Harry Jerome, homenagem ao medalhista olímpico e detentor de sete recordes mundiais nas corridas de cem metros, eleito o atleta do século da Colúmbia Britânica em 1971, mesmo ano em que se tornou o primeiro negro a receber a Ordem do Canadá, segunda mais alta condecoração civil do sistema de honrarias concedidas pela monarquia do país. Harry Jerome foi condecorado pessoalmente por Sua Majestade, a rainha Elizabeth II. A estátua foi inaugurada em 1988, esculpida por Jack Harman. Nela, lê-se uma citação de *Sir* Walter Scott: *O desejo para fazer, a alma para ousar.*

Conforme aproximava-se da estátua, começou a ouvir os primeiros acordes de uma música. Um instrumento de cordas. Alguns passos adiante, reconheceu o som de um violino. Avistou, então, alguém sentado ao banco, ladeado pela grande estátua de Harry Jerome, sozinho. Tocava "The Book of Love", de Stephin Merritt, imortalizada por Peter Gabriel.

O que é o tamanho de um tempo senão a capacidade de sintetizar todos os sentidos num único movimento? Eis a arte da fotografia, o mais importante registro de tempos já inventado pelo homem. Jared viu-se mergulhado numa panorâmica horizontal. A clarividência de CheTilly. O instinto. A folha de ácer. O livro. O violino. A música. O rapaz. Eis a obra.

Célere, atravessou o gramado e voltou à margem da Stanley Park Drive. Daquele local, conseguiria um ângulo perfeito: em primeiro plano o garoto, de costas, com o pescoço levemente arqueado, sustentando o violino, tendo como plano de fundo imediato Harry Jarome, tal qual um anjo alçando voo sobre a baía, o Canada Place e o Eastside. Ajustou o foco e, através da lente de sua câmera, num clique, capturou aquele momento especial.

Criou um tempo.

Quando a música parou e Jared emergiu, olhou novamente através de sua Nikon. Foi quando, pela segunda vez num único dia, percebeu que Tungow não estava mais ao seu lado e agora lançava suas patas dianteiras sobre a beirada do banco, assustando o jovem músico. Fotografou. Percebeu também que o susto do rapaz rapidamente deu lugar a um largo sorriso, seguido de um carinho espontâneo no cão, obviamente retribuído com uma bela lambida. Fotografou. Enquanto se aproximava da cena, ouviu o singelo questionamento ao animal:

— Qual é o seu nome?

— Tungow — respondeu Jared.

— Olá, Tungow! Sabia que você é um menino muito bonito?

— Ele não sabe... ele tem certeza! — sorriu e estendeu a mão. — Olá! Eu sou o Jared.

Seus olhos se encontraram e permaneceram conectados enquanto o rapaz se levantava para responder ao cumprimento. Naquele momento, nenhuma fotografia conseguiria registrar todos os sentidos. Até poderia capturar os olhares imersos, a sintonia dos corpos, o riso frouxo e as orelhas de Tungow, espetadas, contemplando a descoberta. Mas uma foto daquela cena jamais revelaria o oxigênio que faltava, o arrepio na nuca, as pernas que tremiam e o coração que saltava.

— Me perdoe — disse, ao perceber que Jared mantinha a mão estendida sem ter uma resposta. Entregou o arco à mão que segurava o violino e cumprimentou-o: — Meu nome é Albert.

— Posso ficar e ouvir você tocar? — perguntou Jared, após algum tempo perdido nos olhos violeta do belo garoto.

— Você gosta de música?

— Adoro.

— E o que você quer ouvir?

— Pode escolher você.

— Não existe essa música! — brincou Albert, sinalizando para que Jared sentasse ao seu lado no banco, ao que foi imediatamente atendido. — Peça uma música e eu toco pra você.

— Posso pedir qualquer coisa?

— Não! Qualquer coisa, não! Peça aquilo que seu coração quer ouvir.

— "Magic" — concluiu Jared. — Quero ouvir "Magic", do Coldplay. Porque não poderia ser mais adequado.

Albert abriu um singelo sorriso. Tão logo começou a friccionar as cerdas do arco contra as cordas do violino, percebeu que Jared se recostou ao banco e Tungow deitou aos seus pés. O êxtase das impressões primárias deu lugar à paz. A música ecoou naquela península do Stanley Park.

II

Como é próprio às espécies holometábolas, uma lagarta se alimenta ferozmente ao longo da primeira etapa de sua vida, incluindo o próprio ovo de sua fase pré-larval, rico em proteínas. Numa jornada épica, devora o que vê pela frente para armazenar a energia necessária à sobrevivência durante o longo período que passará no casulo. Quando chega seu tempo, vagarosamente busca um lugar seguro, onde sua pupa possa permanecer camuflada aos olhos dos predadores. Com movimentos constantes e incrível força, rasga sua couraça e deixa emergir e inflar aquela fina camada que parece proteger uma alma. É possível imaginar quanta dor envolve o processo. Completa, a crisálida desfaz-se da antiga roupagem e repousa, silente e imóvel, aguardando a transformação.

Noutra impressionante jornada, rompe o casulo e passa longo tempo descobrindo e exercitando seu novo instrumento de sobrevivência: dois extraordinários pares de asas. Concluída a metamorfose, dá-se o voo de uma das criaturas mais belas e interessantes deste planeta. Não por acaso, seu ciclo de vida ultrapassa a fronteira dos caprichosos requintes da natureza, fazendo de um inseto o símbolo milenar de transformação e beleza, a inspirar gerações de seres humanos. A obra-prima das analogias.

Diz, outra fábula, que a felicidade é uma borboleta. Não adianta correr atrás dela, tentar capturá-la. Quanto mais a persegue, mais ela se esquiva. No entanto, quando a atenção está noutras coisas, ela vem e pousa suavemente em sua vida. Em primoroso legado, escreveu o jornalista e poeta brasileiro Mário Quintana: "O segredo não é cuidar das borboletas e, sim, cuidar do jardim para que elas venham até você. No final das contas, vais achar não quem você estava procurando, mas quem estava procurando por você".

outono

O relógio do celular registrava 17h07 quando o ônibus articulado da TransLink que faz a Linha 49 passou pela Killarney Secondary School e se preparava para descer a Kerr Street. Albert sabia que encontraria Fay na manhã do dia seguinte, início das aulas, mas não havia a menor possibilidade de esperar. Era preciso dividir com sua melhor amiga o que tinha acontecido naquele domingo.

⏮

Fay, na verdade, chamava-se Vina Fay Jewison, uma jovem ruiva e sardenta, de olhar amendoado e dentes extravagantes. Fazia parte do universo de garotas que, durante a juventude, possuem todos os atributos para serem lindas, mas não são. Havia um desequilíbrio naquele conjunto físico. O grande espaço entre os olhos era proporcional ao queixo, ambos destoando das bochechas arrebitadas e uma boca sem cortes a arrematar a pintura.

Aos ditames politicamente corretos da espécie humana, convencionou-se classificar esse estilo como exótico. Assim era, desde o nome, uma homenagem de seus pais à mais ilustre conterrânea da família: a atriz Fay Wray, estrela de dezenas de filmes na primeira metade do século xx, nascida na minúscula Cardston, província de Alberta, e imortalizada em Hollywood como a "Rainha do Grito" após dar vida à mocinha Ann Darrow e desesperar plateias de todo o mundo, no topo do Empire State Building, presa à mão do enorme King Kong, em 1933.

No entanto, Vina Fay era inteligente. Contrapondo seu reconhecido exotismo e a enorme probabilidade de deboches quando revelada a referência cinematográfica, fazia farto uso do fato de ser filha de Nadine e Eugene Jewison, ambos professores. Ela, coordenadora do Centro de Carreiras e dos dois últimos estágios da graduação secundária canadense: os Grades 11 e 12, e ele, o diretor-geral da Killarney Secondary. Desde que desembarcaram em Vancouver, moravam no belo sobrado multicolorido, ao final da Lancaster Street, também à esquina da 54th Avenue, a um quarteirão da casa de Albert, seu melhor amigo desde os primeiros anos, quando frequentaram juntos a Captain Cook Elementary School.

▸

Quando o ônibus alcançou a esquina da 49th Avenue com a Kerr Street, Albert enviou uma mensagem de celular para a amiga, já caminhando para descer na última parada daquela rua, em frente à Igreja Batista:

Fay, preciso te contar uma coisa!, escreveu.

Conta!, ela respondeu quase imediatamente.

Tem que ser pessoalmente!, Albert desceu do ônibus digitando.

o.O

Por favor... por favor...

Se for pra contar que você agora quer ser tão hétero quanto o Ryan Reynolds, pode esquecer!

Delícia

Quem é delícia? Eu ou o Ryan Reynolds?, brincou Fay.

Os dois! ;), respondeu Albert, seguindo com outra mensagem: **Conheci uma pessoa hoje!**

3:)

É melhor do que o Lanterna Verde!

Ui!, respondeu Fay, já derretida pela curiosidade. Escreveu na mensagem seguinte: Pizza agora!

Tô sem grana, Fay! Pode ser na sua casa?

Nops! Meus pais estão aqui. Eu pago a pizza!

^-^

Albert, onde você está?

Chegando na sua rua!

Tô descendo :*

\o/

Não passaram dez minutos até Fay atravessar o portão de ferro e encontrar Albert em frente a sua casa, o que não passou despercebido à professora Nadine, movendo uma das abas da persiana da bay window para fitá-los. Albert acenou, ao que foi correspondido com um sorriso e outro delicado aceno.

— Conte-me tudo! Não esconda nada! — adiantou-se Fay, absolutamente dominada pela curiosidade.

— Aqui não! — pediu Albert. Aos dezoito anos, quando querem revelar seus segredos, todos acreditam na possibilidade de uma misteriosa superpropagação das ondas sonoras.

— Ai! Meu Deus! Daqui até a Little Caesars vou ter três tipos de infarto!

— Vamos logo! Deixa pra morrer lá!

▶

Uma calça larga de moletom com o cordão pendurado, blusa fina com gola olímpica e delicados chinelos de borracha. Se alguém tivesse a oportunidade de observar aquela mulher que passeava por entre os portentosos troncos de pinheiros, cedros e abetos-do-norte, jamais diria tratar-se de Emma Cartier, a bela atriz canadense que encontrou o crepúsculo da carreira aos quarenta e nove anos de idade, após uma sucessão de filmes ruins e algumas comédias românticas de roteiro meloso e final previsível. O corpo permanecia escultural, mas os longos e profundos sulcos no pescoço e ao redor da boca sinalizavam a extensão do tempo, fazendo-a optar pelas golas olímpicas e algum batom claro capaz de despistar o foco principal naquela pele tão alva quanto o algodão. O rosto quadrado evidenciava as bochechas artificialmente preenchidas, "um tremendo equívoco doutros tempos", como ela própria confessava.

Ali, naquele fim de tarde de domingo e com aqueles trajes, é provável que o espectador mais desavisado admirasse apenas o contraste entre os belos olhos de um azul intenso e os cabelos loiros, longos e ondulados, ressaltados pelos enormes troncos escuros e secos das árvores bicentenárias do bosque privativo da Kusch House, uma propriedade de seis hectares encravada no sopé da Grouse Mountain, às margens do Capilano Lake, no distrito de North Vancouver.

Na verdade, a Kusch House é uma enorme e moderna mansão horizontalizada, de pavimento único, com quase dois mil metros quadrados de área construída entre o excesso de concreto claro e vidraças ininterruptas. O gramado alcançando as águas do lago, ladeado pelo bosque e a deslumbrante e privilegiada vista para os "Leões", os dois picos mais altos da cordilheira North Shore: West Lion e East Lion, ambos com mais de mil e seiscentos metros de altitude.

Comprar aquela propriedade, no final de 1998, foi uma espécie de autoflagelo cômico para Don Kusch. O gordo e engraçado astro de Hollywood, único ator canadense três vezes indicado ao Oscar, no ano anterior havia aceitado o inusitado convite para estrelar o drama *The Yellow Cocoon*, primeiro filme inteiramente produzido e distribuído pelo extraordinário empreendimento do banqueiro Frank Giustra, que decidira tornar-se um *filmmaker*, fundando a bem-sucedida corporação de entretenimento Lionsgate, nome inspirado nos "Leões" da Colúmbia

Britânica. Até hoje, Don considera ter sido sua melhor atuação, dando vida ao marido traído que se tranca com a esposa numa casa amarela às margens de um lago para uma longa e vigorosa discussão da relação. Mas *The Yellow Cocoon* nunca foi concluído. Acabou substituído e atropelado pelo estrondoso sucesso de *Gods and Monsters*, o aclamado roteiro sobre os últimos dias de vida do atormentado cineasta James Whale, em belíssima interpretação de Ian McKellen, que percebe a iminência do fim da vida em meio à paixão platônica por seu jovem e musculoso jardineiro. Desconsolado com o fim abrupto do projeto cinematográfico, Don Kusch decidiu utilizar o milionário cachê que recebera para comprar a propriedade e construir aquela mansão às margens do Capilano.

Don desceu cautelosamente os degraus da grande escada que separa a casa do jardim. Com os dias contados para a chegada dos sessenta anos, seus cento e vinte quilos pareciam uma tonelada. Nos primeiros passos pelo gramado, foi interpelado por Dosha, a temperamental gata branca de pelo curto que havia oito anos tinha aparecido na propriedade, tomando-a para si e conquistando todos os moradores. Pegou-a no colo e ficou admirando sua esposa que, celular à mão, acabara de se sentar numa das cadeiras do mirante triangular, entre o bosque, o jardim e o lago.

— Emma, querida — disse Don, enquanto se sentava ao lado da esposa e rendia carinhos em Dosha. — Você ainda está chateada com a entrevista de hoje?

— Não quero falar sobre isso! — liquidou Emma.

— Besteira! Você estava linda.

— Esse não é o problema, Donnie! — asseverou, ainda que guardando alguma candura no tom. — Eu não tinha o que fazer lá. Você não imaginou que eu fosse discutir receitas de rocambole com a Anne-Marie, né?

— Convenhamos, foi divertido.

— Divertido pra quem? Eu estava de saco cheio!

— Querida, quem a ouve falando assim, pode não acreditar que você convive com tudo isso há mais de trinta anos. — Enquanto Don falava, Dosha saltou de seu colo, provocada por uma borboleta amarela em ligeiro voo rasante.

— Donnie, você sabe há quanto tempo eu não faço um filme decente? — Emma colocou o celular sobre o assento de uma terceira cadeira. — O mundo é muito injusto com atrizes da minha idade. Não tenho mais a beleza da juventude para merecer um cartaz e ainda não sou considerada uma veterana digna de um papel mais denso. Fico naquele caminho do meio, aquele limbo de participações tão especiais quanto inexpressivas.

— Emma, você está mais linda do que nunca! — Don tentava consolar a esposa, que havia alguns anos parecia mergulhada numa interminável crise de meia-idade.

— Para vocês, homens, é muito mais fácil. Em qualquer idade, sobram bons personagens. Nem que seja para um quase sessentão ficar se esfregando numa lolita. — Emma torceu o nariz, em clara referência ao lançamento do novo filme do marido, *Springtime*, uma comédia romântica rasteira em que ele, o vilão, rouba a jovem mocinha do protagonista malhado. Participar do programa de Ben Mulroney e Anne-Marie Mediwake na ctv fazia parte dos ritos de promoção do filme.

— Meu anjo, eu disse que você não precisava ir comigo. Mas a Charlotte insistiu — Don fazia referência a Charlotte Friesen, empresária e agente da família Kusch. — Ela argumentou que seria interessante você me acompanhar no programa de maior audiência das manhãs.

— Acompanhar? Você está sendo gentil, Donnie! — Emma não poupou ironia. Debruçou-se sobre os joelhos e fitou o lago à frente: — Vamos usar as palavras certas. O que Charlotte queria era que eu aparecesse ao seu lado. No momento, é a única forma de me colocar diante das câmeras.

— Emma, não seja tão cruel consigo... — Foi interrompido pela esposa, que pretendia sair daquele assunto:

— Você conseguiu falar com Jared hoje?

— Ainda não! Tentei mais cedo, mas ele não atendeu ao celular. Mandei uma mensagem, mas ele não respondeu.

— Que estranho! Ele ficou de vir almoçar conosco e não apareceu. Será que ele e o Julian reataram?

— Pouco provável — Don não tinha grande apreço pelo ex-namorado do filho. — Nunca achei que aquela história daria certo, como, de fato, não deu.

— Não seja injusto, Don! — divergiu Emma. — Jared e Julian formavam um casal lindo. E deu certo sim! Deu certo por dois anos.

— Então, não deu certo! — insistiu Don. — Nós dois somos um acerto, porque estamos juntos há trinta anos. Aqueles dois... não tinham futuro.

— Pode ser — Emma assentiu, ainda que não concordasse plenamente. Levantou-se da cadeira e questionou, apontando para a casa: — Vou lá dentro tentar falar com o Jared. Estou preocupada. Você quer que eu traga seu uísque?

— Caubói, por favor — Don pegou uma das mãos da esposa e deu-lhe um beijo. — São essas pequenas coisas que ajudam a dar certo!

— Amo você, querido! — ela retribuiu, com um beijo na testa larga do marido. Seguiu em direção à escada de acesso à casa, ao que foi seguida por Dosha, rebolativa e soltando pequenos grunhidos.

Don avistou o celular esquecido na cadeira. Ao tomá-lo à mão, contemplou a imagem em exibição: Emma Cartier, aos vinte e três anos de idade, lindíssima e no auge do sucesso, ilustrando a capa da revista *Interview* de agosto de 1988.

▶

— Oi, mãe! — disse Jared, atendendo ao celular.

— Filho, você está bem? — questionou Emma, ao telefone: — Por que não veio almoçar conosco?

— Desculpe-me... o dia passou tão rápido.

— O Julian está aí? — interrompeu, curiosa.

— Julian? — ele não compreendia o objetivo do questionamento. — Por que o Julian estaria aqui?

— Ah! Achei que vocês poderiam ter reatado o romance.

— Mãe, eu já disse, não tem volta! O Julian é uma ótima pessoa, mas nós temos perspectivas diferentes. — Jared tratou de mudar de assunto: — Passei quase o dia inteiro no Stanley Park, tirando fotos para a exposição... e eu nunca levo o celular comigo quando saio para fotografar.

— Eu fiquei preocupada!

— Não fique! Eu estou ótimo! E o papai, está bem?

— Melhor impossível. Hoje fomos à entrevista na CTV. Ele deu um show! Você assistiu?

— Não assisti.

— Que tal você vir jantar conosco?

— Mãe, hoje não dá! Acabei de tomar banho e, neste exato momento, estou pelado, jogado na cama, pronto para uma soneca!

Despediram-se entre risos. Jared ficou olhando para o teto, perdido em pensamentos. O corpo estava exausto, mas a mente seguia acelerada. Tinha a sensação de que o tempo que passara ao lado de Albert fora curto demais em contraponto à envergadura de um dia com tantos acontecimentos, no mínimo, diferentes. Virou-se na cama. Puxou um travesseiro e colocou entre os joelhos. Abraçou outro. Cobriu o corpo nu com o edredom macio. Fechou os olhos e imaginou como seria dormir abraçado com Albert. Estava encantado, bem se podia resumir. Cochilou, em êxtase.

▶

Uma caminhada de menos de cinco minutos separava o Champlain Square, na esquina da 54th com a Kerr Street, das casas de Albert e Fay. Era a metade do caminho entre uma e outra, ou seja, tecnicamente, os dois estavam no quintal de casa.

O movimento mediano permitiu-lhes sentar num lugar estratégico: a mesa de dois lugares, encantadora, bem abaixo do engraçado e faminto mascote imperial da Little Caesars. O pedido não seria novidade, o que permitiu ao atendente adiantar o preparo quando aquelas duas figuras rotineiras surgiram à porta: o exclusivo Deep! Deep! Dish, uma espécie de pizza quadrada com três camadas, entrecortadas por muito bacon e bordas crocantes.

— O que você está esperando para começar a falar? — antecipou-se Fay, curiosíssima. — Estou quase cortando meus pulsos!

— Na verdade, eu não sei por onde começar — por mais que Fay fosse sua melhor amiga e única confidente, Albert estava definitivamente constrangido.

— Você pode começar pelo começo! — redundou Fay, fuzilando-o com os olhos. — É um bom caminho.

— Bom, vamos lá — ele respirou fundo. — O fim de semana estava péssimo. Desde sexta-feira! Poxa, era o último fim de semana de férias e eu não tinha feito praticamente nada.

— Foi você quem não quis ir para Cardston conosco! — interrompeu Fay. — Lá também é um saco! Mas, pelo menos, nós estaríamos juntos.

— Não dava pra ir... Minha mãe teria um ataque! E eu tenho compromisso na igreja todas as segundas, quartas e sextas, esqueceu? Sem falar no escritório da doutora Matilda.

— Eu sei — Fay coçou a cabeça. — Bom, eu não sei o que você ainda faz naquele lugar! Só tem gente louca naquela igreja, Albert!

— Fay, você sabe que não é bem assim.

— Eu não conheço gente normal que bate à porta da casa dos outros, às sete da manhã, para entregar panfleto de conversão!

— Eles encaram isso como uma missão.

— Missão de gente louca... fanatismo! — taxou Fay.

— Não seja boba — por mais que o disfarce religioso já estivesse demasiado justo para a mente em vias de liberdade de Albert, os argumentos de debate ainda tangiam seu inconsciente. — Na sua religião, por exemplo, as pessoas andam pelas ruas carregando e idolatrando imagens de supostos santos. Isso não faz de vocês loucos e ninguém os acusa de fanatismo.

— É bem diferente!

— Ah! Não é não! E você sabe que eu preciso estar lá.

— É outra coisa que eu não compreendo — Fay, assim como a maioria das pessoas, tinha verdadeira antipatia por Abigail. — Sua mãe ainda é nova! Bem que poderia arrumar um emprego. Minha mãe já disse que ela pode trabalhar lá na escola.

Por sorte, o garçom interrompeu aquele assunto que, via de regra, irritava Fay e deixava Albert constrangido. Sua estrutura familiar era débil, deixando lacunas de experiências e símbolos, fosse em termos de educação e comportamento, fosse pelos quadros que jamais ilustraram as paredes da sala. Do importante ao insignificante, todo coeficiente restava em absoluta carência.

— Pare de enrolar, Albert! Eu quero saber quem é essa pessoa que você conheceu!

— Então — Albert sentiu o início da ardência nas maçãs do rosto.

— Eu estava entediado e acabei fazendo aquilo que me dá prazer: fui para o Stanley Park, sentei num banco e fiquei tocando violino.

— É outra coisa que eu não entendo! — como sempre, Fay adorava interrompê-lo com suas incompreensões pueris. — Eu adoro quando você toca! Mas ficar sozinho, tocando num banco do parque... Não sei como as pessoas não jogam moedas!

— Você vai deixar eu contar ou não? — irrompeu Albert. Fay cerrou os lábios e, com uma das mãos, fez o movimento de fechar um zíper. Ele prosseguiu: — Eu estava lá, sentado, tocando... De repente, um cachorro branco, enorme, lindo, pulou no banco!

— Um cachorro? — ela não resistiu.

— Foi um baita susto! Eu não sabia de onde ele tinha vindo.

— O cachorro te atacou?

— Não! Ele apenas pulou no banco... Parecia querer brincar. Tanto que fiquei fazendo carinho nele.

— O.k.! Mas onde entra a pessoa que você conheceu?

— É difícil contar as coisas pra você, viu? Tenha calma!

— *Sorry!* — Fay novamente fechou o zíper à boca.

— Enquanto eu estava fazendo carinho no cachorro, ele apareceu.

— Ele quem? — Fay nunca resistia.

— Um homem lindo!

— Mais lindo do que o Ryan Reynolds?

— Muito mais.

— Impossível!

— É sério... Eu fiquei completamente cego para todo o resto. Só conseguia enxergar ele... ali na minha frente.

— O cachorro era desse cara?

— Era.

— Então, ele pegou o cachorro, sorriu pra você e foi embora — Fay tentou brincar, até para desaquecer sua própria curiosidade. Ainda com a boca cheia de pizza, concluiu: — Em se tratando de um de nós dois, já seria uma grande aventura sexual!

— Vá se danar, Fay!

— Mas é verdade! Quando foi a última vez que você beijou na boca? Tem mais de dois anos... Nós estávamos no Grade 10 e você beijou aquele garoto esquisito lá atrás do Centro Comunitário da Killarney. Lembra disso? Um mês depois, ele mudou com os pais para a Bulgária e você ficou destruído.

— Eu não fiquei destruído! — Albert odiava lembrar daquela história que marcou seus dezesseis anos. — E eu não beijei ele!

— Ficou sim! Você quase reprovou em Matemática.

— Bom, pelo menos eu já tentei beijar a boca de alguém!

— Ah! Então é guerra? — Fay não suportava ser lembrada daquela "catástrofe" pessoal.

— Só pra constar — Albert arqueou uma das sobrancelhas, certo de que agora Fay conseguiria ficar quieta e ouvir sua história.

— Então, para o bem do argumento, é bom fazer constar que não são reais as histórias de príncipes encantados que caem de paraquedas, com seus cachorros brancos, no meio do parque.

— Eu também acreditava que essas histórias eram impossíveis. Mas aconteceu comigo.

— E o que aconteceu, exatamente?

— Para começar, eu não sabia o que fazer.

— Típico de você! — antes mesmo que Albert pudesse realizar qualquer repreenda, Fay tratou de fechar o zíper à boca uma terceira e última vez.

Albert passou à narrativa dos acontecimentos daquela manhã. Algumas vezes prolixo, noutras, visivelmente acanhado. Uma coisa era inegável: o brilho dos seus olhos revelava o gigantismo do encantamento. Não sabia medir quanto tempo ficaram sentados naquele banco, ao lado da estátua de Harry Jerome. Sequer lembrava quantas e quais músicas tocou. Depois, seguiram caminhando e conversando até o Brockton Point Lighthouse, um pequeno e centenário farol erguido na extremidade oriental do Stanley Park para evitar colisões de navios com o enorme recife formado naquela região do Coal Harbour. Ouviu a história do antigo faroleiro que, antes da automatização do equipamento, passou solitários vinte e cinco anos prestando serviços aos navegantes e conversando apenas com a forte corrente de vento que invade o Burrard Inlet.

Descobriu, também, que dali era possível avistar a casa daquele príncipe, encravada na montanha Hollyburn, em West Vancouver. Também perdeu a conta de quantas vezes silenciou, evitando respirar, enquanto admirava a delicadeza com a qual ele erguia a câmera fotográfica, torcia o pescoço e ajustava o foco para os muitos registros. Foram muitas fotos. Após mais algum tempo caminhando, passaram pelo pórtico feito com três grandes troncos e alcançaram o Lumberman's Arch Concession. Sentaram numa das mesas externas e almoçaram duas porções de peixe e batata frita, acompanhadas de chá gelado. Veloz é o tempo quando há prazer e, quando deram por si, já passava das quatro da tarde.

Albert detalhou para Fay desde a cor dos fios de cabelo até o estilo do nó utilizado nos tênis. Ela torceu o nariz quando revelada a idade do homem: *"Trinta anos? Ele é velho pra você!"*. Mas acabou cogitando a possibilidade de ser uma experiência excitante.

— Como assim? — Fay elevou assustadoramente o tom de voz, chamando a atenção das mesas ao lado. Percebendo o sinal de Albert, retomou, em cochicho: — Por que você não deu seu telefone pra ele?

— Ele não estava com celular naquele momento e não tinha nada pra anotar — prosseguiu Albert, sem compreender por que passaram a cochichar.

— Mentira! — ela foi assertiva. — Isso é surreal! Quem anda sem celular?

— Ele estava sem o dele naquele momento!

— E você acreditou?

— Não tinha por que duvidar.

— Mas, pelo menos, te deu o número dele?

— Sim!

— E você vai ligar? Mandar uma mensagem?

— Hoje não. — Albert refletiu. — Não quero que ele pense que sou um desesperado.

— Vai ligar amanhã, então?

— Não sei... Não sei o que dizer — havia um misto de ansiedade e temor nas palavras do garoto. — Vou ligar e falar o quê? *Oi! Quer sair comigo depois da aula?* Não, né? Ele vai achar que eu sou um colegial imbecil.

— Nossa! Vocês, homens, são muito enrolados — Fay fez uma breve pausa. Questionou: — Mas você quer vê-lo novamente, né?

— Claro que sim! — Albert respondeu de imediato.

— Então, liga pra ele!

— Hoje não... Até amanhã penso no que vou dizer.

— Albert, você me contou toda essa história do príncipe fotógrafo e seu cachorro branco, mas não disse uma coisa básica: qual o nome dele?

Albert abriu um sorriso frouxo. Respirou fundo e conseguiu ouvir o disparo do coração ao pronunciar o nome daquele homem que, agora, povoava sua existência:

— Jared... o nome dele é Jared.

casulo

A manhã ensolarada da segunda-feira era convidativa a um longo passeio pelo extenso gramado do Tisdall Park, no centro do bairro Oakridge. Da grande janela frontal do apartamento térreo na Ash Street, Julian Lasneaux lamentou a impossibilidade de atender ao chamado da natureza. Ajeitou delicadamente a camisa social em azul tão claro quanto seus olhos e sobrepôs a pesada jaqueta caramelo. Alcançou a alça da bolsa e saiu. Era seu primeiro dia como professor da Killarney Secondary School, contratado para coordenar o Departamento de Belas-Artes, e não queria chegar atrasado. Aquele novo trabalho não era um grande desafio, tampouco um momento ilustre em sua carreira. Era preciso pagar as contas e sobreviver após o fim da relação de dois anos com Jared Kusch e a Killarney foi a possibilidade que restou.

Tão logo deixou a Ash Street e entrou na 49th Avenue, fez uma rápida parada na Starbucks. Reconhecer um bom café era uma herança da relação com Jared e ali era possível encontrar um inigualável produto de origem brasileira, reserva especial. Com o ex-namorado, aprendeu a apreciar as notas de um café e encontrar exatamente aquele capaz de inebriar o paladar e o olfato. Era o único lugar de Vancouver a comercializar aquele café perfeito. O copo branco trazia como símbolo um jequitibá-rosa de mil e quinhentos anos, com detalhe amarelo e verde à margem, e informações preciosas sobre sua origem no Brasil: produzido artesanalmente pelo agrônomo José Renato Gonçalves Dias na Fazenda Sertãozinho, no pequeno município de Botelhos, sul de Minas Gerais. Para além do aroma doce e denso, aquele café apresentava a mescla de notas de chocolate ao leite e avelãs, com um suave toque de frutas cítricas.

Recostou-se no banco do carro e saboreou. Eram os últimos quarenta minutos antes de seu nada sonhado reencontro com as salas de aula e um bando de adolescentes que não conseguiam distinguir entre um clique de Sebastião Salgado e uma selfie das Kardashian. Fechou os olhos e levou a cabeça ao volante. *Por que tantos erros?*, era o questionamento que não abandonava Julian.

▶

Fay estava impaciente à entrada do grande auditório da Killarney Secondary School. Aquela segunda-feira, 3 de setembro de 2018, era uma data especial. Marcava o primeiro dia do Grade 12 e o último ano dela e de Albert naquele colégio. Seu pai tinha passado o fim de semana preparando um memorável discurso para a aula inaugural do Day Zero e faltavam poucos minutos para o início da cerimônia, com boa parte das cadeiras amarelas já ocupada por alunos falastrões.

Albert quase nunca se atrasava. Em geral, já estava esperando à calçada quando ela e seu pai estavam saindo de carro. Estava doente nas poucas vezes em que não apareceu. Mas, naquela manhã, era possível imaginar o porquê de o amigo sequer ter chegado ao colégio. De repente, avistou-o, atravessando o corredor de acesso ao auditório em trote rápido.

— O que aconteceu com você? Por que está tão atrasado? — adiantou-se Fay, sem delongas.

— Bom dia, Fay! — disse Albert, irônico, exibindo uma felicidade incomum. — Eu não estou atrasado. Cheguei na hora!

— Se demorasse mais um pouco eu entraria sem você. Porque se os discursos do meu pai já são chatos, imagina ter de ouvi-los em pé?

— como de costume, entrelaçou seu braço ao de Albert e seguiram em direção à porta do auditório. — Eu preciso falar com você sobre o "Ryan Reynolds" do parque.

— Eu não consegui dormir... fiquei pensando nele a noite toda! E o nome dele é Jared.

— Eu sei — Fay demonstrava alguma preocupação no tom de voz. — Preciso muito falar com você sobre esse Jared.

— Agora?

— Agora não vai dar! — ela apontou para o outro lado do corredor. — Meu pai já está vindo, com o tal professor novo. No intervalo conversamos... Vamos entrar!

▸

— Fico muito feliz que tenha aceitado nosso convite, professor Julian — disse o diretor Eugene, caminhando com as mãos para trás e olhando para o chão, como de costume.

— Será uma honra participar da equipe da Killarney. Espero poder contribuir e atender às expectativas — afirmou Julian, disfarçando sua pouca vontade de estar ali.

— Tenho certeza de que realizará um ótimo trabalho aqui! Todos gostamos muito do seu currículo. — Eugene, com educação, estendeu a mão para indicar a passagem de entrada para o auditório: — Por aqui, professor.

Julian era um homem alto e bonito. Poucos acreditavam que ele já havia alcançado os trinta e um anos de idade. Conforme descia os degraus do auditório, ouvia os cochichos das meninas, muitas delas em suspiro. Adorava essa exibição. Tão logo chegaram ao palco, foi cumprimentado pelos demais professores que ali estavam, aguardando a chegada do diretor para o início da assembleia. Sentou-se e quase cochilou durante o exaustivo discurso de Eugene Jewison. Não por acaso, reparou que os alunos na plateia também dividiam aquela sonolência no primeiro dia de aula. Tanto, que demorou a processar quando o diretor o apresentou como novo coordenador do Departamento de Belas-Artes da Killarney e ele deveria levantar-se para receber os devidos aplausos. Eles vieram, mas também foi possível ouvir alguns comentários maldosos dos garotos:

— *Queer!* — cochichou um garoto, passando o smartphone para o colega ao lado.

— *Fag!* — disse outro.

— *Gay!* — quase todos ouviram.

▶

Os pneus do Bentley Bentayga preto deslizaram quando Emma deixou a Dunlewey Place para entrar na privativa Twin Creek. Não tinha compreendido o torpedo enviado pelo filho, no início da manhã, solicitando sua presença. Havia uma urgência incomum naquela mensagem. Tentou ligar antes, sem sucesso. Voou desde o Capilano Lake até West Vancouver. Ao entrar no estacionamento para visitantes do último prédio do condomínio, avistou Charlotte Friesen, com seus cabelos finos e curtíssimos, dentro de um vestido floral completamente fora de época, falando ao celular, encostada à porta de outro carro. Havia nela uma expressão leve, o que ajudou a dissipar o mal-estar que a consumia desde que recebeu aquele torpedo matutino. "*Charlie*", como era carinhosamente chamada, era agente de toda a família Kusch, mas amiga pessoal de Jared desde a infância. Se ela estava tranquila, nada de ruim estaria acontecendo. Emma ainda conseguiu ouvir um pedaço da conversa ao telefone:

— ... desta vez não quero nada delicado! — falava Charlotte, sinalizando para que Emma a aguardasse um momento. — O Jared está noutra fase. Quero uma decoração mais robusta na vag. Talvez aço ou cobre. Vá pensando... Mais tarde eu te ligo — desligou antes mesmo da resposta e cumprimentou, com um beijo no rosto. — Como vai, Emma? Desculpe fazê-la esperar.

— Imagina, querida! Era sobre o vernissage?

— Sim! — acelerada, Charlotte pegou Emma por uma das mãos e seguiu em direção à escada lateral, acesso ao apartamento de Jared. — Estamos bastante atrasados! Ainda não há uma definição sobre a decoração... seu filho não concluiu os trabalhos... enfim, ainda estamos no meio do caminho a pouco mais de duas semanas da inauguração.

— Isso é péssimo! — Emma tentou extrair alguma informação: — Ele está tão estranho ultimamente. Está acontecendo alguma coisa? Charlie, você sabe de algo?

— Desta vez, eu juro, não sei de nada! — em geral, Charlotte era extremamente discreta com os assuntos de Jared. Antes de ser sua empresária, era sua amiga e havia muitos assuntos que passavam ao largo da casa de Emma e Don Kusch.

— Você falou com ele hoje? — perguntou Emma.

— Recebi uma mensagem.

— Eu também recebi! Será que há algo errado?

— Não! Eu consegui falar com ele agora há pouco, ao telefone. Disse que precisava da nossa ajuda numa questão pessoal e avisou que você também estava vindo. — Charlotte abriu a porta de acesso externo e, imediatamente, a grande porta de entrada do loft. Tratou de justificar-se: — Ele falou que estava entrando no banho e que deixaria a porta aberta.

Emma e Charlotte brecaram tão logo chegaram ao primeiro grande salão do apartamento. Estavam boquiabertas. Sobre os suportes especiais, uma fotografia de dois metros de largura e um metro e meio de altura, toda em escala de cinza. À lateral esquerda, a intervenção artística de Jared, fazendo saltar, em cores fortes e alto-relevo, a metade de uma borboleta. Daquele par de asas uma paleta de cores irradiava, esmaecendo até encontrar um homem tocando violino no banco do Stanley Park.

Aquilo que parecia simples, havia alcançado a perfeição. A imagem, a intervenção e como ambas dialogavam com absoluta maestria. Tratava-se de uma obra-prima, não restou qualquer dúvida. Emma e Charlotte se entreolharam, após algum silêncio contemplativo:

— Isso é fantástico! — tentou resumir Emma, enquanto Charlotte se aproximava, admirando cada pequeno detalhe daquela obra de arte.

— Gostaram? — disse Jared, que, trajando apenas uma toalha trespassada à cintura, as observava havia algum tempo.

— Meu filho, que trabalho incrível! — disse Emma, aproximando-se para um beijo.

— Jared, é uma obra impecável! — Charlotte se derreteu. — É seu trabalho mais bonito, mais emocionante.

— Esta será a principal obra da exposição — asseverou Jared, concluindo. — Quero todo o destaque nela!

— E ela já tem um nome? — perguntou Charlotte.

— *Quase Borboleta*, com a palavra *quase* escrita entre parênteses, para que a expressão não seja definitiva, congelada, e deixe a sensação de um ato contínuo, uma transformação em curso, um movimento posterior ao que vocês estão vendo.

— O nome é perfeito, Jared! — afirmou Emma, abraçada ao filho.

— Eu também gosto do nome — Charlotte seguia contemplando o trabalho, avaliando-o. Voltou-se para Jared: — E este será o nome da exposição, certo? *Quase Borboleta*, com o *quase* entre parênteses.

— Exatamente! — encerrou Jared.

— Preciso dar um telefonema com urgência! — Charlotte sacou da bolsa o celular e seguiu em direção ao terraço maior, depois da sala. — Preciso falar com o decorador e com a equipe de publicidade. Não podemos perder tempo... e agora temos a joia da coroa para exibir — enquanto fazia correr a grande porta, já estava com alguém na linha. — Kevin? Vamos manter o aço... robusto e escovado. Já temos uma definição...

Enquanto a voz de Charlotte desaparecia na área externa, Jared e Emma caminharam até a área levemente suspensa do loft, reservada por algumas peças móveis de vidro jateado, que lhe servia como quarto e closet. Sem qualquer pudor à presença da mãe, tirou a toalha e começou a buscar alguma roupa nos armários laterais.

— Mãe, eu não pedi para vocês duas virem até aqui apenas por conta da obra — havia um tom grave nas palavras de Jared.

— Eu sabia que tinha alguma coisa acontecendo! — antecipou-se Emma.

— Preciso da ajuda de vocês.

— Jared, seja o que for... — Emma fez questão de repetir. — Seja o que for, pode falar... eu estou aqui!

— Mãe — ele sorriu. — Não é nada dramático... Eu quero mudar meu visual. Quero dar uma repaginada!

— Hein? — ela não conseguia acreditar.

— Isso mesmo! Quero mudar tudo! — Jared parecia dominado por uma euforia. — Quero cortar o cabelo, mudá-lo completamente. Quero tirar essa barba. Quero comprar roupas novas! Tudo novo! Tudo diferente!

— Posso saber o que está acontecendo? — Emma torceu o nariz, tentando compreender aquela decisão que não era própria ao filho, sempre despreocupado com esses assuntos. Ele era naturalmente bonito, cuidava do corpo, corria, fazia musculação, tudo sem exageros. Mas o habitual era obrigá-lo a entrar nos modelos necessários às aparições públicas e não o contrário. Ela insistiu: — Tem alguma coisa errada nessa história e eu não estou entendendo!

— Não há nada errado, Madame Cartier! — Jared tinha acabado de vestir uma calça jeans e saltou em direção à mãe, jogando ambos sobre a enorme cama baixa, em estilo japonês. Abraçando-a, reiterou: — Não há nada errado! Pelo contrário. Agora é que tudo está caminhando no sentido correto!

— Meu Deus! Mas que felicidade é essa? Eu não sabia que realizar um bom trabalho lhe faria tão bem.

— Não foi só o trabalho.

— Hum! — Emma acreditou estar começando a compreender o motivo de toda aquela anarquia. Arriscou: — Você e o Julian reataram?

— É claro que não! — Jared abandonou o abraço e estirou-se na cama, abrindo os braços. Sua voz desceu alguns tons: — Não tem nada a ver com o Julian.

— Filho, me desculpe! — foi a vez de Emma buscá-lo, aconchegando-se sobre seu peito desnudo. — Eu só achei que...

— Achou errado! — ele a interrompeu. — Muito errado mesmo!

— Perdoe-me.

— Tudo bem! — interrompeu-a novamente. — Mas preciso da ajuda de vocês para fazer essas mudanças. Será que você pode ligar para aquele seu cabeleireiro e agendar uma hora pra hoje?

— O Bryce? Claro! — foi assertiva. — Se eu ligar, ele para o que estiver fazendo para nos atender.

— Então, por gentileza... pode ligar!

Emma e Jared ficaram algum tempo conversando, até que ele se levantou e foi em direção à cozinha, convidando-a para um café. No caminho, ela tornou a parar diante daquela obra magnífica exposta na sala.

— Ficou um espetáculo, Jared! — disse, já percebendo-o ao longe e com Charlotte vindo ao seu encontro.

— Já descobriu o que ele quer? — questionou a agente.

— Já! — Emma praticamente cochichou, como se estivesse numa sessão de fofocas. — Ele quer uma mudança completa de visual... cabelos, barba, roupas.

— Que estranho — Charlotte também não conseguia compreender aquela súbita alteração de personalidade de Jared. Acabou repetindo a mesma pergunta feita por Emma minutos atrás: — Está acontecendo alguma coisa?

— Acho que nosso menino está apaixonado! — ela olhou para a grande obra de arte e apontou para o homem que tocava violino, numa prova de que os instintos de mãe tendem a ser certeiros. — Algo me diz que aquela criatura na foto é bem mais que um simples músico de parque.

▶

Sentados numa das últimas fileiras do auditório, Albert e Fay ouviram limpidamente os comentários durante a apresentação do novo professor. Albert ficou constrangido. Fay parecia nervosa, dedos rápidos trançando um quarto de cabelo sobre os ombros.

— O que está acontecendo? — perguntou Albert, sem saber ao certo o que pensar.

— Você não ouviu? — respondeu Fay.

— Ouvi... Quer dizer que o novo professor de Artes é gay? Como eles sabem disso? Você sabia, Fay?

— É uma longa história, Albert. — Fay tentou encerrar o assunto, mas percebeu quando um dos rapazes ao lado passou o smartphone para Albert, tentando mostrar a foto estampada. Antes que ele pudesse ver, ela tomou-o de suas mãos: — Me dá isso aqui!

— O que é isso, Fay? — Albert se assustou com a reação da amiga, atiçando sua curiosidade: — Deixa eu ver o que é!

— Não... é melhor não!

— Por que não? Eu quero ver.

— Mas eu não quero que você veja! Não antes de conversarmos — Fay tentou afastar o aparelho, mas não conseguiu. Albert tomou-o.

— Aposto que é um nude vazado do novo professor!

Albert congelou quando viu a foto, estampa de uma matéria da versão digital do *Vancouver Sun*. A manchete era explícita: "Jared Kusch exibe novo namorado no viff". O subtítulo não deixava qualquer dúvida: "Fãs aprovam relacionamento do artista plástico com Julian Lasneaux, um desconhecido professor do subúrbio". A foto mostrava Jared, de mãos dadas com Julian, cumprimentando o público à saída do luxuoso Vancity Theatre, durante o Festival Internacional de Cinema do ano anterior.

Um covarde arrepio passou por cada vértebra de Albert. Tensionados, os músculos maxilares impediam que qualquer saliva salvasse sua garganta da secura imposta. Os olhos estavam marejados e avistavam apenas o abismo no qual mergulhara. Temendo não conseguir controlar o grito de dor contido ao esôfago, pegou a mochila e saiu correndo do auditório.

Albert atravessou o corredor e entrou no banheiro. Travou a porta da primeira cabine, sentou no vaso sanitário e chorou compulsivamente. O mundo havia girado rápido demais e ele se sentia arremessado contra um muro de concreto, espremido por suas próprias expectativas. Temendo ser ouvido por alguém que ali entrasse, mordeu fortemente a alça da mochila, enquanto o gemido fino e descontrolado impunha o volume de lágrimas que vertiam sem cessar.

sereias silenciosas

Na vida, há duas fases antagônicas entrelaçadas por um nó: a infância e a maturidade. A vida de uma criança pode ser resumida em dois conceitos traumáticos: liberdade e cerceio. À vida adulta cumprirá superar esses traumas, romper o que é fronteiriço e dar-lhe alguma identidade. Entre um período e outro revela-se o mais cruel dos tempos: a juventude. Longínqua para quem a aguarda, eterna enquanto dura para quem vive, e demasiadamente rápida para quem a deixou. Eis o nó.

Sistematicamente, um jovem é acusado por sua dramaticidade, pelo espírito definitivo que impõe às experiências da vida. Uma acusação tola, se observado esse tempo como a descoberta de enormes espaços vazios na bagagem. A juventude faz crer que esses vazios precisam ser preenchidos com a velocidade do ponteiro de segundos do relógio, açoitado pela iminência da partida do trem ao que se espera ser uma grande jornada. É exatamente a urgência por ocupar tais espaços que dá o sentido de eternidade, para quem não quer perder a hora, e brevidade, para quem já embarcou.

É no afã de preencher os recém-descobertos espaços vazios que nasce o instinto de caça à felicidade, qualquer que seja, ainda que onírica. Ao depositar a fé em embrulhos, sem esmiuçar-lhes o interior e a consistência, via de regra dá-se o descontentamento. Trágico é o desgosto à plataforma da estação da vida.

Juventude: eis o nó górdio a unir os tempos da existência.

▶

— Charlie, ligue para o Bryce! — pediu Emma, ao volante do Bentley Bentayga, tão logo entrou no trecho oeste da Georgia Street e percebeu o trânsito lento em direção ao centro. — Diga que vamos nos atrasar uns quinze minutos.

— Por que não almoçamos antes? — perguntou Charlotte, no banco traseiro, enquanto estavam paradas no semáforo. Dava para ver o relógio digital, instalado na publicidade da esquina da Georgia com a Cardero Bikeway, que registrava 11h40.

— De jeito nenhum! — antecipou-se Jared, no banco do carona. — Podemos almoçar depois.

— Avise o Bryce e peça desculpas pelo nosso atraso — chancelou Emma. — Ele fez a gentileza de abrir um espaço da agenda para nos atender hoje.

Mesmo ao volante, Emma percebeu que era possível medir a ansiedade de Jared pelo número de ruas: a cada cruzamento, seu filho olhava para o celular, como quem aguarda algum mínimo sinal de fumaça.

◄◄

Lembrou daquela criança, nas noites enquanto aguardava o pai chegar de alguma filmagem. Com o atiçador de lareira numa mão e uma régua noutra, media a redução da lenha e o aumento das cinzas a cada cinco minutos, e acabou criando uma espécie de fórmula: Don Kusch avisava quanto tempo ainda iria demorar para chegar em casa e Jared calculava quantas frações de toras seriam necessárias para manter a chama acesa até ouvir a voz do pai à entrada.

Certa noite, um atraso nas filmagens acabou colocando em xeque a matemática do garoto. Após consumir toda a lenha reservada, desconfiou do atiçador e, sem perceber o derreter da régua, queimou a ponta do dedo indicador. O choro varou a madrugada, formou-se uma enorme bolha d'água que deixou uma sutil cicatriz.

Quando Jared alcançou a adolescência e surgiram as primeiras dúvidas relativas aos seus reais afetos e desejos sexuais, aquela cicatriz foi uma forma tergiversa que Emma encontrou para ensinar ao filho como deveria lidar, naquele momento, com as perguntas indiscretas da imprensa, que sempre cercou a família, tratando-o como um príncipe herdeiro à espera de uma bela princesa, afinal, a heteronormatividade é uma tétrica tradição das monarquias. Questionado pelos tabloides de plantão, bastaria resumir com ironia: "Há quem tenha dedo podre. Eu tenho dedo queimado!".

Funcionou por um bom tempo, até Jared ser flagrado, aos quinze anos, em beijo ardente com um colega da equipe de ciclismo estudantil, durante passeio da turma no monte Fromme. *Como e a que custo aquele maldito paparazzo os perseguiu e monitorou no alto daquelas montanhas?*, foi o questionamento da família quando viu as fotos estampando a capa dos principais tabloides do Canadá, dos Estados Unidos, do Reino Unido e de boa parte da Europa.

O trauma foi terrível e a história do dedo queimado acabou resultando em piadas jocosas de gosto duvidoso. No entanto, também resultou na prestigiosa e bem-sucedida carreira de Jared como fotógrafo e artista plástico. Quando o assunto arrefeceu, ele pediu a Don sua primeira câmera profissional, utilizando um argumento irrefutável: "Fotografias não podem ser armas de guerra. Quero transformá-las em obras de arte".

Outrora duplamente dolorosa, a cicatriz definiu a identidade.

▶

— Aquela cicatriz ainda existe? — questionou Emma, olhando com afeto para o filho ansioso, que não conseguia desgarrar-se do celular.

— Bem aqui! — Jared apontou-lhe o dedo indicador esquerdo.

— Um dedo queimado que acabou rendendo meu emprego — sorriu Charlotte, que desde aquela época fora contratada por Emma e Don para "fiscalizar" os passos do filho e evitar novos "traumas".

— Um dedo queimado, um beijo, um escândalo e o que eu ganho? Uma espiã perpétua! — ironizou.

— Não seja cruel, Jared! — Charlotte deu-lhe um tapa no ombro, prosseguindo em seu protesto: — Eu nunca impedi que você tivesse seus namoradinhos!

— Então eu vou contar o segredo — ameaçou Jared.

— Não faça isso! — gritou Charlotte.

— Vou contar, sim! Afinal, uma boa espiã consegue ser pior do que um paparazzo, não é, Charlie?

— Não, Jared! Por favor.

— Mãe, sabe aqueles ciprestes plantados em vasos que ficam na porta do terraço lateral do meu apartamento? — questionou, já em tom piadista.

— Não, por favor! — insistia Charlotte, com o rosto completamente enrubescido.

— Pois é — prosseguiu Jared, percebendo o menear de confirmação de Emma e desconsiderando os apelos de Charlotte. — Um belo dia, quando eu ainda estava conhecendo o Julian, decidi levá-lo ao apartamento. Seria nossa primeira noite de amor...

— Seria? — interrompeu Emma. — Não deu certo?

— Nós estávamos tomando vinho e num espetacular amasso na sala — de soslaio, Jared contemplou Charlotte, que mantinha as mãos cobrindo o rosto, como uma criança diante da queda numa montanha-russa de memórias bizarras. Sem piedade, seguiu: — De repente, o Julian decide sair pelado no terraço para fumar. Nenhum problema, afinal, era madrugada e todas as luzes estavam apagadas. Dificilmente alguém o veria naquela situação. Mas, como eu tenho uma espiã...

— Eu não acredito que você vai contar isso! — Charlotte praticamente sussurrou.

— Ou você conta logo, ou vou bater esse carro de tanta curiosidade! — alertou Emma, dividindo a atenção entre o trânsito e aquela história.

— Charlie sabia que eu e Julian tínhamos saído juntos do pub e que iríamos para o apartamento. O que faz uma boa espiã nesses momentos? Vai atrás! À penumbra do terraço, ela não reconheceu o Julian, não viu que ele estava completamente nu e ainda achou que ele poderia ser um paparazzo indiscreto tentando registrar minha noite de amor. — Jared já estava rindo quando anunciou o final da história: — Ela simplesmente se jogou em cima do Julian e os dois caíram sobre o cipreste, quebrando o vaso, o que rendeu uma omoplata deslocada e muitos arranhões!

— Aquele braço imobilizado, então, não foi uma queda no jardim... foi um agarro fora de hora no Julian! — Emma não conseguia conter as gargalhadas. — Charlie, eu não acredito que você fez isso!

— E foi assim que o Tungow entrou na minha vida, há pouco mais de dois anos! — disse Jared, percebendo que já tinham deixado a Georgia e entrado na Burrard Street. Concluiu: — Julguei que o Tungow exerceria melhor a função! Pelo menos ele nunca mordeu ninguém que tenha dormido comigo. Mas ele também não gostava do Julian!

A descontração amenizou o trânsito carregado daquele final de manhã na Burrard Street, algo tradicional naquela região entre West End, Davie Village e Yaletown, o símbolo máximo de um povo que conseguiu unir sua história com o respeito às liberdades civis. Não por acaso, a chegada à região é marcada pela presença de pequenas bandeiras do arco-íris em todos os postes e o monumental prédio de pedras da Primeira Igreja Batista de Vancouver, erguido entre os anos de 1910 e 1911, separado apenas pela Nelson Street da Igreja de St. Andrew's-Wesley, inaugurada em 1927 para abrigar a união de metodistas, presbiterianos e congregacionais.

Estavam parados ao semáforo, bem em frente ao St. Paul's Hospital, quando Emma aproveitou a confissão jocosa e ousou uma pergunta que a perseguia desde o fim do relacionamento entre Jared e Julian, havia quase nove meses, e que agora merecia destaque diante de todo o contexto promovido naquela manhã, especialmente o desejo pela mudança no visual e a visível ansiedade.

— Meu filho, você não conheceu ninguém depois do Julian? — Emma tentou suavizar com uma metáfora. — Ou esse dedo queimado ainda insiste em apontar para direções tortas?

— Digamos que ainda é uma história curta demais para se ter um entendimento completo, um sentido mais profundo — Jared respirou fundo. — Mas uma história que eu quero que seja longa o suficiente para não ser possível contá-la num passeio de carro pelas ruas de Vancouver!

▶

Julian Lasneaux dirigiu ferozmente pela 49th Avenue até chegar ao apartamento da Ash Street. Estacionou o velho Chevrolet Malibu branco 1999, deixando uma das rodas sobre o meio-fio. Tão logo entrou pela porta, jogou a bolsa em cima da mesa, arrancou jaqueta e calça, jogando-as sobre a primeira cadeira que encontrou. Atirou-se no sofá, agradecendo por aquele primeiro dia ter se resumido à assembleia da manhã. Ainda assim, ressoava em sua memória o discurso enfadonho do diretor Eugene Jewison e os cochichos indecorosos de alguns alunos com celulares em punho. Teria que suportá-los a partir de hoje, mas ainda não tinha encontrado algo que pudesse amenizar tal tortura. Pegou o smartphone e acessou o Instagram. Sua timeline andava bastante insossa desde o fim do namoro com Jared e a maioria das pessoas interessantes que o tinham adicionado naquele período simplesmente desapareceram da lista de amigos e o número de seguidores diariamente despencava às dezenas. *É compreensível! Quem iria se interessar por um mero professor da Killarney?*, concluiu em pensamento. Abriu um leve sorriso quando percebeu que havia duas mensagens diretas e, imediatamente, foi conferir. Uma delas constava havia mais de quinze horas e não lhe interessou: *Um garoto com cara de pobre... e passivo!*, pensou, ignorando-o solenemente. O outro era mais recente, mais ou menos uma hora, e exibia um negro jovem e careca, com um sorriso largo. Acessou seu perfil: Mankwee Naki.

As fotos públicas não deixavam dúvidas: músculos e sungas aparentes em dezenas de selfies desavergonhadas. Noutras, revelava bom gosto e trajes bem cortados, sem exageros. Respondeu à mensagem que se resumia a um smile piscando com outro idêntico e poucos segundos se passaram até receber o contato direto:

Olá!, escreveu Mankwee.

Curte o quê?, perguntou Julian, antecipando-se a qualquer possível conversa perdida: É ativo ou passivo?

Você é rápido no gatilho, hein?

Não gosto de enrolação.

O.k.!, o homem entrou no jogo: **Curto o que rolar... sou flex. E você?**

Quer vir aqui em casa?, questionou Julian, desconsiderando a pergunta de Mankwee.

Por que você não respondeu minha pergunta?

Pelo simples fato de que, se você é flex, pouco importa qual é minha preferência, certo?, Julian conhecia bem aquele ardil de encontros virtuais. Em pleno século XXI, por alguma dessas tolas vergonhas que acometem os seres humanos, a maioria dos gays passivos ainda se recusa a assumir tal preferência num primeiro momento, resultando em encontros desajeitados e infrutíferos.

Estou sendo sincero... curto o que rolar!

Sou exclusivamente passivo. Quer vir aqui em casa?

Agora?

Sim.

O.k.! Qual é o seu endereço?

Antes de responder, com toda a imprudência própria aos encontros quase às cegas promovidos pelas redes sociais, Julian revelou um fetiche ao questionar:

Você tem câmera fotográfica profissional?

?, foi fácil para Mankwee resumir seu estranhamento com a pergunta utilizando um único sinal gráfico de pontuação. Mas não se furtou a questionar: **Por quê? Fetiche?**

Você tem ou não?, apressou-se Julian.

Tenho. Mas você pode dizer ao menos o motivo?

Quero que você traga sua câmera!

Para???

Flashes no escuro me excitam!

▶

Emma, Jared e Charlotte chegaram muito depois do meio-dia ao Bryce Studio, o elegante salão de vidros escuros num dos cantos externos de um antigo prédio de tijolos aparentes na esquina da Burrard com Burnaby Street. À porta foi possível avistar o cabeleireiro concentrado na conclusão do penteado das bem-cuidadas melenas prateadas de uma senhora, cujos cílios volumosos ganhavam destaque ao contorno dos olhos cerrados.

— Entrem! Entrem! — sinalizou Bryce, secador à mão. — Como vocês disseram que iriam se atrasar, passei minha amiga na frente. Mas já estamos terminando!

— Bryce, querido, não se preocupe! — disse Emma, simpática. — O trânsito estava horrível! Desculpe-nos o atraso.

— E você, hein? — Bryce foi obrigado a erguer o braço para que sua mão alcançasse o bíceps bem talhado de Jared, apertando-o. — Outro dia era um garotinho! Agora virou esse homem maravilhoso!

O uso da expressão "homem maravilhoso" soou como uma senha para que a mulher sentada diante do espelho abrisse os olhos. Ouviu-se um grito histriônico:

— Oh! Meu Deus! — ela girou drasticamente a cadeira, quase perdendo o eixo. — Salvai-me, ó santo, protetor das meias-calças! Emma Cartier? Aqui, em carne e osso?

Enquanto Emma tirava os óculos e sorria envaidecida com a manifestação exagerada, Jared cumpriu o mesmo movimento, mas revelou imensa surpresa com quem estava sentada à sua frente:

— CheTilly?

— Vocês se conhecem? — foi a pergunta simultânea feita por Emma e Bryce, guardada a diferença entre o tom malicioso dele e o tom surpreso dela.

— Nos conhecemos ontem, no parque — respondeu Jared, sorrindo.

— Parece que seu instinto insiste em vir atrás de mim, rapaz! — brincou CheTilly, olhando ao redor. — Aquele monstro branco devorador de tias velhas não está com você, está?

— Não. Fique tranquila! — Jared abriu um largo sorriso, principalmente quando percebeu que Emma, Charlotte e Bryce estavam completamente confusos com aquela história. — Tungow ficou em casa.

— Melhor assim! — dramática, CheTilly explicou, tentando reconstituir a cena. — Aquele abominável lobo das neves quase me matou ontem! Eu já estava indo embora da minha caminhada matinal de domingo quando, de repente, aquele animal gigante surgiu por entre os carros e veio na minha direção com a bocarra aberta. Feroz! Muito feroz! Tudo que consegui ver foram os 327 dentes. Quase desmaiei!

— Meu Deus, Jared! Eu não sabia que seu cachorro estava ficando tão bravo — disse Emma, visivelmente consternada com aquela narrativa.

— Mãe, CheTilly está exagerando! Ele estava brincando com ela... só — Jared percebeu sua má condução. — Perdoem minha indelicadeza! CheTilly, esta é minha mãe, Emma. Mãe, esta é CheTilly, a melhor vidente da Colúmbia Britânica!

— Não, não, não, rapazinho! — disse CheTilly, aproximando-se. — A vidência é só um hobby bem pago! Eu sou uma artista! — voltou-se para Emma e não conteve um novo grito. — Oh! Meu Deus! Não acredito que estou conhecendo a mulher mais linda do Canadá, a maior diva do cinema mundial!

Emma adorava essas bajulações gratuitas que a faziam parecer muito maior do que, de fato, era. Aquela cena grandiloquente não era uma novidade. As mulheres adoravam Emma Cartier. Talvez pelos longos e naturalmente curvilíneos e dourados cabelos. Talvez pela beleza jovem mantida ao raiar dos cinquenta anos. "Quarenta e nove", ela gostava de ressaltar. Muito provavelmente pela elegância inata que lhe garantia nobreza até mesmo trajando uma simples calça jeans, camiseta branca e um leve colete esvoaçante em tons de cinza.

— Só Emma Cartier é capaz de tirar nossos olhos desse Louboutin maravilhoso e nos fazer arrastar no chão por uma calça jeans e uma camiseta! — tietou CheTilly, revelando que quase nada era capaz de ofuscar aquele Pigalle Ombré preto e vermelho.

Emendaram uma conversa sobre roupas e sapatos, já que Emma também tinha adorado o tailleur verde-esmeralda com botões dourados de CheTilly. *Uma imitação razoável dos modelos Versace e absolutamente impróprio para o horário*, pensou, concluindo com brevidade: *Mas é inegável que o conjunto ficou ótimo nela!*

— Vamos deixar as madames conversando e cuidar dos nossos interesses! — disse Bryce, pegando Jared pela cintura e conduzindo-o à cadeira, diante do espelho tomado pelas luzes marginais de camarim. — O que eu posso fazer pelo boy-magia?

— Quero mudar tudo! — Jared tentava, sutilmente, esquivar-se das mãos do cabeleireiro, que mais pareciam tentáculos de um polvo a percorrer zonas perigosas de seu corpo. Ao sentar-se, resumiu: — Quero um corte de cabelo mais jovial. Tirar totalmente essa barba. Estou com cara de velho! Quero rejuvenescer o visual. Talvez bem curtinhos... O que você sugere, Bryce?

— Você? Com cara de velho? — intrometeu-se CheTilly, que mesmo sentada ao lado de Emma e mergulhada em prosa, conseguira captar as palavras de Jared. — Se você tem cara de velho, meu querido, eu sou a última irmã de Cleópatra!

— Acho que ele está tentando conquistar alguém! — cochichou Emma.

— Hum! — por cacoete, CheTilly levou o dedo mínimo ao queixo. — Quer dizer que foi bom ouvir os instintos, hein?

— Digamos que sim — confirmou Jared, encontrando o olhar de CheTilly através do reflexo no espelho.

— Acho que esse *alguém* pode ser um rapaz que toca violino no Stanley Park! — disse Emma, em cochicho quase inaudível. Grande foi o susto com a reação de CheTilly, que mergulhou num engasgo cuja tosse arrancou-lhe lágrimas dos olhos. Emma veio em socorro: — Você está bem? O que aconteceu? Charlie, pegue um copo d'água para ela.

— Eu estou bem — resmungou CheTilly, ainda em meio à tosse seca. Despistou: — Engasguei com a saliva. Sempre fico com a boca cheia d'água quando ouço histórias de amor — recebeu o copo das mãos de Charlotte, que pediu as devidas escusas para deixar o ambiente e falar ao celular do lado de fora, ato rotineiro sempre que estava enfadada.

— Não é uma história de amor! — protestou Jared. — Apenas conheci uma pessoa interessante.

— Ah! Não? — Bryce apontou a tesoura para Jared. — Quer dizer que você decide fazer uma mudança completa no visual apenas por que conheceu uma pessoa interessante? Sei... Conta outra, meu amor! — o cabeleireiro levou às mãos à cintura. — Ou, então, comece a me chamar de Beyoncé!

— Você está melhor? — perguntou Emma a CheTilly.

— Estou sim, querida! — respondeu, incerta. Voltou-se para Jared, através do reflexo, com alguma gravidade no tom: — Então você está encantado pelo som de um violino? Cuidado, rapaz! Violinos são como sereias: um som encantador que faz o barco colidir com os rochedos e afundar.

II

O amor é para os seres humanos o que o mar é para os marinheiros. Para descobrir se alguém é um grande navegador, basta questioná-lo sobre o mar. O marinheiro medíocre versará sobre um plano cartesiano, a cartografia de porções de água que separam geografias de habitabilidade. Pode até usar metáforas para falar sobre suas belezas, mas, em geral, suas referências estão presas ao horizonte linear visível, limítrofe. Sua fé está depositada em radares, bússolas e GPS. O marinheiro medíocre é esquivo. Vive a fugir de intempéries. Teme a profundidade como a morte.

Questionado sobre o mar, o grande navegador é poético. Com deferência, rende-lhe canções e lendas, poesias e mitos. Norteia-se pelas estrelas. Acredita que as águas oferecem algum tipo de música para que o reflexo da lua possa bailar em sua superfície, determinando as marés. Ao falar sobre o mar, o grande marinheiro faz crer que aquela lágrima derramada é a revelação da nascente dos oceanos: a imensidão é formada por cada gota de água salgada vertida diretamente das profundezas da alma.

Jared tornou-se um grande navegador. À custa de cicatrizes, descobriu que o surgimento do amor não está condicionado ao queimar de dez toras de lenha e suas chamas não são medidas por réguas de lareira. Passou dois anos vivendo com alguém que ele, de fato, não amava. Durante todo o tempo da relação, tentou semear sentimentos naquele solo árido, afinal, oásis podem brotar em desertos. Jamais logrou êxito. Com Albert foi diferente. Bastaram algumas horas, numa manhã de domingo, para que toda a envergadura do mar fosse revelada. Talvez, CheTilly estivesse certa em sua comparação com as sereias, afinal, o som doce do violino era parte daquele encantamento. Desde o primeiro momento em que avistou Albert, o coração de Jared batia no peito como a proa de um navio, em alta velocidade, chocando-se contra as águas, pouco importando se havia rochedos à frente. De alguma forma inexplicável, Jared já nutria sentimentos por Albert e isso era indubitável. No entanto, será que havia correspondência? Ou morreria afogado nas profundezas, após assistir ao seu barco espatifar-se contra rochas? Para além do som do violino embalando vívidas imagens em sua memória, o que restava era um celular à mão que insistia em não trazer nenhum contato, só o silêncio.

Em texto publicado em 1917, o escritor tcheco Franz Kafka revisitou os poemas míticos de Homero sobre a *Odisseia* de Ulisses: "Confiava totalmente no prazer inocente de confrontar as sereias. As sereias, porém, possuem uma arma ainda mais terrível do que seu canto: seu silêncio. Pode-se conceber, embora tal não aconteça, que alguém escape de sua música. Mas, certamente, não de seu silêncio".

▸

Todos ficaram impressionados com o resultado do trabalho de Bryce. Os fios curtos e disformes acentuaram o tom acastanhado dos cabelos de Jared e a ausência da barba iluminou sua pele alva, valorizando o desenho dos olhos, realçando o tom verde-aspargo, e o corte estreito da boca. Unânime também foi a conclusão: aquele novo visual resgatou-lhe a aura dos idos vinte e poucos.

Para comemorar, Emma fez uma proposta irrecusável: convidou a todos para um almoço no Hawksworth, o elegante e premiado cinco estrelas localizado no lobby do lendário Rosewood Hotel Georgia, distando pouco mais de um quilômetro do Bryce Studio. Não eram nem duas horas e ainda seria possível pegar o restaurante aberto. Pediu para que Charlotte ligasse e confirmasse uma mesa para cinco pessoas.

— O restaurante é maravilhoso! Mas o chefe de cozinha é mais! — disse CheTilly, revelando que conhecia bem o local.

Como toda a Vancouver, o Hawksworth é a mais pura visão da diversidade. Do menu ao design dos ambientes, um deleite para todos os sentidos humanos. Emma, Jared e Charlotte, acompanhados por CheTilly e Bryce, foram gentilmente acomodados em três mesas reunidas na Art Room, bem embaixo da instalação vibrante e colorida do celebrado artista Rodney Graham.

— Charlie, o que você acha de abandonar esse telefone por alguns instantes e compartilhar o almoço conosco? — pediu Emma, percebendo que seus convidados estavam visivelmente incomodados com aquela mulher falando ao celular ininterruptamente e alheia à mesa.

— Perdoem minha falta de cortesia — escusou-se Charlotte, encerrando uma ligação e desconsiderando a chamada em espera. Apresentou suas justificativas: — Infelizmente, os dias estão ficando curtos demais.

— Não existem dias curtos demais, minha querida! — antecipou-se CheTilly. — Existe trabalho demasiado, muito além do que podemos suportar.

— É verdade, Charlie! — a condescendência de Jared exibia algum *mea culpa*. — Você tem trabalhado muito ultimamente. Deveria tirar umas férias!

— Desde quando você não tira férias? — atravessou Emma.

— Eu nunca tiro férias! — Charlotte sorriu, exibindo dentes enormes e algum conforto com aquele reconhecimento. Mas fez questão de pontuar: — E não há como tirar férias! Hoje, por exemplo, nós estamos com três frentes de batalha: iniciar a organização da exposição do Jared, monitorar o calor das discussões sobre a entrevista de ontem na CTV e construir as agendas do Don em Los Angeles e Nova York.

— Don vai para os Estados Unidos? — espantou-se Emma. — Quando?

— Hoje à noite! — Charlotte percebeu o desconforto e tentou amenizar a notícia. — Foi uma decisão de última hora da produção do filme. Eles vão antecipar o lançamento. Desde aquela hora, no salão, estou tentando conseguir algum lugar nos voos comerciais, mas não foi possível. Então, decidimos que ele vai usar o jato particular.

— Interessante ele não ter dito nada — Emma fingiu resignação. — Ele deve estar nervoso... odeia essas viagens de avião.

— Se quiser, eu e o Tungow podemos dormir com você hoje. — Jared percebeu a interpretação de sua mãe. *Ela nunca foi uma boa atriz*, pensou. — O que você acha?

— Acho uma ótima ideia! — soltou um sorriso pálido. — É um horror ficar sozinha naquela casa enorme... que você não visita há meses! — Emma voltou-se para CheTilly. — Você tem filhos?

— Não! — a resposta foi taxativa, seguida pelo entreolhar constrangido de Charlotte e Jared, que acertou o tornozelo da mãe com um leve chute.

— Ai! — gritou Emma, olhando para o filho e revelando toda a inconveniência. — Eu disse alguma coisa errada?

— Mãe! — o rubor dominou o rosto de Jared.

— Não se preocupe, querido! — antecipou-se CheTilly, tentando conter aquele constrangimento. — A pergunta não foi ofensiva, afinal, nada me impede de ter um filho!

— Foi justamente o que eu pensei — disse Emma, sem qualquer intenção de deixar o assunto: — E você nunca pensou ou desejou ter um filho? Aliás, você é casada?

— Eu já fui casada! — CheTilly desconsiderou a pergunta sobre filhos e o gancho foi uma feliz saída daquele assunto. Enquanto deixava a marca de batom na taça de champanhe, serviu-se de galhardia: — Hoje eu apenas brinco!

— Hum... parece ser divertido! — disse Charlotte, que também não era afeita a relações fixas ou duradouras. Aproveitou para saciar sua curiosidade acerca daquela figura: — Você trabalha com o quê?

— Shows e vidência! — antecipou-se Jared.

— Você é mesmo uma vidente? — espantou-se Emma. — Acho que precisamos almoçar juntas mais vezes!

— Esse é apenas um dos meus dons — não havia qualquer modéstia nas palavras de CheTilly. — Na verdade, há quinze anos eu tenho uma casa noturna aqui perto, na Davie Street. Aproveito e faço shows lá nos fins de semana. Por isso eu fui ao Bryce hoje. Algumas perucas coloridas acabam com meu cabelo.

— Qual casa noturna? — questionou Jared.

— Rag Doll, você conhece?

— Claro que sim! — Jared estava surpreso, tal qual Charlotte:

— Você é a dona da Rag Doll?

— Rag Doll? Esse nome não me é estranho — disse Emma.

— É simplesmente a melhor boate gay de Vancouver! — Ressaltou Jared, arrematando: — E o melhor pub também!

CheTilly não tinha o menor pudor ao demonstrar seu orgulho por ter criado uma casa noturna icônica em Vancouver, instalada no prédio de quatro pavimentos, numa das áreas mais nobres de Davie Village, quase à esquina da Burrard Street. *Em quinze anos, nunca ficamos fechados um único dia sequer*, vangloriava-se.

— Interessante... Agora me lembro! Acho que já a vi numa reportagem no *Vancouver Sun*. — Emma recebeu, de imediato, o assentimento de CheTilly. Mas, como sempre, sua curiosidade estava acima de qualquer outra questão: — Por que esse nome: Rag Doll?

— É uma longa história — tentou escapar CheTilly.

— Melhor ainda! — Emma sorriu. — Adoro histórias longas que exigem mais de uma garrafa de champanhe! — sinalizou para o garçom. — Por gentileza, traga mais!

— Bom, se é assim — CheTilly virou o último gole de sua taça. — Vou resumir... Quando eu era criança... e era menino! — fez questão de ressaltar —, fiquei apaixonada por uma boneca de pano na vitrine de uma loja. Obviamente, meu pai se recusou a comprá-la para mim. Mas nunca esqueci aquela boneca de vestido xadrez e cabelos eriçados. Quando me casei... com uma mulher! — novamente fez questão de buscar outro tom para frisar o fato — e minha esposa ficou grávida, tinha certeza de que seria uma menina. Então, um dia eu estava passando por uma dessas lojas de coisas antigas... tipo brechó... e lá estava a boneca, já velhinha, toda esfarrapada. É claro que eu comprei e pretendia dar à minha filha, quando ela crescesse.

Fez-se uma pausa dramática à mesa. CheTilly aproveitou o momento, enquanto o garçom servia champanhe, para ganhar algum fôlego, já que aquela história não tinha um final feliz. Foi cortada por Emma que, como todos os demais, estava com o olhar fixo na mulher:

— E...? Continue... senão a curiosidade vai rasgar minha roupa!

— Bom — CheTilly respirou fundo e continuou —, eu passei dias consertando aquela boneca. O cabelo estava um horror, todo desfiado! Fiz até uma roupa nova para ela, porque aquela saia xadrez parecia um kilt. Fiz um vestido maravilhoso, todo em seda branca. Tinha até luvinhas! — o brilho nos olhos de CheTilly revelava a extensão da memória afetiva nas descobertas mais íntimas. — Minha esposa achava tudo aquilo muito estranho... E ela estava certíssima!

— Sua filha deve ter adorado o presente! — afirmou Jared, tomado por um flash de lembrança de quando roubou uma boneca Barbie da filha de uma das empregadas dos Kusch.

— Ela não chegou a ver minha boneca de pano — CheTilly fez nova pausa, mas não esperou algum novo comando para continuar. — Infelizmente, ela nasceu morta.

— Oh! Meu Deus! — lamentou Emma, consternada.

— Sinto muito, CheTilly — Jared pegou em sua mão. — Sinto muito mesmo.

— Tudo bem... Essa história não me assombra mais — levou a taça de champanhe à boca e perdeu-se num gole bem maior do que o normal. — Meu casamento ruiu e acabei descobrindo quem eu era de verdade, o que eu queria da minha vida. Libertou-me. Tirou-me do casulo. Saí de casa e a única coisa que levei comigo foi aquela boneca de pano. Três anos depois, conheci um belíssimo sul-africano festeiro e abrimos um pequeno pub, que logo se transformou num nightclub, e eu me tornei quem sou hoje. Quando estava escolhendo o nome, achei que Rag Doll seria uma homenagem justa. Eu moro lá mesmo, na cobertura... e a boneca está lá, cuidadosamente guardada num quarto que mantenho em casa para a filha que nunca tive.

Quando os garçons se aproximaram para servir o almoço à mesa, CheTilly sacou uma velha Polaroid da bolsa e voltou-se aos demais, certa da necessidade de encerrar aquele assunto.

— Será que posso fazer um registro deste momento histórico? Não é todo dia e não é qualquer um que pode almoçar com Emma Cartier! — entregou a câmera ao primeiro garçom, que teve a gentileza de se oferecer para fazer aquela fotografia. — Sorriam! Muitos sorrisos! Não existe tristeza nesta mesa!

A foto instantânea saltou da câmera e o garçom passou alguns segundos balançando-a com delicadeza. Entregou-a a CheTilly, mas olhou no fundo dos olhos de Jared.

— Não sou um profissional como o senhor... mas a foto ficou ótima. Não poderia ser diferente, com pessoas tão bonitas quanto vocês — concluiu o garçom.

— Muito obrigado... — Jared restou desconcertado com o galanteio.

— Queridinho — irrompeu CheTilly, adotando sua verve grandiloquente. — Quando CheTilly e Emma Cartier não saem fabulosas em fotos? Nunca, meu amor! Nunquinha!

O almoço agradável entrou pela tarde, mesmo depois de fechado o Hawksworth. Em geral, clientes especiais são a alegria dos donos e a tragédia dos funcionários de estabelecimentos comerciais.

Jared, constantemente, corria os olhos pelo celular, aguardando algum sinal de Albert. Mas só encontrou o vácuo frio que o silêncio é capaz de deixar quando a equação entre desejo e ansiedade não consegue expor algum resultado. Restava o silêncio... e só.

▶

O vento gelado começava a soprar, vindo das montanhas do Norte naquela noite de segunda-feira, mas não impediu Fay de subir dois quarteirões pela Lancaster Street, até a esquina com a 52th Avenue. Sem sucesso, havia tentado falar durante toda a tarde com Albert e decidiu interpelá-lo pessoalmente, quando estivesse saindo do culto no Salão do Reino das Testemunhas de Jeová. Encostada no hidrante, do outro lado da rua, aguardou. Conseguiu ouvir o final da pregação do ancião naquele encontro solene:

— ... por isso, irmãos e irmãs, peço a vocês que observem a trajetória dessa família alemã que enfrentou Hitler — o timbre plácido do ministro-ancião era entrecortado com alguma estridência em meios de frase. Ele prosseguiu: — Um pai, uma mãe e onze filhos... todos presos pela Gestapo, levados aos campos de concentração e marcados com um triângulo roxo invertido. A condição para a liberdade era assinar um documento renunciando sua fé em Jeová Deus. Eles disseram *não*! Eles disseram *jamais*! Um dos filhos foi fuzilado e outro, decapitado. E eles se mantiveram firmes em sua fé. De todas as religiões cristãs que existiam na Alemanha nazista, apenas as Testemunhas de Jeová conseguiram vencer a fúria de Adolf Hitler. Foram vituperados, humilhados, sofreram martírios e não abandonaram o sentido consciente e moral que os regia: Jeová Deus existe! Por que, então, devemos esmorecer agora, quando uma nova perseguição se ergue no horizonte de nossa casa?

Fay torceu os lábios. Sabia exatamente aonde aquela pregação pretendia chegar. Albert já dividira com ela várias histórias contadas por seguidores. Ele próprio, ainda que associado àquela religião por motivos outros que não a doutrina — incluindo um bom disfarce aos desejos! —, nutria especial admiração por esse trecho da História, pouco conhecido pela maioria das pessoas, quando os Triângulos Roxos enfrentaram e resistiram à fúria nazista. Ao ouvir os acordes do violino de Albert, sabia que a cerimônia estava chegando ao fim. Enquanto os fiéis deixavam o salão, percebeu quando o amigo, acompanhado da mãe, estacou à porta em conversa com o ministro-ancião Daniel Terence. Aproximou-se, até que pudesse ser vista por Albert.

— Boa noite, ministro! Boa noite, senhora Tremblay! — Fay também era boa em disfarces, em especial quando exigiam a distribuição de gracejos educados e insinceros. Foi respondida por ambos, com simpatia. Ela prosseguiu: — Senhora Tremblay, será que o Albert pode ir até minha casa? Temos algumas tarefas da escola para discutir. — Albert franziu o cenho, certo da armação.

— Eu não acho adequado que um rapaz vá para a casa de uma moça a essa hora da noite — como num teatro de grandes atrizes, Abigail também interpretava sua personagem singela e fartamente dedicada aos preceitos da religião que, literalmente, sustentava sua casa.

— Por favor, senhora Tremblay — insistiu Fay.

— Mãe... — Albert tentou dizer algo, imediatamente interrompido.

— O que o senhor acha, ministro? — Abigail voltou-se para o anfitrião do Salão. — O senhor concorda comigo que se trata de um pedido inadequado?

— Irmã, concordo que há uma inadequação posta — o ancião Daniel ainda guardava o tom solene da pregação. — No entanto, acredito que nós podemos confiar no nosso Albert, sempre tão correto e digno das bênçãos de Jeová Deus.

Foi por muito pouco que Fay não desatou em gargalhadas, enquanto Albert a fuzilava com os olhos. *Quanta correção!*, dizia-se em pensamento.

— Mas, se você for com Vina Fay, quem vai me acompanhar até em casa? — questionou Abigail, quase meiga.

— Mãe, nós podemos deixá-la em casa antes — sugeriu Albert.

— Não será necessário, Albert — asseverou o ministro-ancião. — Pode seguir com sua amiga. Vou fechar nosso salão e acompanho sua mãe até vossa casa. São apenas dois quarteirões. E, se Jeová assim permitir, podemos aproveitar e realizar um estudo bíblico extra.

— Se é assim, vá logo com ela, Albert — Abigail não pestanejou e perdeu a compostura ao livrar-se do filho. — Pode ficar tranquilo lá.

— Obrigada, senhora Tremblay! Boa noite, ministro! — Fay pegou Albert pelo braço, ansiosa por sair dali.

— Mande um abraço para Eugene e Nadine! — disse Abigail, tornando à singeleza insincera. — Diga que continuo pedindo a Jeová por eles!

O ministro-ancião tomou Albert pelo outro braço, praticamente estabelecendo um cabo de guerra com Fay. Olhando nos olhos do rapaz, asseverou:

— Albert, hoje você estava particularmente triste. Ainda está. Parece bastante oprimido por alguma coisa...

— Impressão sua, ministro! — antecipou-se Albert, tentando dissipar a percepção aguda do religioso.

— Pode ser — disse ele, demonstrando incerteza. — Mesmo assim, quero que você saiba que minhas portas sempre estarão abertas e meus ouvidos, dispostos a te escutar, seja qual for a questão.

— Obrigado, ministro.

— Nesses momentos de dúvidas e aflição, lembre-se do que diz Eclesiastes, capítulo um, versículo sete: "Todos os rios vão para o mar, contudo, o mar nunca se enche; ainda que sempre corram para lá, para lá voltam a correr".

▶

Jared estava havia quase uma hora no chuveiro, deixando a água quente cair sobre as costas na busca por algum relaxamento. Ao final daquele almoço tardio, decidira pegar um táxi, apesar dos protestos de Emma. Tinha convicção de que ela pretendia correr até a Kusch House, em North Vancouver, para compreender a súbita viagem do marido. No entanto, se despediu com o compromisso de que a encontraria lá naquela noite. Escutou o tilintar de uma mensagem no celular, que propositalmente estava sobre a bancada da pia do banheiro. Abriu a porta do box e, mesmo encharcado e após um escorregão, saltou em direção ao aparelho. Tão longa a expectativa, tão rápido o descontentamento. Era uma mensagem de Julian:

Sinto saudades de você. Sinto saudades de nós.

Por um momento, sentiu vontade de enviar uma resposta mal-educada, um desaforo. Julian tinha esses arroubos tolos. Não raro, sua insistência era humilhante. Naquele momento, o agravo era ainda maior. No entanto, resistiu. O que havia de melhor a fazer era ignorá-lo solenemente. Vestiu a primeira roupa que encontrou, pegou Tungow, tirou a capota do Jeep e partiu em direção à casa dos pais. Queria sentir o vento frio bater no rosto. Queria o excesso de oxigênio. Já à descida da Dunlewey Place, inseriu o pen-drive com suas músicas favoritas no rádio do carro e se deixou levar montanha abaixo. A primeira música a reverberar pela Hollyburn foi "River Deep, Mountain High", gravada ao vivo no ano 2000, durante o show de Tina Turner na cidade de Sopot, na Polônia. De fato, era exatamente daquilo que Jared estava precisando.

▶

Tão logo Albert e Fay dobraram a Lancaster Street e iniciaram a descida, passaram a olhar ao redor, vasculhando se alguém os vigiava. Certos de que estavam livres, passaram ao rito secreto desde que se tornaram adolescentes: do bolso do casaco, Fay sacou um maço Marlboro. Encantados e protegidos por dois grandes troncos, sentaram-se e cada um acendeu um cigarro.

— Ui! Fiquei até tonta! — disse Fay, logo após a primeira tragada.

— Você está cada dia mais fraca! — brincou Albert.

— Preciso te perguntar uma coisa.

— Ih! Lá vem você! — ele estava certo de qual seria o assunto.

— Por enquanto, não vamos conversar sobre *aquilo*. — Fay tranquilizou-o, momentaneamente. Mas atirou à queima-roupa: — O ministro está comendo a sua mãe?

— Tenho certeza de que sim! — disse Albert, com relativa tranquilidade.

— E você diz isso assim... tranquilo?

— Como você queria que eu dissesse? — Encenou: — Oh! Jeová, livrai os tentados da fornicação! Mas não destrua aquela pecadora com sua metralhadora impiedosa... afinal, ela é minha mãe!

O riso frouxo de ambos animou Fay. Seu amigo estava destruído pela manhã e vê-lo sorrindo naquele momento já era um bom sinal.

— Albert, eu não quero fazer fofoca, mas todo mundo sabe que o ministro e sua mãe têm um rolo. — Fay deu uma bafroada em seu cigarro.

— Todo mundo, inclusive eu, Fay! No fundo, acho até bom que eles se peguem. Porque, enquanto eles trepam, me esquecem! — Concluiu: — Além do mais, o humor da minha mãe fica melhor depois dos "estudos bíblicos extras"... e isso vale qualquer pecado!

Albert e Fay tentaram entrar em casa e subir as escadas sem serem notados pelos pais dela. O malogro se revelou quando Nadine os alcançou à metade do caminho:

— Quantas vezes eu vou precisar repetir que não quero vocês dois fumando? — repreendeu, mas guardando um tom que mais se aproximava do cansaço do que da reprovação efetiva. Com as mãos na cintura e um avental de franjas amarelas, Nadine fez questão de pontuar: — E não adianta mentir! Quando vocês passaram pela porta, o cheiro do cigarro invadiu a casa.

— Desculpe, mãe — Fay respirou fundo, enquanto Albert permanecia estático e com olhar confesso.

— Vocês vão fazer o que agora? Já é tarde!

— Não vamos fumar de novo! Pode apostar — brincou Fay.

— Eu sei disso — Nadine entrou na brincadeira. — Vocês querem ser crianças vivas amanhã, né?

— Eu e o Albert precisamos ver uma coisa na internet. Não vamos demorar... prometo! — enquanto Fay falava, Albert sinalizava com a cabeça em concordância.

— Tudo bem — Nadine se preparava para voltar à cozinha, quando os interpelou novamente. — Daqui a pouco eu levo um sanduíche pra vocês lá em cima. Mas não quero que fiquem até a madrugada no computador. Amanhã vocês têm aula cedo!

Albert e Fay concluíram a subida a passos largos e seguiram direto para o quarto dela. Porta fechada, puxaram as cadeiras e sentaram diante do computador.

— Albert, é meu dever esclarecer uma coisa.

— Se for para falar daquilo, pode esquecer!

— É importante! Preciso te mostrar.

— Eu não quero ver aquela foto de novo! — Albert foi taxativo. Engatou: — Já basta saber que vou ter que olhar para a cara daquele professor o resto do ano!

— Esse é o ponto! — Fay abriu o navegador e digitou no Google: "Jared Kusch".

— Aliás, Fay, como você descobriu quem era? Nem eu sabia!

— Você não sabia porque é um desinformado! — Fay foi objetiva. — Quando você começou a me contar aquela história ontem, fiquei intrigada. Foi só chegar em casa e fazer uma pesquisa rápida e acabei concluindo que seu namoradinho do parque era o Jared Kusch. O cara é megafamoso! E liiiiiiiindo! — exagerou.

— Eu nunca ouvi falar... nunca vi aquela cara antes! — a alienação era incompreensível a Albert. — Ele não deve ser tão famoso assim.

— Tem mais! Na família, ele é o menos famoso! — no fundo, Fay estava adorando tudo aquilo. — Lembra aquele filme que vimos há um tempo atrás e que você quase derreteu de tanto chorar?

— Qual deles? — Albert chorava até em episódios de *Arrow*, que acompanhava sob a desculpa de o seriado utilizar Vancouver como locação, mas, de fato, só tinha olhos para os atributos esculturais de Stephen Amell.

— Aquele, antigão — Fay tentava lembrar o nome. — Que tinha um maluco que se apaixona pela médica do sanatório... Ah! Não lembro o nome!

— O *prontuário*.

— Isso! Esse mesmo!

— O que tem o filme?

— Sabe a loira protagonista?

— Sim! Emma Cartier... maravilhosa!

— É mãe do Jared!

— Sério?

— E o pai dele é o Don Kusch... aquele gordo estranho que todo mundo adora.

— Você está de sacanagem comigo, Fay!

— Veja com seus próprios olhos...

Fay virou a tela do computador para Albert. Nas imagens do Google, uma avalanche de fotos de Jared, desde produções esmeradas até cliques informais feitos por paparazzi. Ela selecionou uma foto recente da família Kusch, durante um evento de caridade em Toronto.

— Deve ter achado que eu sou um idiota por não o reconhecer — numa fração de minuto, Albert reviveu todos os momentos que passaram juntos no Stanley Park.

— Pois é... não deixa de ser verdade! — disse Fay.

— Eu não sou ligado nessas coisas — ele tentava justificar a ignorância. — Não fico preso a esse mundo de celebridades. Além do mais, só acesso internet aqui na sua casa e na escola. Como eu poderia adivinhar?

— Albert, agora você tem uma escolha a fazer. — Fay se voltou para o amigo e olhou no fundo de seus olhos. — Ou esquece tudo e finge que nunca encontrou com ele no parque, ou pega o telefone e liga agora. Você disse que ele deu o número.

— Sim — coçou a nuca. — Mas, apaguei do celular hoje de manhã, depois que vi aquela foto na Killarney.

— Não acredito que você fez isso! — Fay meneou a cabeça, incrédula e em visível reprovação.

— Quer saber? — Albert respirou fundo e foi assertivo: — Essa história já deu o que tinha que dar... e ele tem namorado, que, por acaso, é o nosso novo professor de Artes.

— Era exatamente sobre isso que eu queria conversar contigo hoje, quando entramos no auditório. Ontem, depois que eu descobri quem ele era, fiz minhas pesquisas. Eles foram namorados. — Fez questão de reiterar: — *Foram*... passado! Terminaram há meses e, desde então, o Jared está na pista... lindo, delicioso e solteiro!

— Isso só pode ser brincadeira! Castigo.

— Não, meu querido, essa história só está começando — concluiu Fay, enquanto abria sua conta no Facebook.

Nadine entrou no quarto com os prometidos sanduíches e, como bônus, suco de melancia. Acompanhou exatamente o momento em que Fay abria uma foto postada na timeline de Emma Cartier.

— Olha aqui! — disse Fay, puxando Albert. — Ela acabou de postar uma foto dos dois.

— Nossa! Ele está diferente de ontem... Será que é foto recente?

— É sim! — ela apontou para o texto postado. — Veja a *hashtag* "#JaredNewLook".

— A Emma é linda! E o Jared é um homem de tirar o fôlego! — intrometeu-se Nadine.

— Você também sabe quem é o Jared? — nesse momento, Albert já estava se sentindo um alienígena, desconectado do mundo.

— Claro que sim! — assentiu Nadine. — Só uma pessoa muito desinformada não saberia quem é Jared Kusch. Sem falar que é um dos homens mais bonitos do Canadá!

— Viu? Eu disse! — Fay sentiu-se vitoriosa com a confirmação de sua mãe. — E se ele é um dos mais bonitos, você é um dos homens mais alienados do Canadá, Albert!

— Sem querer me intrometer, eu adoraria entender o objetivo dessa conversa! — disse Nadine, confusa.

— Não é nada.

Albert foi atropelado pelo exagero de Fay:

— Albert e Jared estão namorando!

— Como é que é? — Nadine ficou ainda mais confusa.

— Não! — gritou o rapaz, corando de imediato. — Não é nada disso, senhora Jewison!

— *Sorry*, Albert! — disse Fay, buscando alguma falsa justificativa. — Não resisti à pressão!

— Que história é essa? — insistiu Nadine.

— Senta aí, mãe! Vamos te contar tudo.

Albert abaixou a cabeça e cobriu o rosto com as mãos. Poucas vezes na vida tinha se sentido tão envergonhado. Não pela exposição de sua vida pessoal, afinal, Nadine era a mãe que ele sempre sonhou ter: moderna, aberta, inteligente e compreensiva. Foi ela, na condição de coordenadora da Killarney Secondary, quem primeiro ouviu as dúvidas de Albert e o ajudou a compreender sua identidade.

▶

Tão logo Jared estacionou o carro na amplíssima garagem da Kusch House, Tungow saltou avassaladoramente do banco traseiro do Jeep e se desembestou pelo gramado. Por maior que fosse o tempo sem aparecer naquela casa, ele sabia onde encontrar Dosha e ambos, cachorro e gata, dariam início a uma longa perseguição pelos jardins.

Encontrou o pai já à saída dos fundos, seguindo em direção ao heliponto, na parte mais alta do terreno. Don Kusch estava sério e trocou poucas palavras com o filho, ainda que afetuosas. Sua celeridade podia ser medida no enorme esforço que fazia para encontrar alguma velocidade na condução daquele corpanzil. Avistou Emma chegar à porta, lacônica. Abraçou-a.

— Que bom que você veio, filho! — ela disse, com a respiração profunda de quem ainda tem muito a dizer, mas não alcança as palavras.

— Está tudo bem? — perguntou Jared, percebendo a densidade do clima.

— Vai ficar tudo bem.

— Mãe, você e o papai brigaram por causa dessa viagem repentina? Eu não entendi bem a explicação da Charlotte. Por que ele precisa ir para os Estados Unidos com tanta urgência?

— Provavelmente uma dessas jovens vadias está com saudades dele... e ele, dela! — mesmo mantendo um tom breve, Emma surpreendeu Jared com tal assertiva, nunca antes utilizada com ele.

— Mãe — ele a abraçou novamente.

— Não se preocupe — Emma o pegou pela mão, e deram os primeiros passos em direção ao gramado, às margens do Capilano Lake. — Essas sereias existem, sempre lindas e disponíveis para dizer tudo aquilo que um homem como seu pai quer ouvir — ela percebeu que o filho a observava com olhar entristecido. — Sim, elas existem! Mas eu não tenho medo delas. Depois de três décadas de casamento, você descobre que um homem não sobrevive apenas com aquilo que quer ouvir. Depois de algum tempo, o que ele mais deseja é o silêncio... E isso, só uma pessoa pode oferecer. — Emma olhou para Jared e sorriu com o canto da boca. — Que tal buscarmos lenha para a lareira?

O helicóptero decolou, lançando rajadas de vento por entre os cedros do bosque e um enorme reflexo de luz no Capilano. Mãe e filho ficaram observando a aeronave partir, enquanto Tungow e Dosha corriam em desarvoro, subindo velozmente a escadaria em direção à casa para escapar do barulho.

metamorfose

Não há limites éticos e morais ou dignidade quando o jornalista precisa transformar um pensamento bem elaborado, uma teoria esmerada ou o mais profundo dos sentimentos numa manchete brutal. A assunção das redes sociais assenhorou-se de tal prerrogativa jornalística, esticando a bestialidade ao grosso caldo das massas e suas sínteses prosaicas em cento e quarenta caracteres. No entanto, ideias comprimidas não são um fenômeno social contemporâneo.

A história das monarquias europeias é mais bem contada por suas intrigas e fofocas palacianas do que pelos próprios livros de História. Não por acaso, entre o fim do século XIX e o início do século XX, surge em Londres, sede da mais vigorosa das monarquias, o conceito dos tabloides na comunicação. Tomando emprestado o sentido farmacêutico francês para designar doses reduzidas de remédios, o jornalismo assumiu o tabloide como um formato de publicação de versões condensadas das notícias, em geral sensacionalistas e, muitas vezes, inverossímeis. Os deliciosos fuxicos da corte britânica passaram às páginas impressas sob sinônimo medicamentoso, uma espécie de remédio ao tédio de uma geração deprimida, especialmente entre as décadas de 1920 e 1930.

O sucesso desse viés editorial comprimido e exclamativo rapidamente alcançou a maior parte dos países da Europa Ocidental e das ex-colônias e domínios britânicos. Se na última década do século XIX sagrou-se a expressão "yellow press" para traduzir o uso maciço de notícias sensacionalistas na guerra comercial travada entre o magnata das comunicações William Randolph Hearst, do *New York Journal*, e o jornalista e editor Joseph Pulitzer, do *New York World*, cujas publicações introduziram a utilização de tinta amarela em suas páginas, o advento do conceito tabloide acirrou o mercado com a fundação do *Daily News* (1919) e do *Daily Mirror* (1920). Com extraordinária celeridade, os "tabloides de imprensa amarela" conquistaram toda a América do Norte, ampliando exponencialmente as receitas dos grupos de comunicação, dada a disposição natural do modelo para mesclar notícias, entretenimento e publicidade.

Também não era por acaso que o antigo *24H*, então a maior cadeia de tabloides com distribuição gratuita do Canadá, abusava dos tons de amarelo em sua logomarca e manchetes dramáticas e passionais. Vendido para uma divisão do grupo Postmedia Network, acabou sendo absorvido pelo gigante diário *The Province*. E foi exatamente com uma chamada de capa que o encontro entre Jared e Albert no Stanley Park foi alardeado e tornou-se público de forma impiedosa.

Na manhã daquela sexta-feira, 7 de setembro de 2018, a manchete principal da edição do *The Province* dava conta do fim do estado provincial de emergência na Colúmbia Britânica, graças ao clima mais frio e ao progresso na contenção dos incêndios florestais, em matéria assinada pela jornalista Tiffany Crawford. No cabeçalho, a logomarca azul e branca do tabloide trazia duas chamadas intrigantes. A primeira, em texto primoroso da repórter Joanne Lee-Young, o reconhecimento da contribuição histórica de quase dois mil nipo-canadenses, cujo trabalho forçado durante a Segunda Guerra Mundial, quando foram declarados "inimigos estrangeiros" mesmo sendo cidadãos canadenses de nascimento, ajudou a erguer a infraestrutura rodoviária de toda a província. A segunda chamada não era histórica ou informativa. Era uma fofoca bombástica. O título espalhafatoso: "Jared's boy toy". O subtítulo dava o tom bizarro da matéria: "Jovem violinista, testemunha de Jeová, conquista o coração do herdeiro Kusch".

Não bastasse a matéria do jornal impresso, a versão on-line do *The Province* era ainda mais completa e ousada, fartamente ilustrada com as fotos tiradas no parque e outros flagras de paparazzo do cotidiano de Albert que ajudavam a fermentar a polêmica: com a mochila nas costas, chegando à Killarney Secondary, deixando o Salão do Reino das Testemunhas de Jeová com a mãe, pensativo, sentado à escada frontal da casa humilde no subúrbio de Vancouver. Nas versões impressa e digital, um box lateral dava destaque para a transformação visual de Jared: "New love, new look", escreveu o repórter Lukas J. Seed, que capturou a foto pública postada por Emma nas redes sociais e não perdeu a chance de troçar com a imagem da corrida matinal do artista: "Para garantir o vigor do romance com um garoto de dezoito anos, Jared Kusch tenta manter a forma física com longas corridas matinais em West Vancouver", dizia o texto destacado.

Por pura ironia do destino, contrariando aquela manchete brutal, desde o domingo no Stanley Park, Jared e Albert não voltaram a ter contato. Se cada um guardava a tristeza pelo silêncio do outro, a partir daquele momento teriam que lidar com a perniciosa plateia promovida pela cruel fantasia da mídia.

▶▶|

Albert percorreu com relativa tranquilidade os trezentos e cinquenta metros que separam sua casa na McKinnon Street da casa de Fay, na Lancaster. Faltava pouco para as oito horas e ainda teriam cerca de quarenta minutos antes da primeira aula na Killarney. Os buxos podados em topiaria à altura do muro gradeado começavam a acumular o orvalho gelado, signo da proximidade do outono. Abriu o portão com delicadeza e sentou-se no primeiro degrau da curta escada em pedra e mármore, bem abaixo da enorme porta de madeira. Dali era possível ouvir os movimentos no interior da residência e a aproximação de passos. Não foi surpreendido quando Nadine abriu a porta:

— Bom dia, Albert! — sorriu a professora.

— Bom dia, senhora Jewinson!

— Você chegou mais cedo hoje — Nadine percebeu que a constatação poderia soar alguma incompreensão ou repreenda. — Ouvi quando o portão abriu. Entre! Venha tomar café da manhã conosco.

— Se não for incômodo — apesar da longa convivência, Albert guardava uma polidez quase britânica. Enquanto entrava, explicou-se, ainda que sem necessidade. — Eu não dormi bem. Na verdade, nem dormi. Por isso cheguei tão cedo. Peço desculpas.

— Imagine! Eu já estava na cozinha há muito tempo! — Nadine fechou a porta e levou a mão ao ombro do jovem: — Mas, está tudo bem com você? Por que dormiu mal?

— Não foi nada... só um mal-estar.

— Você não está se sentindo bem?

— Não! Não! — Albert tentou tranquilizá-la. — Não é nada. Eu sinto algumas tonturas vez ou outra. Bobagem — minimizou.

— Você já foi ao médico ver isso, Albert?

— Não há necessidade. Não é nada. No dia seguinte eu já estou ótimo.

— Tem certeza?

— Absoluta.

— Então, venha comigo — Nadine o pegou pela mão e seguiram em direção à cozinha. — Vamos tomar um belo café da manhã. Isso está com cara de barriga vazia!

Nadine serviu café, leite e cereais. Observou o tom pálido na pele do jovem e a visível tristeza em seu olhar. *Olhos tão bonitos, carregando tanto peso*, pensou a professora, respirando fundo e servindo-se de uma pequena dose de café preto.

— Como está sua mãe? — perguntou Nadine, quebrando o silêncio.

— Ela está bem, senhora Jewinson.

— Não a vejo há bastante tempo.

— Ela tem estado bastante ocupada com os compromissos do templo — esquivou-se Albert, certo de que sua mãe passava mais tempo dormindo no sofá da sala do que atendendo às demandas das Testemunhas de Jeová. Insistiu na costura da farsa, ainda que galhardia interna: — Ela e o ministro Daniel estão bastante empenhados no ciclo de leituras.

— E você tem encontrado o Jared? — Nadine ousou uma pergunta mais íntima, tentando alcançar aquilo que poderia ser a causa dos mal-estares e insônias do rapaz.

— Não. Nunca mais o vi — havia uma resignação na negativa de Albert.

— Verdade? — lamentou a professora, tentando compreender. — Mas, vocês nunca mais se falaram? Aconteceu alguma coisa?

— Não — permanecia a resignação.

— É uma pena. Você parecia feliz no domingo.

— Algumas coisas... simplesmente... — Albert externou seu pensamento pausadamente, misto de lamento e boa dose de falta de crença na própria tese. — Simplesmente... não acontecem.

— A maioria das coisas só acontece quando tem que acontecer. — Nadine não se furtou ao mais clichê dos consolos primários. No entanto, logo emplacou sua aura professoral. — Sabe, Albert, eu aprendi que quase tudo na vida tem um tempo para acontecer. Na maioria das vezes, não exatamente no tempo que esperamos... nem como esperamos. É como abrir um livro de receitas. As instruções estão lá... todos os ingredientes, o modo de preparo, a temperatura do forno, o rendimento... tudo certinho, milimetricamente descrito. Se você pedir a duas pessoas que façam uma mesma receita, é certo que teremos pratos relativamente diferentes. O sabor não será igual... o cheiro não será o mesmo... a textura vai variar. É bastante provável que cada pessoa gaste um tempo diferente para produzir a receita, apesar daquilo que determina a instrução do livro. E por que é assim?

— Não sei. Por quê? — Albert tinha parado de comer seus cereais e atentamente ouvia Nadine, tentando organizar aquela analogia.

— Simplesmente porque são duas pessoas diferentes preparando uma mesma receita — ela levou a xícara à boca e sorveu lentamente o café. Há sempre uma pausa dramática antes de qualquer conclusão digna de nota. — Se aquilo que envolve uma única pessoa tem um tempo certo para acontecer, quando envolve duas ou mais implica vários tempos diferentes. Eu prefiro assar o salmão lentamente, em fogo brando, e com um toque de gengibre e salsa. Fica um assado mais uniforme, mas prejudica o sabor... e, por isso, os condimentos extras são necessários. Já você pode preferir assar o salmão de forma mais rápida, em fogo alto, ressecando a pele e deixando o interior mais hidratado, sobressaindo o sabor e o cheiro da carne. Ou seja, gastaríamos tempos diferentes.

— Porém — Albert estava reticente quanto a interpelar Nadine naquele raciocínio, mas acabou não se contendo. — No fim, não seria uma mesma receita.

— Engano seu — Nadine sorriu. — Ambos teríamos preparado salmão assado. Eu prefiro esperar mais tempo para que ele fique pronto. Você prefere que seja mais rápido. É exatamente como conduzimos a receita, quanto tempo estamos dispostos a empenhar nela, que vai definir o sabor, o cheiro, a textura. Mas o resultado final será o mesmo: um salmão assado — ela tomou outro gole de café e respirou, antes de concluir. — Então, tudo depende do tempo que temos e de quanto dele queremos dispor.

— Eu prefiro salmão malpassado! — Albert sorriu, assentindo sua compreensão à analogia.

— Na sua idade, eu também!

Nadine também sorriu, certa de que o rapaz tinha entendido o recado. Levantou sua xícara de café, insinuou um brinde e deu uma piscadela. Albert imediatamente levantou seu copo de leite e brindou. A professora deu-se por satisfeita por ter conseguido tirar daquele rosto o ar soturno do primeiro momento.

Não tardou para que Eugene e Fay se juntassem a eles à mesa do café da manhã. Em alguns minutos partiriam para a Killarney Secondary sem saber daquilo que os esperava à porta.

▶

Jared parou ao lado do jardim, bem em frente ao seu prédio. O sol parecia tímido, mas a temperatura estava agradável para a corrida matinal. Como de costume, enquanto fazia seus primeiros alongamentos, assistia a Tungow se deleitar na fonte d'água cristalina, no nível do chão, tentando sofregamente acertar a língua no pequeno e constante jato que saltava ao centro e bailava ao sabor da brisa. Um exercício tolo que, não raro, rendia um focinho encharcado e muitos espirros. Sem querer, sua perna esbarrou numa pequena moita de alfazemas, molhando o moletom e espalhando o perfume doce. Agachou e passou as mãos pelas flores úmidas. *Um movimento tão breve, capaz de deixar algo tão marcante*, refletiu Jared, levando uma das mãos ao nariz para sentir o cheiro adocicado. Expandiu o peito e percebeu o leve arrepio nos braços. Expirou. Sentiu o nariz contraído e, ato contínuo, o marejar dos olhos. A vontade era de chorar. Fazia cinco dias que Albert não saía dos seus pensamentos. Não conseguia encontrar explicações para o silêncio. Isso nunca tinha acontecido antes. Toda vez que conhecia alguém e, ainda que por mera educação, dava seu número, no dia seguinte o telefone tocava. Em seu íntimo, conseguia compreender o poder de atração que uma vida cercada por flashes pode provocar em pessoas comuns. De alguma forma, também lhe era prazeroso exercer esse poder. Etérea é a fama e efêmero tudo aquilo que ela atrai.

E foi exatamente por escapar a esse princípio que conhecer Albert tinha resgatado a sensação do encantamento. Salvo estar diante de um extraordinário farsante, aquele rapaz não o tinha reconhecido. Não houve uma reação olímpica, como já vivera em tantas ocasiões. Tudo aconteceu de forma absolutamente natural, ainda que magnífica. A dimensão do efeito que aquele encontro tinha provocado estava registrada e poderia ser medida em cada pedaço daquela imensa imagem que agora repousava em sua sala, aguardando o dia de ser conduzida à VAG para a exposição. O telefone insistia em não tocar. Mas Albert estava ali, tocando seu violino, iluminado pelos traços em violeta do pincel. Era nítido o movimento da imagem, contrariando a realidade estática. A ausência de Albert era uma presença avassaladora.

▶

Abigail abriu a geladeira e alcançou a embalagem da pizza que Daniel tinha levado para ambos na noite anterior. Sentia-se menos solitária quando o ministro a visitava. Era gentil e atencioso, mesmo que pouco afeito às palavras quando estava em casa. O respeitado orador, que encantava o rebanho de fiéis no templo, dava lugar ao homem que ouvia e parecia compreender seus muitos lamentos. Nunca tivera experiência semelhante antes, nem com o ex-marido, nem com o próprio filho. Ainda com a geladeira aberta, pegou os vidros de ketchup e maionese. Seguiu pelo corredor, em direção à sala, arrastando as sandálias através do piso velho e poroso. Sentou ao sofá e abriu a embalagem de pizza. Quatro pedaços. Besuntou o primeiro com ketchup e levou à boca, enquanto alcançava o controle remoto para ligar a televisão. Girou o braço esquerdo para conferir as horas no relógio de pulso, sem perceber que gotas do molho pingavam em sua camisola surrada. Os ponteiros registravam exatamente 8h17. Ainda conseguiria assistir aos dois últimos blocos do *CTV Morning Live*.

A bela âncora do telejornal acabara de chamar uma repórter, ao vivo, direto de West Vancouver. Ao fundo, era possível avistar a movimentação de alguns fotógrafos e outros repórteres, todos diante de um condomínio de luxo. No canto esquerdo da tela, o nome do local disposto à mureta, no pequeno pilar de entrada que separa a rua pública da área privativa: Twin Creek Place.

— Bom dia, Keri! — começou a repórter: — Nós continuamos aqui, em frente ao condomínio onde mora o fotógrafo e artista plástico Jared Kusch. É grande o movimento de jornalistas aguardando alguma possível declaração do filho de Don Kusch e Emma Cartier. Desde as primeiras horas da manhã nós estamos tentando contato com ele, mas, até o momento, ninguém se pronunciou sobre o escândalo que estampou a capa de um jornal de grande circulação e abalou um dos clãs mais famosos do Canadá — concluiu, sem receio do exagero na dramaticidade.

Não bastasse a mãe ser uma vadia, agora o filho também vai esculhambar?, pensou Abigail, curiosa com a notícia e mastigando com ferocidade aquele pedaço de pizza. *Como se já não fosse suficiente ser gay.*

— Obrigada, Janet! — assumiu a âncora do *Morning Live*, única no monitor naquele momento. — Há pouco, a assessoria de imprensa da família Kusch enviou uma nota oficial à redação informando que, por enquanto, não vão se manifestar sobre o assunto — a apresentadora mudou de câmera para dar sequência à notícia. — Para quem acaba de ligar a TV, esta sexta-feira amanheceu com um escândalo envolvendo o premiado fotógrafo e artista plástico Jared Kusch, após publicação de uma matéria em um dos jornais de maior circulação em Vancouver. De acordo com a reportagem, o herdeiro de Don Kusch e Emma Cartier estaria mantendo um romance secreto com um jovem estudante do subúrbio —

fez uma brevíssima pausa, como quem narra um drama. — Jared, como todos sabem, é assumidamente gay, tem o apoio de Emma e Don e nunca escondeu seus namorados. Ao contrário. Conquistou fãs no Canadá e em todo o mundo justamente pela naturalidade e franqueza com as quais sempre apresentou sua orientação sexual diante dos holofotes — neste momento, a âncora do telejornal parecia salivar de prazer ao explicar o cerne da questão. — Desta vez, parece que Jared tinha bons motivos para esconder o novo namorado. Ele estaria envolvido com um jovem membro das Testemunhas de Jeová, religião conhecida por ter os mais rígidos dogmas, principalmente acerca da homoafetividade, proibida e combatida com veemência entre seus seguidores.

— Era só o que faltava! — retrucou Abigail à televisão, entre o espanto e o deboche. Lambuzou outro pedaço da pizza com ketchup e maionese e deu-lhe uma mordida ainda maior, sujando os dois cantos da boca.

— Além do combustível religioso, o caso ganhou enorme repercussão desde que o jornal chegou às bancas, nesta manhã, por conta da idade do novo namorado de Jared Kusch — a apresentadora seguia sua narração, adensada pelo viés melodramático. — Segundo a reportagem, o garoto é menor de idade. Tem apenas dezoito anos. Pela legislação vigente na Colúmbia Britânica, e em outras províncias como a Nova Escócia e Yukon, manter relações sexuais, ainda que consentidas, com menores de dezenove anos é considerado crime, podendo o envolvido ser preso por estupro.

O foco na apresentadora foi substituído por uma das imagens da versão on-line da matéria no *The Province*, justamente aquela em que Albert está caminhando em direção à escola, com a mochila nas costas. Abigail cuspiu a metade do pedaço de pizza que tinha na boca, engasgando com a outra e iniciando uma sequência de tosse que quase a impediu de ouvir o restante da narrativa feita pela âncora do telejornal da CTV:

— Fontes nos confirmaram, com exclusividade, que o jovem realmente teria dezoito anos de idade e é estudante do último ano da Killarney Secondary, no subúrbio de Vancouver. É cada vez maior a possibilidade de as autoridades determinarem a prisão de Jared Kusch, o que faria deste o maior escândalo envolvendo uma das famílias mais famosas do Canadá.

Abigail estava mais vermelha do que o ketchup que tinha em uma das mãos. Uma dor fria percorreu sua coluna, atravessou as pernas e os braços e alcançou os dedos dos pés e das mãos. O olhar estava encolhido e paralisado diante da TV. Não ouvia mais qualquer palavra. Estava em choque.

▶

Jared e Tungow estavam começando a descer a Twen Creek Place quando o celular vibrou, anunciando uma chamada. Como fizera durante a última semana, esperava avistar algum número desconhecido, na esperança de que pudesse ser Albert. Da mesma forma, a frustração foi imediata. Era Charlotte quem o acionava. Atendeu, sem grande expressão:

— Oi, Charlie!

— Jared, onde você está? — ao telefone, Charlotte não escondia o nervosismo no tom de voz e, pelos ruídos e eco, estava dirigindo. Repetiu: — Onde você está?

— Acho que mereço um *bom-dia*, não? — tentou Jared, enquanto caminhava lentamente, acocorando-se levemente para coçar a cabeça de Tungow.

— Jared, é sério... onde você está? — o tom áspero sobressaltou.

— Charlie, algum problema?

— Todos os problemas que você possa imaginar e alguns que, provavelmente, não possa. — Ela insistiu: — Onde você está, Jared?

— Eu acabei de sair de casa para correr — ele percebeu os sinais de uma chamada em espera. Conferiu rapidamente e percebeu que era Emma: — Charlie, só um minuto, minha mãe está ligando também.

— Não atenda! — gritou Charlotte, interrompendo-o. — Não atenda! E volte para casa imediatamente. — Nervosa, ela reiterou: — Ouviu, Jared? Volte agora para casa e não saia de lá! Nem atenda ligações!

— Charlotte, o que está acontecendo? Se o objetivo era me deixar preocupado, o sucesso foi absoluto!

— Não é hora para brincadeiras, Jared! Faça o que eu estou mandando. Em alguns minutos, eu chego aí.

— Você está vindo pra cá? — ele continuava sem compreender e precisava de uma explicação. — O que está acontecendo?

— Seu namorico com o garoto do parque é a notícia desta manhã em todo o Canadá! Há, pelo menos, uma dezena de jornalistas na porta do seu condomínio. Por favor, não saia... volte para casa agora! Estou chegando aí e te explico tudo.

Não houve tempo para mais palavras. Charlotte encerrara a ligação e Jared, por alguns instantes, sentiu que suas pernas seriam incapazes de sustentar o peso do próprio corpo. Caminhou lentamente até a divisa entre os dois prédios da parte baixa, de onde era possível avistar, por entre a vegetação, o final da Dunlewey Place e a entrada do condomínio. Mesmo sem total visibilidade, constatou a movimentação de vários repórteres e suas vans com antenas de transmissão estacionadas no recuo lateral da entrada principal. Atendendo ao pedido de Charlotte, voltou para casa. Sacou o smartphone do bolso e começou a pesquisar a razão de toda aquela movimentação e como tudo aquilo poderia estar envolvendo Albert. As principais notícias relacionadas ao seu nome no Google já denunciavam a gravidade da situação:

"Jared boy toy", era o destaque, no *TheProvince.com*.

"Congregação das Testemunhas de Jeová diz que pedirá a prisão de Jared Kusch por...", revelava, ainda que quebrado, o link do *Van-Courier.com*.

"Alunos confirmam já terem visto Jared na Killarney Secondary", era a falácia do *Ubyssey.ca*.

"Imagem arranhada: Jared Kusch e o romance secreto que pode destruir...", escreveu o *VancouverSun.com*.

▶

— O que está acontecendo na escola? — espantou-se Eugene, assim que parou o carro no cruzamento da Lancaster Street com a 49th Avenue, avistando o grande volume de veículos da imprensa e jornalistas entre os alunos, diante da entrada principal da Killarney Secondary.

— Deve ser algo grave — disse Nadine, no banco do carona, também espantada com o movimento. Asseverou: — Vamos, Eugene! Vamos logo! — ela sinalizava com o indicador em direção à entrada do estacionamento privativo da escola, bem em frente ao cruzamento.

No banco traseiro, Fay e Albert esticavam o pescoço para tentar obter a mesma visão, mas só conseguiram ter um panorama quando Eugene avançou pela pista, fazendo um pequeno zigue-zague para entrar no estacionamento. Ele reduziu a velocidade e desceu metade do seu vidro. Foi possível ouvir, com relativa nitidez, quando alguém gritou, apontando para o veículo:

— Lá está o diretor! — berrava uma aluna em meio aos jornalistas.

— Vamos logo, Eugene! — insistiu Nadine, percebendo que os repórteres começaram a correr em direção ao carro. Foi surpreendida por alguém que acabara de encostar uma câmera fotográfica do seu lado do veículo e disparava flashes em direção ao banco traseiro. — Meu Deus! O que é isso?

Albert percebeu, com absoluta certeza, que a lente do fotógrafo caçava seu rosto como um leopardo fitando a presa. Sentiu nos olhos o incômodo do primeiro flash através do vidro. A cabeça dava voltas buscando compreender o que estava acontecendo.

— Eugene! — gritou Nadine, abanando a mão para que o marido acelerasse o carro estacionamento adentro, tirando-os daquela situação.

— Diretor! Diretor! — clamava uma jovem e esbaforida repórter correndo na direção do veículo, microfone em punho. — Diretor! Alguma declaração sobre o envolvimento de Jared Kusch com um de seus alunos? Diretor! Por favor.

Eugene fechou o vidro e acelerou. Logo o carro saiu da visão dos transeuntes, mergulhando na área lateral esquerda, estacionamento privativo dos professores. Tão logo alcançou sua vaga, virou-se para Nadine, que mantinha os olhos fixo à frente o evitando. O diretor, então, virou-se para o banco traseiro e encontrou os olhos arregalados de Albert, cuja boca tremia descontroladamente.

— Será que alguém neste carro pode me explicar o que está acontecendo? — ainda que guardasse alguma complacência naquele questionamento, Eugene não esperava uma resposta objetiva sobre aquilo que, em rápida constatação, percebeu ser ele o único ignorante.

— Pai — Fay, a única razoavelmente tranquila nas dimensões daquele veículo, mesmo sem saber a abrangência dos acontecimentos, resumiu a ópera. — Acho que a casa caiu!

II

Metamorfose. Todos os grandes momentos de transição na vida passam, inequivocamente, por um engenhoso processo de metamorfose. Física ou moral. Fetos compreendem a existência das pernas e começam a chutar o útero, bebês sintonizam as palavras e começam a falar, crianças aguçam reflexo e equilíbrio e ganham liberdade ao retirar as rodinhas extras das bicicletas, pré-adolescentes observam o surgimento de pelos em lugares esdrúxulos e descobrem vergonha e tesão, adolescentes sentem o coração e vivem o primeiro amor, adultos constatam que tanta masturbação nem era tão ruim diante de tantos compromissos e cobranças, ninguém esquece a primeira ruga que não se desfaz ao final de um sorriso e acaba entendendo que a meia-idade chegou. E quando as pernas começam a faltar, as palavras a escapar, o reflexo a subverter, os pelos a cair, o coração a entardecer e as rugas a definir, a velhice prepara o ser para sua última e memorável transformação: deixar de existir. Existir pressupõe metamorfosear-se... até o fim. A grande sabedoria da vida é alcançar a ciência das metamorfoses e a consciência de que elas são essenciais, inevitáveis, fundamentais. É o que distingue o pleno e o ridículo. A beleza maestra e a mediocridade. Sábias são as lagartas. Elas nascem cientes de que, um dia, terão asas.

▶

Albert e Fay estavam sentados na primeira fileira do auditório B218. Eugene e Nadine chegaram à conclusão de que deixá-los lá, no segundo andar do pavilhão lateral da Killarney Secondary, seria a melhor opção até que pudessem ter um panorama menos desconexo da situação. Assim como não era prudente suspender as aulas naquela sexta-feira tendo apenas a agitação fora do comum como justificativa, também não se tratava de uma questão de menor monta. Enquanto estavam reunidos com a equipe da escola para decidir quais deveriam ser os procedimentos, Albert estaria seguro naquele auditório mais afastado, com vista apenas para o estacionamento dos fundos.

Em lugares pequenos, o silêncio permite ouvir as moscas. Em lugares como num auditório vazio a quietude é rompida pelo eco do misterioso ranger de poltronas ou pelo estalar das telhas ao sol. É possível ouvir a brisa atravessar as frestas e tocar as cortinas. Albert tinha convicção de que era um erro punir presidiários com uma temporada solitária em celas minúsculas. A solidão num lugar imenso é mais assustadora... e cruel.

Fay, por sua vez, tentava construir algum pensamento linear a ser verbalizado sem possibilidade de danos maiores naquele momento. Mas as ideias se misturavam em sua cabeça, entre aquilo que era factual e a fração criada pelas circunstâncias. Entre a realidade e a loucura, ambas carregadas pelas tintas fortes da fantasia. Ela ousou olhar para o melhor amigo. Ele estava pálido, com os lábios levemente arroxeados e o olhar estático, triste, ensimesmado. Tão profunda era a imersão, que Albert só ouviu quando Fay repetiu pela terceira vez a pergunta:

— Você está se sentindo bem?

— É difícil dizer — os olhos de Albert marejaram. Inclinou minimamente o rosto à direita para avistar Fay e logo voltou o olhar para a frente. Sentindo o contraste da primeira lágrima quente descer pelo rosto gelado, repetiu: — É difícil dizer... não sei o que estou sentindo.

— Você sabe que isso vai passar, não é? — tentou Fay, percebendo a inocuidade daquele consolo milenar.

— Se... — ele sentiu a voz embargar. Engoliu seco e continuou: — Se, pelo menos, eu soubesse o que fazer... mas, eu não sei... eu não sei... — desabou a chorar, reiterando a total perda da razão. — Eu não sei o que fazer.

Fay não se conteve. Levantou da poltrona e postou-se à frente do amigo, agachada, buscando encontrar seus olhos entre tantas lágrimas e soluços.

— Albert, você não pode ficar assim. Precisa reagir! É difícil... nem eu sei o que fazer também... mas é preciso reagir — Fay conseguiu estabelecer um raciocínio útil para aquele momento. — Pense comigo... hoje, o mundo inteiro acha que o Jared tem um caso com você... que vocês estão namorando.

— E como isso pode ser bom, Fay? — disse desconsolado.

— Albert, não é exatamente bom... mas pode vir a ser.

— Todos os sites estão dizendo que ele pode ser preso!

— Esse é o ponto! — insistiu Fay, erguendo-se e caminhando em semicírculo. — Esse é o ponto! — ao perceber que o amigo franziu o cenho, ela tentou explicar sua lógica. — Albert, todos estão dizendo que ele tem um caso com você. Todos estão acreditando nisso! É só olhar a quantidade de jornalistas que estão aqui na porta da Killarney.

— Fay, por favor.

— Isso virou notícia porque ele é famoso e pode ser preso! — ela estava se sentindo como quem descobriu a pólvora, mas, logo percebeu a possível indelicadeza com o amigo, naquela situação complicada. — Não que você seja menos importante... é que... ele é famoso!

— Se é para fazer doer mais, é melhor parar — pediu Albert, sem compreender com precisão o rumo daquela conversa.

— Albert, você acha que ele quer ser preso?

— É óbvio que não! Só esse escândalo já é um horror.

— Pois é! Para não ser preso, ele vai ter que procurar você!

— Será? — Albert finalmente ergueu os olhos, compreendendo a lógica da amiga e sentindo que ainda havia ar no ambiente. Ar e esperança.

— Claro que sim! — Fay arqueou as sobrancelhas e fez uma leve menção de sorriso. — Ele vai precisar vir até você. Vai precisar de você para esclarecer toda essa confusão.

— Mas e se...

Foi interrompido quando Nadine abriu a porta lateral do auditório. Com ela, entrou o professor Julian Lasneaux.

— Albert, espero que você compreenda — Nadine tateava a situação. — Eu trouxe o professor Julian. Sei que vocês ainda não se conhecem... Hoje seria sua primeira aula com ele, mas... — visivelmente, não era fácil para a coordenadora conduzir a questão, à beira do abismo do constrangimento. — Você sabe... ele conhece o Jared... sabe, melhor do que qualquer um de nós, como lidar com essa situação. O professor Julian prontamente se dispôs a ajudar e eu espero que você... espero que seja útil... seja como for.

— Olá, Albert! — Julian estendeu a mão em cumprimento. Ao perceber que o garoto permanecia imóvel e o rasgava com os olhos, recuou o braço e prosseguiu: — Não se preocupe... estou aqui para ajudar você.

Nadine fez um discreto sinal com a cabeça para que Fay a acompanhasse e deixasse Albert e Julian sozinhos no auditório. A garota assentiu e seguiu a mãe, não sem demonstrar grande contrariedade com aquela proposta. À porta de saída, perceberam quando o professor sentou na poltrona, ao lado do aluno. Já no corredor, Nadine olhou para a filha e sussurrou, admitindo a possível desordem:

— Eu sei! Eu sei! — quase entredentes. — Não foi ideia minha, se você quer saber. Seu pai acha que isso pode ajudar... eu, duvido. Acho até que vai piorar. — Nadine respirou fundo antes de concluir. — Mas, vamos torcer para que eu esteja errada.

Fay apenas meneou a cabeça, em discordância.

▶

Jared estava estirado na cama. Olhos cerrados com força. Deitado ao seu lado, Tungow parecia perceber o momento dramático e lambia incessantemente o antebraço do dono, enquanto este fazia carinhos com a mão na portentosa juba.

Andando, de um lado para o outro, Charlotte não conseguia finalizar o sermão:

— Você tem ideia da gravidade da situação? É óbvio que não. E eu não sei o que dizer aos jornalistas.

— Diga a verdade! — interrompeu Jared.

— Qual verdade? — Charlotte repetiu, furiosa. — Qual verdade, Jared?

— Só existe uma verdade, Charlie! — ele sentou-se na cama, tentando manter alguma sobriedade. — A verdade é que eu não tenho, e nunca tive, um caso com esse garoto.

— E você acha que eles vão acreditar assim... tranquilamente... sem questionar?

— Eles vão ter que acreditar. Não existe outra história.

Charlotte bufava. Não conseguia compreender como Jared foi se meter em tamanha confusão, mesmo tendo toda uma vida de experiência com o tratamento que a mídia reserva às celebridades, ele próprio uma vítima da desmesurada invasão e absoluta ausência de misericórdia da imprensa diante daquilo que convencionou-se chamar de "figuras públicas", vistos como indignos de qualquer privacidade. Desceu os degraus entre o piso do quarto e a área da sala, caminhando até o centro. Postou-se diante do imenso quadro, arrancando o pano branco que cobria a obra. Colocou as mãos na cintura e vociferou:

— Você quer saber qual é a verdade, Jared?

— Charlie... — ele parecia pedir clemência.

— A verdade que interessa aos jornalistas, lá fora, de fato é uma só! Está abarrotada de evidências! Aliás, evidências incontestáveis. — Charlotte dividia o olhar entre o quadro à frente e, à sua direita, Jared sentado à cama. — Vejamos... um tabloide publica quase duas dezenas de fotos suas com um garoto de dezoito anos, violinista, passeando alegremente pelo Stanley Park. Um lindo casal! — um vestígio grosseiro de ironia se fez presente em meio à fúria. — Muito romântico, inclusive... Não fosse o fato de esse garoto ser menor de idade e ligado a uma seita religiosa dogmática! Onde você estava com a cabeça, Jared?

— Isso não é justo, Charlie! — Jared saltou da cama, imediatamente seguido por Tungow, e foi em direção à moça. — Tudo isso é bastante relativo.

— Relativo? Não há nada de relativo aqui! — ela o fuzilou com os olhos. — Ninguém está tratando isso como a bela história da Cinderela suburbana que encontrou seu príncipe encantado, lindo, carregando um cachorro branco, durante um passeio no parque. Ninguém está olhando para isso e dizendo: "Oh, meu Deus! Que linda história de amor!".

— Você está sendo muito injusta, Charlotte — ele fez questão de evitar a alcunha, chamando-a pelo nome.

— Daí, não bastasse a situação, você mergulha de cabeça num debate que vai ganhar viés religioso e alimentar todo tipo de ataques na imprensa e nas redes sociais. Isso tem potencial para ser uma carnificina! Você vai ser devorado em praça pública. Se não for preso antes... Já imaginou a manchete? "Filho de Don Kusch e Emma Cartier é preso por pedofilia" ou "Entre Jeová e Jared, quem será o escolhido?".

Jared respirou profundamente. Por um momento, teve vontade de dar um tapa na cara de Charlotte, sentindo-se visivelmente desrespeitado pela assessora. Ainda assim, sabia que, guardados alguns exageros, ela tinha boa dose de razão. A imprensa já estava explorando o caso com crueldade, como um grande escândalo. Não há misericórdia quando se trata de vender jornais, aumentar o número de views e abocanhar audiência na TV, tampouco redução de danos em tempos de redes sociais imperiosas e impetuosas.

— Vamos considerar, por uma hipótese remotíssima, que seja possível superar boa parte desse escândalo e que daqui a duas semanas, no dia da exposição, você não tenha sido preso e tudo tenha ficado no campo das especulações maldosas, das fofocas — era áspero o tom utilizado por Charlotte, provavelmente bem pior do que as letras dos tabloides. Concluiu: — Quando o primeiro repórter entrar pela Vancouver Art Gallery, vai dar de cara com a prova fatal — ela apontou para o quadro à frente.

— O garoto suburbano tocando seu violino no parque é a principal obra do cara que desmentiu tudo!

— Eu não vou desmentir — ele foi taxativo. — Vou apenas dizer a verdade... e ela basta.

Charlotte se aproximou de Jared de tal forma que era possível sentir as bufadas de ar quente expelidas pelo nariz. Gerir uma crise de tal magnitude, não raro, exige medidas extremas... e o preço a pagar pode ser demasiado caro.

— Sabe o que cada um deles vai pensar... falar... escrever? — ela foi absurdamente incisiva. — Eles vão olhar para a sua obra-prima e dizer: "Ah! Que canalha! Diz que é artista, mas tudo que queria era comer o garotinho!".

Sentindo-se vilipendiado em grau nunca antes visto, outrora contido, Jared conduziu intempestivamente Charlotte para fora de casa. Seus olhos não carregavam ódio ou desespero. Apenas mágoa. Fora ferido na alma. Apesar dos olhos marejados e das maçãs do rosto abrasadas, ela não impôs resistência. Não moveu um músculo sequer. Ela sempre havia sido uma mulher altiva. Jared pegou a bolsa de Charlotte sobre a mesa e a atirou aos seus pés. Ela pegou a bolsa, olhou-o por um bom tempo antes de se despedir com frias palavras:

— Não tenho mais nada a lhe dizer — encerrou Charlotte.

Jared, ainda atônito, congelado, tentou balbuciar algo, sem qualquer sucesso. É provável que ela tenha chorado no carro ou quando chegou em casa. Ele despencou ali mesmo, em choro desesperado. Quase convulsivo. O único que parecia compreender exatamente o que estava acontecendo era Tungow, que abaixou as orelhas, correu para um canto entre o terraço principal e a cozinha e deitou, encolhido. Em situações extremas, o melhor a fazer é ficar quieto.

fendas

— Não tenha medo, Albert — foram as primeiras palavras do professor Julian, após longo silêncio. — Estou aqui para tentar ajudar você.

Era possível ouvir cada uma das vezes que Albert respirava. Todas tinham a emergência de quem está sufocado e o sibilo de congestão das lágrimas recentes. *Por que justo ele?*, questionava-se quanto à escolha do interlocutor. A relação entre Jared e Julian era fartamente conhecida e envolver alguém intimamente comprometido com a história soava mais ao prejuízo do que à cooperação.

— Eu posso imaginar o que está passando pela sua cabeça — Julian continuava tentando acessar o garoto, certo daquilo que poderia estar fermentando a imaginação. — Na verdade, é provável que eu seja o único nesta escola capaz de compreender exatamente o que você está vivendo.

— Ah, é? — Albert finalmente abandonou o silêncio e mirou os olhos de Julian, como num disparo à queima-roupa. — E o que te faz acreditar que pode saber o que estou vivendo ou sentindo?

— Eu já passei por isso, Albert.

Julian levantou-se da poltrona e sentou-se à beira do palco. Queria ficar frente a frente com Albert. Sabia que ninguém conquista a confiança de outrem olhando-o pelas laterais, esgueirando-se em ângulos de visão. Confiar pressupõe a troca retilínea de olhares.

— Acho que não é preciso fazer um preâmbulo do que me trouxe aqui, certo? — Ao perceber que o garoto tinha respondido com irônico desvio de olhar, o professor prosseguiu: — Quando conheci o Jared, fiquei encantado... fascinado, na verdade. Eu não tinha nada... era um mero professor do subúrbio. De repente, conhecer aquele homem bonito, inteligente, rico, famoso... tudo isso inundou a minha vida. Parecia um grande raio de sol invadindo, pela primeira vez, um quarto escuro.

— E eu pensando que seria poupado do preâmbulo — interrompeu-o, agora tomado por fagulhas de misterioso ciúme.

— Se há alguém que não será poupado neste momento, esse alguém é você, Albert — o professor ensaiou um sorriso, percebendo a nesga de ciúme do rapaz. — Nenhuma daquelas pessoas lá fora vai poupá-lo de uma exibição pública. É como um zoológico, quando todos vão ver o novo avestruz. Por mais que ele enfie a cabeça no buraco e acredite estar escondido, há uma multidão cerrando fileiras à grade, disparando fotos do corpo exposto. Neste momento, para o respeitável público, o avestruz é você.

Julian fez uma pausa. Após desferir um golpe mais profundo, é necessário respirar e avistar o outro, tentar mensurar o grau de acerto. Prosseguiu, recuperando a história:

— Quando Jared entrou na minha vida, eu também escondi minha cabeça. Mas, foi inútil. Em pouco tempo, bastava digitar meu nome numa busca rápida pela internet e até eu mesmo ficava surpreso com a quantidade de informações disponíveis sobre a minha vida. Muitas vezes, coisas que nem eu sabia! Eram invenções... suposições... fofocas. Eu tinha uma escolha a fazer e apenas duas opções. Encontrar uma forma de me esconder... e me preservar ou deixar que minha vida se tornasse uma exposição, assumindo o preço que seria imposto. Como você sabe, eu fiz a escolha errada.

— Mas você escolheu viver seu amor — Albert parecia começar a desmontar as defesas, ainda que seu instinto estivesse oferecendo resistências a Julian. Era necessário alongar a conversa. — Como isso pode ser um caminho errado?

— Amar alguém não é um erro. O problema é quem escolhemos amar.

— Não acho que seja possível *escolher* quem se ama.

— Ah! É sim — Julian curvou os lábios, num sorriso quase contido. — Na sua idade, eu também achava que não era possível *escolher* quem se ama. Acredito que todos são assim, quando jovens. Mas, depois de uma certa idade, você começa a perceber que, quando o assunto é amor, algumas escolhas não são apenas possíveis. Elas são necessárias.

— Bom... digamos que você não era um adolescente quando conheceu o Jared — Albert não conseguiu controlar a ponta de escárnio que introduziu àquela flecha.

— Não. Não era! Mesmo assim, cometi os erros de um adolescente. Deixei-me levar por aquele raio de sol. — A verdade nas palavras de Julian estabeleceu a possibilidade de uma estrutura de confiança naquele diálogo. Ele prosseguiu: — Esse foi o grande erro! Toda aquela luz acabou me expondo de uma forma brutal. Eu perdi meu emprego, minha família se afastou, fiquei distante dos bons amigos que tinha antes e fui tomado por uma avalanche de *novos* amigos... oportunistas... sorrisos largos e abraços apertados que não podiam ser traduzidos em alguma lealdade.

— E o que você fez?

— Eu concordei. Aceitei que poderia viver daquela forma — Julian assumiu um tom melancólico, ainda que suas palavras estivessem situadas ao largo da resignação. — Acreditei que seria possível viver aquele amor e sobreviver aos seus holofotes. Mas é tanta luz que você acaba cego. Exposto e perdido numa outra realidade.

— Eu vi algumas fotos suas com ele... e você não parecia estar infeliz.

— E não estava! Ao contrário. Eu sempre fui muito feliz ao lado do Jared. O problema é que essa cegueira nos leva a acreditar que pertencemos a essa outra realidade... que somos parte dela — Julian buscou os olhos de Albert, fixando seu olhar. — Não somos! Nem eu, nem você. Essa outra suposta realidade pertence ao Jared... e à família dele. Todas as câmeras estão apontadas para eles. O tapete é estendido para eles passarem. O objeto das matérias são eles. Nós somos, e seremos sempre, meros acessórios, brinquedos. Hoje, nos jornais, você é tratado como "o novo brinquedo do Jared".

— Mas eu não tive nada com ele.

— Isso é o que menos importa. Ninguém vai se dignar de perguntar a você, de ouvir a sua versão. Quem desperta o interesse é ele. O foco é ele. É o Jared quem eles estão atacando neste momento, ainda que seja você o punhal.

Albert respirou fundo. Ergueu levemente o corpo e se recostou na poltrona. Passou os dedos pela têmpora direita, percebendo um início de dor de cabeça.

— Eu não sei o que fazer, professor... não sei o que fazer.

— Em primeiro lugar, acho que você precisa se proteger e não ser o punhal da história — ele saiu da beirada do palco e voltou a ocupar a poltrona ao lado de Albert. — E, em segundo lugar, acredito que você, neste momento, não precisa me chamar de *professor*. Aqui e para você, sou apenas Julian.

▶

Don e Emma estavam aguardando Charlotte no escritório da Kusch House. Seus passos pesados determinaram a aproximação e não houve anúncio ou surpresa quando ela abriu a porta. Tampouco algum cumprimento ou ritos educados. Don foi direto ao assunto:

— Charlie, qual a gravidade da situação?

— O potencial de dano é enorme... e incontrolável — ela também foi direta na resposta. Colocou a bolsa sobre a mesa e se sentou. Olhou para Emma, que repousava as mãos no encosto da cadeira do marido e demonstrava legítimo desconsolo. — Eu sabia que essa história não daria certo.

— Vocês duas sabiam o que estava acontecendo? — Don ficou visivelmente chateado por ser o único ignorante aos fatos naquele escritório. Girou a cadeira e fitou Emma. — Você sabia o que estava acontecendo entre Jared e aquele rapaz?

— Não estava *acontecendo* nada, Donnie! — Emma contornou a mesa e foi em direção à grande vidraça, com vista para o Capilano Lake. — Não *aconteceu* nada.

— Se não *aconteceu* nada, será que alguém pode me explicar o que são essas fotos? — Don arremessou a edição do *The Province* à mesa. — Quem são esses dois nessa foto? Acho que mereço uma explicação, afinal sou o último a saber.

— Don, não era para ser assim... complicado — Emma permaneceu à vidraça, perdida nas águas do Capilano.

— É uma longa história, Don — Charlotte pretendia encerrar o drama familiar e ir direto à ação. — Eu já liguei para o nosso advogado e ele ficou de me retornar o mais rápido possível com as medidas jurídicas que podemos tomar para prevenir um estrago ainda maior — ela alcançou a bolsa sobre a mesa e pôs-se a procurar algo em seu interior.

— Você acha que ele pode ser preso? — questionou Emma, virando-se para Charlotte.

— Eu não sei onde enfiei meu celular — ela parecia não ter ouvido a questão feita por Emma, mas a resposta veio enquanto seguia vasculhando a bolsa. — É uma possibilidade que não pode ser descartada.

— Isso é um absurdo! — revoltou-se Emma.

— Absurdo é perceber que o Jared não aprendeu a lição! — Don estava consternado. — Ele continua sendo aquele garoto que apronta nas montanhas achando que ninguém está olhando...

— Não estou achando meu celular — interrompeu Charlotte. — Devo tê-lo deixando no apartamento do Jared.

— Como ele está, Charlie?

— Emma, ele me expulsou do apartamento. Acho que isso responde a sua pergunta!

— Ele o quê? Por que ele faria isso?

— Preciso de um uísque — Don estava incrédulo. Levantou-se e foi ao pequeno armário lateral, onde guardava suas bebidas privativas. — Eu sei que ninguém ainda almoçou, mas alguém quer uma dose para me acompanhar. Porque hoje, estamos além da imaginação!

— Acho que, ao dizer algumas verdades, acabei me excedendo... Esse garoto mexeu com ele — Charlotte também tentava encontrar algum delicado equilíbrio. — Agora precisamos definir o que vamos fazer para evitar que o estrago seja ainda maior. A exposição é daqui alguns dias e não podemos deixar que ela se transforme num caos.

— Penso que a exposição deveria ser cancelada — opinou Emma.

— Não há essa possibilidade — chancelou Charlotte. — Toda a estrutura já está quase pronta e, se cancelarmos, a VAG só terá outra data disponível no segundo semestre de 2019. Fazer isso com eles, com apenas alguns dias de antecedência, jogará nossa credibilidade na lama. Isso sem falar no prejuízo financeiro pela quebra do contrato.

— Concordo com a Charlie — Don voltou para a cadeira, copo de uísque à mão. — Cancelar a exposição agora pode piorar ainda mais a situação. Pode parecer um atestado de culpa.

— Vocês dois são inacreditáveis! — Emma seguiu em direção à porta para deixá-los, não sem antes demonstrar sua frustração com ambos. — Meu filho sob ameaça de ser preso por ter se apaixonado por um garoto com quem ele nem consegue falar, estampando os jornais como se fosse um pervertido, e vocês preocupados com credibilidade e dinheiro. De fato, a frieza de vocês dois me espanta.

— Emma, querida... nós...

Don não foi ouvido. Ela deixou o escritório como quem abandona um barco à pique e culpa a água pelo naufrágio. O ocaso de sua carreira tinha relação com a falta de habilidade para lidar com crises.

▶

Julian desceu pela Kerr Street, virou à direita na 54th Avenue e novamente à direita na Lancaster. Passou lentamente em frente à casa do diretor Eugene Jewinson, olhando ao redor para verificar se havia algum movimento estranho que pudesse indicar a presença de repórteres ou paparazzi. Virou à esquerda na pequena rua privativa dos moradores. Parou seu Chevrolet Malibu branco e acionou o controle remoto da garagem lateral. Manteve os olhos atentos. Ninguém poderia vê-lo entrando ali. Passava das onze da manhã e, apesar do movimento intenso nas avenidas principais, aquela rua semiprivativa estava absolutamente silenciosa e vazia. Entrou com tranquilidade na garagem e acionou o controle para descer o portão, deixando o ambiente na mais profunda escuridão.

▶

Finalmente Eugene e Nadine conseguiram ficar sozinhos na sala da direção da Killarney Secondary. Ele fora obrigado a cancelar as aulas daquela sexta-feira, evitando assim um tumulto ainda maior entre jornalistas e estudantes. O noticiário on-line e as redes sociais davam conta de uma sucessão de histórias inverídicas, algumas beirando à ingenuidade e outras francamente ofensivas à imagem da instituição e de seu diretor. Com os cotovelos apoiados à mesa, Eugene se virou para Nadine, sentada no pequeno sofá de camurça cáqui, ao lado do armário de arquivos.

Ela também o olhava, mas, perdida em pensamentos, não o enxergava. Ambos sabiam que as decisões difíceis já tomadas eram apenas as primeiras de um possível tsunami de problemas e questionamentos que viriam nas horas e nos dias subsequentes.

— Por que você não me contou, Nadine? — Eugene quebrou o silêncio. Sua voz carregada em desconsolo. — Se você tivesse me contado o que estava acontecendo, eu estaria mais bem preparado neste momento. Não teria sido pego de surpresa.

— Não falei nada porque não havia o que falar — também abatida, Nadine ainda conseguia ser mais resoluta.

— Como não? — Eugene passou a mão pela área calva da cabeça. — Um aluno da nossa escola envolvido num escândalo sexual de grandes proporções na mídia e você diz que não havia o que me contar? Ele é o melhor amigo da nossa filha! Convive conosco há anos! Isso tudo terá um impacto enorme nas nossas vidas, no nosso trabalho.

— Não exagere, Eugene! Isso vai passar.

— Sim! Isso vai passar! — o diretor foi obrigado a usar ironia para fazer-se compreender em suas preocupações. — Vai passar! E, provavelmente, anos de trabalho duro serão engolidos em algumas horas por esse escândalo. Talvez deva dar-me por satisfeito se o Conselho apenas cassar o meu mandato de diretor-geral... Você percebe que nós podemos ser demitidos?

— Isso não vai acontecer! Em breve essa história será esclarecida e tudo voltará ao normal. Esse mal-entendido será rapidamente solucionado, pode apostar — a expressão facial de Nadine contrariava suas assertivas verbais.

— Mal-entendido? Você acha mesmo que é um mal-entendido? — Eugene levantou-se e foi à janela, abrindo uma pequena fenda na persiana horizontal e verificando se havia alguém nas proximidades capaz de ouvir aquela conversa. Voltou-se para Nadine. — As fotos são inquestionáveis!

— Você está exagerando! — Nadine também se levantou, como que disposta à luta. — Tudo isso é um mal-entendido grosseiro. As fotos que existem mostram apenas dois rapazes passeando num parque. Que mal há nisso?

— Não são dois rapazes quaisquer — Eugene também aumentou o tom de voz. — Um deles é o gay mais famoso do Canadá e o outro, veja você, é aluno da nossa escola, frequentador da nossa casa, melhor amigo da nossa filha! E, como tudo que já está muito ruim pode piorar, o professor recém-contratado pela escola é ex-namorado de um deles! Parece um musical apocalíptico do Morris Panych!

— Eugene, não aconteceu nada entre os dois. Eu sou testemunha de que...

Nadine foi interrompida por Fay, que irrompeu pela porta da sala com os olhos arregalados, como quem está prestes a anunciar o fim do mundo.

— Pai, a mãe do Alb... — Fay parou e respirou. — A mãe do Albert e o ancião Daniel acabaram de chegar e estão vindo pra cá. Eles estão com a doutora Matilda Phryne... aquela do escritório de advocacia onde o Albert trabalha à tarde.

— Viu só? — Eugene fixou-se em Nadine. — Eles já têm até advogada! Nós vamos ser estraçalhados!

— Vamos manter a calma, por favor — Nadine se dirigiu à filha. — Fay, assim que eles chegarem aqui, peça a eles que entrem.

Quando Fay voltou-se para a porta, percebeu a imagem de Abigail se agigantar, literalmente atropelando-a. A mulher invadiu a sala como quem arromba um castelo e foi direto ao assunto, a voz áspera e muitos tons acima do necessário.

— Onde está o Albert? — vociferou Abigail.

— Tenha calma, Abigail — tentou Nadine.

— Calma? Como você tem coragem de me pedir calma? — ela estava furiosa. — Onde está aquele pecador ingrato que me humilhou em cadeia nacional?

▸

— Já chegamos? Me tira daqui!

Julian ouviu o clamor abafado, quase um sussurro, seguido por leves batidas na lataria do Malibu 1999. Foi em direção ao porta-malas e pediu, em voz baixa:

— Dá pra fazer silêncio? Eu já vou tirar você daí!

Tão logo abriu, Albert saltou de lá, passando fortemente as mãos nos braços e na camisa para limpar a poeira.

— Seu carro está imundo, Julian!

— Você está reclamando? — questionou o professor enquanto fechava o porta-malas, sendo necessárias três pequenas pancadas para travá-lo corretamente. — Talvez tivesse sido melhor ter deixado você sair andando pela entrada principal da Killarney e ser devorado pelos repórteres!

— Me desculpe! — Albert percebeu a indelicadeza, mas ainda batia com as mãos na calça para tentar eliminar a sujeira. Retomou sua candura. — Obrigado por me ajudar.

— É o mínimo que posso fazer por você neste momento — Julian transpassou o braço pelos ombros de Albert e sinalizou para que fossem em direção à porta lateral de acesso à casa. — Vamos entrar. O diretor Jewinson me deu as chaves e eu prometi que manteria você em segurança até eles chegarem.

Albert e Julian atravessaram rapidamente a passarela que separa a garagem lateral e a porta da cozinha. Tão logo entraram, o professor avistou um relógio na parede e fez uma proposta:

— Já é quase meio-dia. Você deve estar com fome.

— Não estou com fome. Acho que não consigo comer nada — Albert conhecia bem a casa e foi direto ao armário pegar um copo para beber água.

— Mas você precisa comer algo... e eu estou com fome! Será que tem algum restaurante ou pizzaria aqui perto?

— Tem uma Little Caesars no outro quarteirão. Eu e a Fay sempre vamos lá comer. E tem outros restaurantes no Champlain Square. É bem perto!

— Então, vou lá buscar uma pizza para nós dois. Pode ser? Qual você prefere?

— Obrigado, Julian... mas eu realmente não quero comer nada.

— Eu não perguntei se você quer comer. Eu perguntei qual sabor de pizza você prefere. É simples! Basta dizer — Julian parecia verdadeiramente afetuoso.

— Lombo com bacon. É a que eu mais gosto.

— O.k., então. Uma pizza de lombo com bacon... uma bomba calórica! Mas vamos encarar!

Albert foi à bay window frontal e espiou Julian atravessar correndo a Lancaster Street, até desaparecer na 54th Avenue. Seu instinto não conseguia confiar naquele homem, mas, diante de todo o zelo demonstrado num momento tão difícil, cogitou a possibilidade de estar sendo injusto. Tudo que Albert sabia a respeito de Julian tinha origem nas manchetes do tempo quando ele e Jared namoravam. Histórias boas ou ruins vinham das mesmas fontes que, naquele dia, tinham revirado sua vida, transformando-a num inferno de mentiras, lucubrações e fofocas.

Talvez, Julian tivesse sido vítimas das mesmas tintas.

▶

— Acabei de chegar! — disse Lukas J. Seed, ao telefone. Autor da matéria do *The Province* que havia dominado o noticiário daquela sexta-

-feira, o jornalista havia estacionado o carro numa das últimas vagas, nos fundos da Killarney Secondary, próximo ao parque. Enquanto caminhava pelo estacionamento, encerrou sua conversa. — Vou ficar te devendo essa!

Já na calçada da escola, Lukas avistou a grande quantidade de repórteres que ainda se mantinham firmes no local em busca de declarações. Esquivou-se por uma passagem lateral, tomando um corredor interno longo, que ao final dava na biblioteca. Fez o caminho como quem conhecia com precisão a planta baixa do prédio da Killarney. A porta estava entreaberta.

— Com licença — Lukas entrou sem fazer muito barulho, já ouvindo a conversa que era travada no interior da biblioteca, todos sentados ao redor de uma mesa central.

— Diretor Jewinson, o senhor tem consciência de que os fatos não são apenas graves. Estamos diante de um crime! — sentenciou a advogada Matilda Phryne, prosseguindo enquanto batia com o dedo indicador na mesa. — E esse crime pode ter acontecido também aqui, na sua escola!

— Isso é um absurdo, doutora Phryne! — revidou Eugene. — Nenhum crime foi cometido nesta escola, eu posso lhe garantir.

— Tudo que nós sabemos é que Jared e Albert se encontraram apenas uma vez, no domingo e por puro acaso — Nadine tentava controlar a narrativa. — Os dois caminharam por algum tempo no Stanley Park, almoçaram juntos e nunca mais se viram. Sequer falaram ao telefone!

— É nisso que você quer acreditar, Nadine. — Matilda foi mais amena ao se dirigir à professora, muito embora não gostasse das ideologias progressistas do casal Jewinson. — Todos os relatos dizem o contrário. Há alunos afirmando que já viram Jared Kusch nesta escola... que ele chegou a buscar Albert algumas vezes.

— Isso é mentira! — vociferou a professora.

— Eu não posso acreditar que você está levando a sério essas fake news — emendou Eugene, em tom de lamento.

Lukas saiu de trás das primeiras estantes de livros e se revelou ao grupo:

— Lamento, diretor, mas preciso discordar.

— Quem é você? — Eugene levantou-se, surpreso. — Como entrou aqui? Esta é uma reunião particular e preciso pedir que você se retire. — O diretor reiterou: — Quem é você, rapaz?

O cabelo curto e a pele bem cuidada davam a Lukas J. Seed uma aparência jovial não condizente com sua verdadeira idade. Aos quarenta e três anos de idade, havia dois tinha se tornado responsável pela editoria social do *The Province*. Andava sempre bem-vestido e preparado para o combate. Como uma águia, fixava seus olhos na presa, traçava uma estratégia e partia veloz para capturá-la.

— Perdoem a invasão — disse, sem perder a objetividade. — Meu nome é Lukas J. Seed e sou a única pessoa que pode salvar vocês neste momento.

▶

Julian voltou com a pizza. Albert não estava na cozinha e o copo d'água continuava sobre a mesa, cheio, sem que houvesse bebido um gole sequer. O professor arriscava alguns passos em direção à sala quando percebeu a porta do banheiro entreaberta, de onde um feixe de luz emanava, cortando a sala. Aproximou-se e, pela fenda, observou Albert encarando o espelho, perdido, vagueando em pensamentos. Através do reflexo, os olhos violeta do garoto encontraram os de Julian.

— Seus olhos — disse o professor, quase cochichando.

— O que tem meus olhos? — indagou Albert, sem desviá-los de Julian.

— São lindos! — saiu como um sussurro.

— Obrigado — Albert havia corado e sentiu quando seu coração disparou.

Por alguns segundos, ficaram se olhando. O silêncio é uma espécie de truque, como as brumas que escondem o sol nas manhãs de outono. Ele foi quebrado quando Julian ergueu a embalagem.

— Bom, saindo uma pizza grande de lombo com bacon! — O professor colocou a embalagem diante de Albert. — Vamos comer, Albert. É importante que você coma alguma coisa.

Voltaram para a cozinha e sentaram-se à mesa. Albert pegou um pedaço e deu uma leve mordiscada. Não estava com vontade de comer nada, mas sabia que não adiantaria tentar argumentar com Julian. Ele estava tentando ajudá-lo em um momento bastante difícil sem sequer conhecê-lo e diante de todas aquelas circunstâncias.

— Por que você está fazendo tudo isso, Julian? — questionou Albert.

— Eu já te disse — Julian ainda falava com a boca cheia. Deixou a fatia de pizza que tinha em mãos e mirou os olhos de Albert. — Já passei por tudo isso. Tenho experiência.

— Como vocês terminaram? — Albert também o olhava fixamente.

— Eu e Jared?

— Sim, estamos falando dele desde o início, certo? — Albert soou irônico.

— Nós não estávamos preparados para um relacionamento.

— Não é o que diz a imprensa!

— Assim como aquilo que a imprensa diz hoje sobre você! — o professor torceu levemente a boca, tentando esconder o sorriso de superioridade.

Albert também ensaiou um sorriso. Levou a fatia de pizza à boca e, desta vez, mordeu um pedaço maior. Ironicamente, de alguma forma aquele estava sendo o melhor momento do seu dia desde a explosão das manchetes.

— Então me conte você. Por que terminaram? — questionou, em tom mais ameno, ainda mastigando a pizza.

— Na verdade, nós nunca terminamos.

se essas asas pudessem voar

O passado é sempre uma dor. Quando triste, dói a lembrança. Quando feliz, dói a impossibilidade de regresso. Quando inexpressivo, dói o esquecimento quando nos lembramos que ele existe. Não há pessoa alguma que não sinta dor ao pensar no passado. Solitária é a dor do passado, seja ele qual for. Não é por acaso que a palavra "saudade" tenha origem na expressão em latim *solitatem*, que significa solidão. O passado é como as cinzas deixadas pela fogueira.

⏮

Era o inverno de 2017. O Natal se aproximava e enquanto o mundo se mantinha preso à decisão do presidente dos Estados Unidos, Donald Trump, de reconhecer Jerusalém como a capital de Israel, o Walt Disney Studios fazia sua primeira oferta de cinquenta e dois bilhões de dólares para comprar a 21th Century Fox do magnata das comunicações Rupert Murdoch.

Fazia uma semana desde que Julian havia se mudado para o apartamento de Jared, em West Vancouver. Pelas grandes estruturas de vidro era possível ver apenas a névoa espessa cobrindo o horizonte e toda a cidade. Os pinheiros e cedros congelados, verde-acinzentados, eram o único resquício de cor para além do branco da neve que cobria quase tudo. A lareira acesa não era suficiente para amenizar o frio intenso daquele início de noite e Julian, trajando apenas um roupão felpudo, sentiu o leve tremor dos lábios ao tocar a taça de vinho já abaixo da metade. Parou diante do fogo, estendendo a mão para aquecê-la.

— Você precisa ir embora — disse Julian, enquanto era abraçado por trás. — Estou falando sério. Você precisa ir embora agora.

— Tudo bem... eu já vou.

— Olha, não me leve a mal... É complicado.

— Não se preocupe, Julian. Eu sabia que esse fim de semana acabaria mais cedo ou mais tarde. Mas foi bom enquanto durou.

— Eu sinto muito... — o tom era de resignação.

Enquanto caminhava de volta ao quarto, o homem nu encontrou uma das máquinas fotográficas de Jared sobre uma bancada de pedra. Pegou-a e mirou em Julian, espalhando a luz do flash pelo ambiente ao tirar a foto.

— O que você está fazendo? — Julian não apenas estava assustado, mas o homem havia feito um registro daquele momento. Tomou a máquina de suas mãos. — Preciso apagar essa foto!

— Eu precisava registrar o momento quando você me colocou para fora de casa! — o homem vestia a cueca enquanto se divertia com as tentativas frustradas de Julian em apagar a fotografia. — Deixa eu te contar uma coisa: as fotos dessa máquina são protegidas por senha. Você não vai conseguir apagar.

— Por que você fez isso?

— Para deixar bem claro que eu estou disposto a fazer qualquer coisa para não perder você — o homem havia acabado de vestir a calça e a blusa de lã, tentou um último ataque. — Eu te amo, Julian... Eu te amo.

— Eu também amo você — Julian parecia estar se rendendo, mas retomou a objetividade. — Mas eu não posso continuar contigo. Sabe o quanto foi necessário para chegar até aqui e eu não posso arriscar nada neste momento.

— Eu sei — o homem agora também parecia resignado. — Não custou apenas a você.

— Nós já discutimos isso.

— Não se preocupe. Nunca mais voltaremos a ter essa conversa.

— Eu sinto muito — repetiu Julian, com os olhos marejados.

O homem pegou a pequena bolsa de viagem e saiu pela porta da frente. Julian se ajoelhou diante da lareira e cogitou a possibilidade de jogar nela a máquina fotográfica. Havia um misto de tristeza e raiva. Mas, como iria explicar algo assim? Decidiu, então, tentar acessar as imagens digitais usando o notebook. Conectou a câmera através de um cabo USB e foi ao arquivo do dispositivo. Mais uma vez foi impedido pelo pedido de senha. Não tinha a menor ideia de qual poderia ser a combinação e não se sabe quanto tempo ficou ali, olhando para a tela, sem saber o que fazer. Passava das dez da noite quando Jared e Tungow entraram pela porta. Julian o esperava no sofá, ainda tomando vinho.

— Como está frio lá fora! — disse Jared, tirando o sobretudo e pendurando-o no cabideiro de chão à entrada. — Meu amor, desculpe o atraso. Passei primeiro na casa dos meus pais para pegar o Tungow — curvou-se junto ao sofá para dar um beijo em Julian.

— Senti saudade — disse Julian, amável.

— Eu também! Não via a hora de voltar para casa.

— E como foram as reuniões em Toronto?

— Chatas — Jared não gostava de burocracias e negócios. Pegou a taça das mãos de Julian e deu uma golada. — Eles até aceitaram pagar o que eu pedi pelo uso das imagens em todas as publicações institucionais, mas querem dobrar o período contratual.

— Isso é ruim? Você vai acabar ganhando divulgação por mais tempo.

— Talvez... mas eu não vou poder utilizar as obras na nova exposição e isso significa, então, que não tenho nada agora para exibir e vamos ter que adiar a agenda na vag para o segundo semestre do ano que vem — Jared esgueirou-se lentamente pelo sofá, deitando sobre Julian. — Tem certeza de que você quer falar de negócios depois de eu ter passado um fim de semana longe?

Os dois passaram boa parte da noite ali mesmo, no sofá da sala, aquecidos pela lareira. Só foram para a cama quando o dia começava a raiar.

Julian estava em sono profundo quando Jared levantou-se e foi à cozinha em busca de café. Pegou a cafeteira italiana, alcançou o pote de café no armário superior e colocou-a no cooktop para concluir o preparo. Enquanto aguardava, foi até o meio da sala e pegou a taça caída sobre o tapete. Por sorte não havia derramado o pouco de vinho que ainda restava. Quando voltava para a cozinha, avistou uma de suas câmeras fotográficas sobre a mesa de jantar, conectada ao computador de Julian pelo cabo usb. Achou aquilo muito estranho e fora de contexto. Ao passar o dedo pelo touchpad, a tela se abriu, tendo passado a noite em modo suspenso. A janela de dispositivos já estava aberta e Jared logo clicou duas vezes no ícone da máquina.

Como Julian é ciumento! Estava tentando encontrar alguma coisa nas minhas fotos, pensou Jared, esboçando um sorriso de canto de boca enquanto digitava a senha. O primeiro arquivo que surgiu era intrigante: seu namorado de roupão, tomando vinho diante da lareira. Sabia que não tinha tirado aquela foto. Ampliou a imagem, cuja luz estourada revelava a absoluta falta de técnica do responsável pelo clique. No fundo, percebeu que havia a silhueta do autor da foto em reflexo nos grandes vidros da fachada. Ampliou ainda mais. Viu que era um homem e que ele estava nu. A explosão do flash não lhe permitia ver o rosto. Jared sentiu um aperto no peito. Fechou a imagem e clicou com o botão direito sobre o arquivo. Ao acessar as propriedades, descobriu que a foto havia sido tirada na noite anterior, cerca de duas horas antes de ter chegado em casa. Fechou o notebook com força, assombrado. Queria ter asas para sair voando pela janela e desaparecer por entre as brumas.

A cafeteira começou a assobiar na cozinha.

▶

A reunião na biblioteca da Killarney Secondary parecia não chegar a algum consenso mínimo. A advogada Matilda Phryne havia pedido para que Abigail e o ancião Daniel ficassem em silêncio, Eugene e Nadine continuavam tentando contornar a situação e Lukas seguia expondo seus argumentos.

— Casos assim realmente despencam como uma avalanche — disse o jornalista, prosseguindo. — Vocês podem simplesmente aceitar que serão encobertos pela merda toda ou podem começar a reagir.

— Filho da mãe! — vociferou Nadine.

— Me atacar não vai tirar vocês dessa situação — reagiu Lukas.

— Ele está certo, Nadine — Eugene passou a mão pelo antebraço da esposa, tentando acalmá-la. — O que não precisamos agora é de mais confusão.

— Vejam bem — interrompeu a advogada —, chamar toda essa situação de mera *confusão* é um acinte, diretor. Entendo a sua posição defensiva, mas a questão é bastante grave.

— Doutora Phryne, eu não estou tentando minimizar a questão — o diretor tentava manter alguma calma. — O que não posso é permitir que esta escola seja mergulhada na lama.

— Na lama ela já está, Eugene — Abigail quebrou o silêncio e sinalizou discordância quando Matilda tentou calá-la. — Eu estou quieta até agora. Mas é do meu filho que estamos falando e de como ele foi vítima de um pedófilo dentro da própria escola, que deveria protegê-lo!

— Abigail, nada aconteceu dentro das paredes da Killarney — asseverou Nadine.

— Quem pode garantir? — a mulher sorriu, irônica.

— Dou minha palavra — taxou Eugene.

Lukas acompanhava aquela conversa com a curiosidade jornalística que sempre o guiou. Era preciso intervir para garantir o objetivo que o levara até a biblioteca da escola:

— Gente, essa discussão não nos levará a lugar algum.

— Perdão — encarou Nadine, com sarcasmo. — Levar quem? Até onde eu sei, tudo que está acontecendo é culpa sua e ainda não vi a razão para você estar aqui nesta reunião.

— É como eu disse, professora — Lukas sorriu. — Vocês precisam de mim.

— E por que precisamos? — questionou Eugene.

— Diretor, com todo o respeito, o melhor que vocês têm a fazer agora é dar uma declaração oficial. Emitir um comunicado. A escola precisa se pronunciar de alguma forma... e rápido! É a única forma de tentar controlar o que lhe resta de narrativa.

— Eu já estava pensando nisso — Eugene abaixou a cabeça. — Não podemos permitir que mais mentiras continuem sendo publicadas.

— Eu não menti na minha matéria.

— Mentiu sim! — Nadine não estava disposta a ser condescendente com aquele jornalista. — Nunca houve nada entre Albert e Jared Kusch.

— Então, a senhora está dizendo que as fotos são montagens? Falsificações?

— Eu não disse isso. Albert e Jared realmente se encontraram no domingo. Mas foi um mero acaso e eles nunca mais se falaram. Isso eu posso te garantir!

— Devemos supor que você sabe bem mais do que está nos dizendo? — questionou Matilda.

— Não — Nadine parecia resoluta. — Eu sabia tanto quanto vocês sabem hoje.

— Então, você sabia antes? — concluiu a advogada.

— Não coloque palavras na minha boca, Matilda. Minha filha é a melhor amiga do Albert e eles conversaram sobre o assunto na minha casa.

— Nunca imaginei que você me esconderia algo tão grave, Nadine — Abigail tinha as bochechas coradas e toda a pele salteada por pontos avermelhados.

As duas mães ficaram se olhando algum tempo. O estreito silêncio foi quebrado por Lukas:

— Pouco importa se vocês sabiam ou não, se não puderem controlar a narrativa — o jornalista havia conquistado a atenção de todos. — Façam um comunicado oficial em nome da escola e nós publicamos imediatamente no site do *The Province* e na edição impressa de amanhã.

— Eu vou redigir o comunicado — assentiu Eugene.

— Gostaria de gravar uma entrevista com você, diretor.

— Tudo bem, eu concedo.

— Também gostaria de entrevistar a senhora Tremblay. Caso a doutora Phryne vá representar judicialmente contra Jared Kusch, também gostaria de ouvi-la.

— Eu sabia! — Nadine levantou-se da cadeira, raivosa. — Você está aqui porque quer transformar tudo isso num grande espetáculo!

— Minha cara, já é um grande espetáculo.

— Filho da mãe! — Nadine reiterou a agressão de outrora.

— Você pode me xingar até o final dos tempos, mas posso assegurar que isso não vai ajudar — Lukas permanecia com um sorriso irônico. — Com ou sem entrevistas, a história já é um escândalo. A diferença é que, sem as entrevistas, prevalecerá apenas a visão da imprensa. E eu posso lhe assegurar, professora, que tudo que já está muito ruim, pode piorar!

▶

Jared estava deitado no sofá, com os olhos fechados e fones no ouvido. Estava ouvindo a canção "Wings", da cantora britânica Birdy. Teve vontade de chorar ao ouvir o refrão: "Oh lights go down/ In the moment we're lost and found/ I just wanna be by your side/ If these wings could fly...".*

Como aquele garoto deve estar se sentindo?, era a pergunta que se fazia em pensamento desde quando tomou conhecimento do escândalo. Estava acostumado a lidar com a mídia. Mas e Albert? *Como estaria reagindo aos tiros dos flashes?* Ao celular, colocou seu nome no Google e conferiu as notícias mais recentes. Suas fotos com Albert tinham se multiplicado exponencialmente na internet e aquele encontro fortuito de domingo havia se transformado num tórrido caso de amor. No Twitter, viu que as hashtags #JaredPedófilo e #JaredBoyToy estavam entre os trending topics do país naquele fim de tarde. Até o primeiro-ministro Justin Trudeau havia sido questionado sobre o assunto durante uma coletiva de imprensa sobre a explosão da imigração internacional para o Canadá. Não houve manifestação oficial. Jared viu quando uma nova mensagem surgiu nas notificações. Sabia quem havia enviado e pensou duas vezes antes de abri-la. Mas, tão logo acessou seu conteúdo, levantou do sofá num pulo, fez um carinho em Tungow, que estava deitado no tapete, pegou as chaves do Jeep e saiu em disparada, como quem não poderia perder nenhum segundo.

---

* Oh, luzes se apagam/ No momento em que estamos perdidos e encontrados/ Eu só quero estar ao seu lado/ Se essas asas pudessem voar..." (N. E.)

▶

— Quer dizer que você nunca traiu ele? — Albert parecia incrédulo com a história tergiversa que o professor Julian estava contando.

— Não — Julian arqueou o pescoço. — Eu nunca o traí.

— E por que vocês terminaram?

— Jared nunca acreditou na minha inocência. Diante daquela foto, ele concluiu que eu havia aproveitado sua viagem para levar um homem para dentro de casa. Eu não tinha como refutar a existência da foto.

— Ele deveria ter acreditado em você — Albert teve pena por Julian.

— Deveria. Mas não acreditou — o professor se encaixou no encosto da poltrona da sala de estar dos Jewinson, onde conversavam desde o fim da pizza. — Como eu te disse, eu deixei aquele homem entrar porque ele disse que havia marcado com Jared. Tentei falar com ele por telefone, mas estava desligado. Ele já havia embarcado no voo de Toronto para Vancouver. Então, eu mandei entrar, sentar e esperar. Enquanto isso, eu fui tomar banho. Quando saí do banheiro, não vi mais o homem na sala e achei que tivesse ido embora. Peguei uma taça e uma garrafa de vinho e fui me aquecer à lareira. De repente, eu vi o flash e aquele homem completamente nu, na minha frente. Mandei ele ir embora e tentei apagar a foto, porque sabia que seria um problema. Como de fato foi. Custou minha relação com Jared.

— Eu sinto muito — Albert estava sentado no tapete da sala, recostado no sofá e em frente a Julian.

— Estou te contando isso porque você vai viver nos próximos dias aquilo que eu vivi no final do ano passado. A imprensa virá atrás de você. Os Kusch virão atrás de você. Até gente que você nunca viu na vida vai aparecer dizendo te conhecer desde criança. Não me espantaria se o próprio Jared viesse te procurar.

— Ele jamais vai me procurar — Albert ensaiou um sorriso de descrédito, acompanhado de uma bufada de resignação. — Por que ele me procuraria bem no meio dessa confusão?

— Justamente para se safar dela! — havia um sentido de êxito nas palavras de Julian. De alguma forma, Albert estava compreendendo o que ele pretendia como moral da história. — É bastante provável que ele, pessoalmente, procure você e peça para negar tudo.

— Tudo? — interrompeu Albert. — Mas não houve nada!

— Não é o que dizem as fotos. Vocês se encontraram no Stanley Park, caminharam, almoçaram juntos.

— E foi só isso!

— Não estou dizendo que não foi. O problema agora é fazer as pessoas acreditarem que foi só isso.

— As pessoas podem pensar o que quiserem. Eu não ligo — Albert sentiu os olhos marejarem.

— Você pode não se importar, mas Jared e todos os Kusch se importam. Ele pode ser preso, inclusive. Não seria uma novidade para mim se ele te procurasse e até oferecesse dinheiro para você e sua mãe desaparecerem do mapa.

— Ele jamais faria isso!

— Você não o conhece, Albert — Julian se inclinou para a frente, de forma a concluir seu raciocínio com a dramaticidade adequada. — Você realmente não o conhece.

Julian e Albert se entreolharam por um longo tempo. O professor estava encantado com a singela ingenuidade e os olhos violeta do garoto. Para sair daquela espécie de transe, olhou para o relógio e pediu licença para ir ao banheiro.

Albert não mediu o tempo que ficou vagando em pensamentos desconexos, revirando tudo que lhe estava acontecendo e a história que Julian acabara de contar. Pensou em sua mãe e em como ela devia estar furiosa. Sinalizou um sorriso quando tentou imaginar como Fay estaria lidando com tudo aquilo. O garoto se assustou quando a campainha da casa dos Jewinson soou. Foi até a bay window da sala e afastou delicadamente a cortina para conseguir ver quem estava à porta. Seu coração disparou. A boca secou. As mãos começaram a tremer. Era Jared Kusch quem estava à porta.

▶

— Obrigado pela entrevista, senhora Tremblay — Lukas desligou a câmera do celular, posicionado sobre um minitripé à mesa principal da biblioteca. — Foi muito importante tudo que a senhora disse.

— Espero que você publique a íntegra da entrevista — advertiu a advogada Matilda Phryne.

— Eu não tenho duas palavras, doutora Phryne. Se eu disse que não haverá cortes, você pode confiar.

— Eu aprendi a não confiar em jornalistas, senhor Seed.

— Não sou qualquer jornalista!

— Você acha que eu fiquei bem no vídeo? — questionou Abigail, passando a mão pelos cabelos ensebados.

— É óbvio que sim! — mentiu Lukas.

— Você acha que eu me saí bem, Daniel? — indagou Abigail, voltando-se para o ancião, enquanto este movia sua cadeira para mais perto.

— Você foi ótima! — disse o ministro Daniel, candidamente. — Depois da sua entrevista, Jeová Deus há de permitir que toda essa tormenta acabe.

Eugene e Nadine voltaram para a biblioteca com o comunicado oficial em mãos, impresso em duas folhas. O diretor as entregou a Lukas.

— Aqui está o nosso posicionamento institucional — disse Eugene.

— Vou tirar uma foto e mandar para a redação — informou o jornalista, enquanto fotografava as folhas. — Em trinta minutos já estará publicado no site do *The Province*.

Enquanto isso, Nadine foi em direção a Matilda, que estava recostada no balcão de atendimento da biblioteca. Falou, quase cochichando:

— Tilda, nós somos amigas há tantos anos.

— Eu sei disso, Nadine — a advogada mirou os olhos da professora. — Eu jamais estaria aqui se não fosse por nossa amizade. Por isso eu procurei a Abigail o mais rápido que pude e a trouxe pra cá. Aqui nós conseguimos controlar — deu uma piscadela para a amiga.

— Então, você concorda que é melhor deixar as autoridades fora disso?

— Sim, eu concordo. Confio quando você diz que não aconteceu nada entre Albert e o herdeiro Kusch.

— Fico mais tranquila ao ouvir isso — Nadine respirou fundo.

— Mas, veja bem, eu concordo com isso e vou fazer tudo para que Abigail também decida não prestar queixa. O problema é que não sabemos até que ponto esse escândalo vai instigar o Escritório do Promotor da Coroa.

— Sem uma denúncia formal, o Ministério Público não pode agir, certo?

— Infelizmente, não é bem assim, Nadine. Mesmo sem uma denúncia, a legislação da *Commonwealth* dá à Promotoria autonomia para intervir num caso privado, principalmente quando há um menor de idade envolvido.

— Não quero nem pensar nisso — Nadine fechou os olhos, como se buscasse escapar de tudo aquilo em meio ao breu.

Eugene e Lukas se aproximaram de Nadine e Matilda. O diretor levou sua mão ao encontro da mão de sua esposa:

— Querida, Lukas acha que é melhor gravarmos nossa entrevista em casa, para gerar mais empatia.

— Não é uma boa opção — discordou Nadine, seguindo com o argumento. — Nós pedimos ao professor Julian para levar o Albert para nossa casa, ou você se esqueceu disso?

— O garoto está na sua casa neste momento? — perguntou o jornalista, demonstrando surpresa.

— Nós pedimos a um dos professores que o levasse para lá e cuidasse dele enquanto tentávamos resolver tudo por aqui. Albert estava muito abalado e achamos melhor ele não ir para sua própria casa — explicou Eugene.

— Muito bem pensado, diretor! — Lukas deu um tapinha no ombro de Eugene. — É provável que a casa dos Tremblay esteja cercada de jornalistas. Talvez seja melhor levar a mãe dele para lá também.

— É a primeira vez que concordo com você, senhor Seed — disse Nadine. — Vou pedir a Abigail para ela e Albert passarem essa noite conosco. É mais seguro.

— É a melhor opção — concordou Matilda Phryne.

— Aliás, já está anoitecendo — Nadine olhou para o corredor que levava à saída da biblioteca, já bastante escuro. — Vamos lá para casa, eu preparo algo e jantamos todos juntos — a professora olhou para Lukas, sorrindo levemente, sem descerrar os lábios. — Você também está convidado, senhor Seed.

— Eu aceito seu convite, professora — o jornalista sorriu. — E pode me chamar de Lukas.

Abigail atravessou a lateral da mesa central da biblioteca e veio, com o ancião Daniel, ao encontro dos demais. Não pestanejou:

— Ouvi que você nos ofereceu um jantar, Nadine! — disse a matrona, enquanto via a professora confirmar com um leve aceno de cabeça. Prosseguiu: — Achei uma ótima ideia! Toda essa história me deixou morrendo de fome! Você poderia fazer aquele frango assado com queijo. Outro dia, Albert levou aquele pedaço que você mandou para mim e achei sublime.

Nadine voltou a sorrir sem descerrar os lábios.

●

Albert ainda não conseguia sentir as pernas. Também não sentia a boca nem a língua. Paralisado e mudo, viu seus pensamentos sumirem, como se tomassem um avião para um lugar desconhecido. Fechou os olhos com força. Imagens desconexas e deformadas surgiam da escuridão. Faziam-no lembrar da forma que havia imaginado como seriam os Dementadores ao ler a saga Harry Potter, antes de assistir aos filmes. Por um momento considerou estar sendo sugado pelo "beijo" de um deles. Estava prestes a perder os sentidos e tombar, quando começou a ouvir um chamado longínquo, que foi aumentando de intensidade até devolvê-lo novamente à realidade.

— Albert? — era a quinta vez que Jared chamava pelo garoto diante de si. Foi necessária uma sexta. — Albert, você está me ouvindo?

— Me desculpe — finalmente respondeu, escorando-se no portal.

— Você está bem?

— Acho que não.

— Eu posso entrar? Preciso conver...

Jared nem teve tempo de concluir a fala. Albert literalmente caiu em seus braços. Não havia desmaiado. O garoto o abraçara com toda a sua força, desabando em choro contido, como alguém que sente algo tão profundo e é incapaz de trazer à tona a emoção.

— Albert — toda a saliva de Jared parecia ter subido para os olhos —, me perdoe... Eu não queria que você passasse por tudo isso.

— Que bom que você veio... — Albert conseguiu falar, entre soluços.

Julian retornou à sala da casa dos Jewinson e sentiu um aperto no peito ao ver aquele abraço entre Jared e Albert. Não era uma sensação estranha. Experimentava-a cada vez que via uma foto do ex-namorado na imprensa ou nas redes sociais. Não eram fagulhas de inveja. Talvez fosse saudade. Foi até eles e pediu:

— Vocês precisam entrar agora! E se um paparazzo estiver lá fora? — Julian pegou os dois pelos braços. — Entrem! Agora!

— Julian, eu preciso... — Jared acabou novamente interrompido.

— Não precisa dizer nada, Jared.

Entraram e foram para a sala de estar. Jared sentou ao lado de Albert no sofá, segurando e friccionando aquelas mãos frias e trêmulas, como se tentasse aquecê-las. Julian não sentou. Percebeu que era hora de deixar os dois terem uma conversa particular em local seguro dos olhos externos.

— Vou deixar vocês dois a sós. Acredito que precisam conversar.

Julian seguiu em direção à cozinha, desaparecendo no lusco-fusco da casa. Albert mantinha os olhos fixos em Jared, como se tentasse congelar o tempo numa fotografia.

— Albert, eu nem sei por onde começar — disse Jared.

— Por que precisava ser desse jeito? — Albert falava em tom baixo, tentando respirar o mais profundamente possível, como se o ar não fosse suficiente.

— Eles não tinham o direito de publicar aquelas fotos. Muito menos de escrever aquelas ilações — Jared percebeu que poderia estar ofendendo Albert, como se não quisesse que uma relação entre os dois viesse a existir. Emendou: — Eu não quero dizer que não gostaria... É que...

— E agora?

— Fique tranquilo, Albert. Vou resolver isso, o.k.?

Albert sentiu sinceridade naquelas palavras e começou a se acalmar. Deitou a cabeça no colo de Jared e percebeu os pelos de sua perna eriçarem quando ele começou a fazer carinho em sua cabeça.

— Como você me encontrou? — indagou o garoto, prova de que estava começando a recobrar a ordem dos pensamentos.

— Isso não importa agora — Jared continuou o afago. — O que importa é que achei você.

— Eu queria ter ligado pra você na segunda-feira.

— E por que não ligou? Eu não tinha o seu número e fiquei esperando uma ligação, uma mensagem, um sinalzinho de fumaça.

— Olha, eu nem sei como te dizer isso — Albert agora estava desconcertado —, mas eu acabei deletando seu número.

— Por que fez isso? Eu achei que você tinha...

— Me perdoe! — disse virando sua cabeça em direção a Jared e prosseguiu. — Eu apaguei seu número do meu celular depois que vi uma foto sua com o Julian. Foi uma confusão! Eu achei que...

— Eu e Julian não temos mais nada há meses... quase um ano!

— Eu sei! Quer dizer, eu descobri depois... mas daí já tinha apagado.

— Tudo bem... eu compreendo. Passei a semana esperando uma... — Jared interrompeu o raciocínio quando foi tomado por uma dúvida que, até então, não havia passado por sua cabeça. — Espera... O que o Julian está fazendo aqui? Como ele te achou? Aliás, como você conhece ele?

— Foi uma coincidência brutal. Ele é meu professor na Killarney Secondary.

— Sério?

— O diretor da escola, que é pai da minha melhor amiga, pediu ao professor Julian para que ele viesse comigo até aqui — Albert percebeu que aquela explicação parecia não fazer muito sentido. Notou as interrogações no olhar de Jared. Então, aprofundou. — Eu não moro aqui. Esta casa é do diretor Eugene Jewinson. Ele achou que aqui eu estaria mais seguro. Como eu estava... ainda estou... chocado com o escândalo, ele pediu ajuda ao professor Julian, que em tese conhece melhor esse mundo em que você vive. Ele viveu esse mundo contigo.

Jared fitou os olhos do garoto em seu colo.

— Albert, tudo isso vai passar... Eu te garanto: vai passar!

— E até passar, o que fazemos?

— Vindo pra cá, eu tive uma ideia — Jared tentou resumir o que pensara, mesmo sabendo ser arriscado. — Minha família tem uma propriedade afastada daqui, em Revelstoke. Você já ouviu falar?

— Não tenho a menor ideia de onde é isso!

— É uma pequena cidade na região das Montanhas Rochosas, entre Kamloops e Banff. Fica a quase seiscentos quilômetros daqui e é possível ir de trem... até de avião... tem um pequeno aeroporto. — Jared sorriu, tomado por algumas lembranças. — Eu adorava ir pra lá quando criança. Meus pais têm uma grande propriedade às margens do Columbia River. Na verdade, um imenso clube de golfe. Mas temos uma cabana, em área totalmente privativa.

Albert estava tentando compreender o que Jared estava propondo e, em seu íntimo, com medo do que poderia ouvir.

— O que você está sugerindo? — indagou.

— Eu não tive muito tempo para pensar nisso... como eu disse, foi apenas uma ideia que me ocorreu enquanto vinha pra cá — Jared parecia caminhar sobre ovos. — Talvez... e isso é uma hipótese... você e seus pais possam ir ficar um tempo em Revelstoke, longe dessa confusão.

O garoto saltou do sofá como um gato. Franziu o cenho, não acreditando naquilo que estava ouvindo. Novamente pensou que as pernas lhe faltariam.

— Eu não acreditei quando Julian me disse que você tentaria fazer isso.

— Albert, desculpe se falei algo errado ou que possa ter te ofendido, mas... — outra questão atravessou o raciocínio de Jared. — Espera... o que Julian disse?

— Acho que eu preferi não acreditar... sei lá... manter alguma fantasia.

— Ei! — Jared levantou-se do sofá e percebeu que o garoto havia dado um passo para trás quando ele tentou se aproximar. Continuava sem entender. — O que foi que ele disse?

— A verdade! — disse Julian, surgindo à porta da cozinha. — Eu disse a ele apenas a verdade.

— Qual verdade, Julian? — Jared caminhou em direção ao ex-namorado, demonstrando certa irritação. — A sua verdade? Porque, se eu conheço bem você, a sua verdade é bastante relativa.

— Ele me disse que você tentaria fazer isso — interveio Albert.

— Como, de fato, tentou — concluiu Julian.

— Do que vocês estão falando? — Jared parecia estar sendo atacado pelos dois lados. Posicionado entre o garoto e o ex-namorado, insistiu na demanda. — Será que um de vocês pode me explicar?

— Julian me disse que você tentaria me tirar daqui... me mandar para longe para proteger a sua imagem e a da sua família. O que mais vai tentar fazer? Vai oferecer dinheiro? — Albert não sabia de onde estava tirando força para falar daquela forma.

— Eu jamais faria isso, Albert! — Jared não conseguia acreditar nas acusações que ouvira.

— Ah! Não faria? — Julian sorriu em sarcasmo. Atirou à queima-roupa. — Foi o que sua família fez comigo quando terminamos!

— Isso não é verdade! Você sabe disso, Julian!

— É a verdade.

— Quando nós terminamos, você fugiu para Londres, com a desculpa de que passaria alguns meses lá fazendo cursos.

— Foi isso que sua mãe te disse?

— Julian, eu estou te avisando. Não se atreva a colocar minha mãe no meio disso!

— E você vai fazer o quê? — o professor aproximou-se de Jared, enfrentando-o. — Vai me bater, como fez naquela noite?

— Não me provoque.

— Chega! — gritou Albert. Ao perceber que ganhara a atenção dos dois, foi firme. — Parem com isso! Jared, vá embora agora!

— Albert, eu posso expl... — tentou.

— Eu não quero saber. Quero que saia agora!

— Você ouviu o Albert — disse Julian, com ar de vitória. — É melhor você ir embora, senão serei obrigado a te tirar daqui.

— Eu quero que você vá embora também, Julian — taxou o garoto.

— Albert, eu não vou embora. Prometi ao Eugene que ficaria aqui com você até ele voltar e vou cumprir com a minha palavra.

— Agora você tem palavra, professor? — foi a vez de Jared ser sarcástico.

— Quero que os dois saiam daqui agora!

Albert estava resoluto. Caminhou até a porta principal e a abriu, com a intenção de indicar a saída para os dois marmanjos em guerra no meio da sala. Entretanto, quando girou a maçaneta, percebeu que outra força empurrava a porta em sentido contrário. O garoto ficou pálido de novo e, pela terceira vez em menos de uma hora, sentiu que suas pernas lhe faltariam. À porta de entrada estavam Eugene, Nadine, a advogada Matilda Phryne, o ancião Daniel, outro homem que ele não conhecia e, o pior dos mundos, os olhos fumegantes de sua mãe.

— O que está acontecendo na minha casa? — perguntou Eugene, visivelmente transtornado.

II

Uma das características mais intrigantes de um escândalo é sua capacidade de ficar cada vez pior. Escândalos parecem respeitar, intimamente, a principal Lei de Murphy: "Se algo pode dar errado, dará!". Fiadores da máxima, as vítimas de um escândalo tendem a se comportar de forma errática, seja pelo desconsolo em acreditar que não vão conseguir sair do imbróglio, seja pela desconexão com a realidade. O caos cria fraturas na estabilidade racional, tal qual um vento forte impede a borboleta de voar. Essa alienação da razão faz crer, por exemplo, que quando se perde algo, este sempre será encontrado no último lugar onde se procure. É um clássico, quase tolo. Mas ilude diante do caos. E, por pura ilusão, não observa o óbvio: o lugar onde se encontrou o que estava perdido foi o último porque, tão logo achado, não havia mais que se falar em procurar. E, quando se encontra no primeiro lugar, tal coisa não estava de fato perdida. O escândalo tem esse poder. Quando o caos se instala e a estabilidade racional está comprometida, a maior beneficiada é a mentira. Foi Mark Twain quem escreveu: "Uma mentira pode dar a volta ao mundo, enquanto a verdade ainda calça seus sapatos". É ela quem subverte a narrativa e constrói seus próprios pilares de existência, sobre os quais edificará fantasias e lendas. Mitos, sobretudo. O que são os mitos senão a representação alegórica, aumentada e modificada, de fatos ou de personagens distanciados dos originais por tradições faladas ou escritas ou pelo imaginário coletivo. O escândalo se alimenta do erro e da mentira para criar mitos.

●

— Não vou perguntar de novo — Eugene foi taxativo. — Eu exijo que um de vocês explique o que está acontecendo aqui.

— Você deve ser o diretor da escola — disse Jared, entredentes, temendo que tudo aquilo pudesse ficar ainda pior. Tentou: — Pode até parecer um clássico vulgar, mas não é nada disso que vocês estão imaginando. Eu posso explicar.

Enquanto entravam na casa e fechavam a porta principal, Matilda se viu obrigada a intervir:

— É absolutamente inapropriada sua presença aqui, senhor Kusch.

— Peço desculpas — Jared continuava falando com a boca semicerrada pela tensão. — Sei que não deveria estar aqui, mas eu precisava... — não conseguiu concluir a frase, impedido por Abigail.

— Seu pedófilo desgraçado! O que você fez com meu filho?

— Mãe, pelo amor de Deus, não aconteceu nada! — atravessou Albert.

— Cale a boca, Albert! — Abigail voltou a ter o rosto corado, salteado por pontos vermelhos, como se sangue fosse brotar através dos poros. — Não quero ouvir nenhuma palavra sua e quero que este homem saia da minha frente... que saia daqui!

— Abe — Nadine ficou em sua frente, alcançando aqueles ombros circulares com suas mãos. — Vamos para a cozinha. Vamos deixar que Eugene e Matilda resolvam isso. — A professora olhou para Daniel: — Venha conosco, ministro.

Quando Abigail aceitou o comando de Nadine e se virou em direção à cozinha da casa dos Jewinson, revelou a figura de Lukas, que estava estrategicamente posicionado atrás daquele corpanzil. Ao avistá-lo, Jared sentiu a íris fechar, como as lentes de suas máquinas fotográficas, colocando Lukas em foco único. Também sentiu enrugar a parte superior do nariz. Fechou as mãos e partiu em direção ao jornalista.

— Seed, seu filho da mãe!

— Ei, Jared! Calm... — não conseguiu terminar o apelo.

Jared desferiu um soco certeiro na lateral esquerda do rosto de Lukas, lançando-o sobre o aparador de madeira, que se partiu em três pedaços com o impacto e fez cair sobre o jornalista o vaso baixo e comprido onde Nadine tentava cultivar, sem sucesso, mudas de açafrão-da-pradaria, uma lembrança do tempo de seus avós em Manitoba. Enquanto Julian e Nadine continham Jared, Eugene foi socorrer Lukas, jogado ao chão, com o rosto já exibindo o inchaço pela pancada e a camisa coberta pela terra do vaso. Jared apontou-lhe o dedo, reiterando o xingamento:

— Seu filho da mãe! Você não tinha o direito de publicar aquilo!

— Vou prestar queixa contra você, Jared! — disse Lukas, ainda atordoado, enquanto Eugene o ajudava a se levantar. Seguiu ameaçando. — Vou acabar com a sua vida, seu idiota mimado!

Julian e Nadine foram obrigados a empenhar força adicional para conter a sanha de Jared, que queria partir novamente para cima do jornalista.

— Chega! — vociferou Eugene.

O diretor assumiu o protagonismo de sua própria casa e determinou que Nadine levasse Abigail, Daniel e Albert para a cozinha, para tirá-los imediatamente daquela confusão. Em seguida, encaminhou Lukas até a escada, mostrou onde ficava o quarto do casal e ordenou que ele fosse até lá se limpar e trocar aquela camisa completamente suja pela terra do vaso que quebrara. Avisou que ele poderia pegar qualquer uma de suas camisas no armário. Só então conduziu Jared, Julian e Matilda para a sala, onde pretendia tentar esclarecer os fatos. Começou por Julian:

— Professor Julian, eu pedi para você trazer o Albert para cá e mantê-lo protegido, não para deixar qualquer um entrar aqui! — Eugene percebeu que poderia estar insultando Jared, a quem se virou. — Eu não quis te chamar de *qualquer um*... força de expressão... o que eu quero dizer é que você jamais deveria ter vindo até aqui e Julian não deveria tê-lo deixado entrar!

— Perdoe-me, diretor — o professor tinha a fala mansa, mesmo diante de tudo que acabara de acontecer. Seguiram suas explicações. — Eu não vi quando ele chegou.

— A culpa não foi dele, senhor... senhor... — Jared percebeu que sequer sabia o nome daquele homem, que logo se pronunciou.

— Eugene Jewinson. Sou o diretor da Killarney Secondary, onde Albert estuda.

— Pois bem, a culpa não foi dele, senhor Jewinson — o rapaz falava enquanto tentava conter a dor na cabeça dos metacarpos que tinham acertado em cheio a cara de Lukas J. Seed. Continuou: — Ele não viu quando cheguei. Eu precisava saber como Albert estava, no meio desse caos provocado por aquele miserável do Seed.

— Não acho que a melhor solução seja agredir um jornalista. — Matilda interveio, completando: — Assim como foi péssima a sua ideia de vir até aqui falar com o Albert.

— Quem é você? É parente do Albert? — tentava entender Jared.

— Meu nome é Matilda Phryne. Sou advogada da família.

— Advogada? Vocês contrataram advogados?

— Ela é amiga das nossas famílias há anos... e Albert a ajuda no escritório... — explicava Eugene, interrompido por Matilda.

— Fique tranquilo, senhor Kusch. Nós não pretendemos representar contra você. Mas precisamos ter certeza de que nunca mais vai se aproximar do Albert.

▶

Nadine fechou a porta de acesso à cozinha para evitar que a conversa da sala contaminasse ainda mais o ambiente. Albert permanecia sentado à mesa, cabisbaixo. Diante de si, Abigail e o ancião Daniel.

— Como você pode fazer uma coisa dessas comigo, Bertie? — questionou Abigail, enquanto sorvia o primeiro gole da água com açúcar que Nadine lhe trouxera. — Quer dizer que todo domingo você ia para o Stanley Park para fazer isso?

— Não! — Albert finalmente ergueu os olhos. — Isso não é verdade!

— Então, diga-nos o que é verdade, Albert — pediu Daniel, tentando equilibrar aquele diálogo com um tom de voz mais ameno.

— Não tenho nada a dizer... nada mesmo — o garoto sentiu seus olhos marejarem.

— Agora não tem nada para dizer, né? — Abigail insistia em falar alto. — Vai continuar na mentira... no pecado... eu tenho nojo de você!

— Não diga isso, Abe! — interferiu Nadine. — Ele é seu filho!

— Eu queria que não fosse! — fuzilou.

— Abe, querida... — Daniel meneou a cabeça, sinalizando negativamente para aquela assertiva de Abigail.

— Como eu vou encarar as pessoas na igreja? Eu... mãe de um pecador... de um impuro — ela voltou-se para Albert. — Você sabe que eles podem nos expulsar de lá, né?!

— Ninguém fará isso — o ancião seguia tentando consolá-la.

— Ele é igualzinho ao pai!

— Não se atreva a falar do meu pai! — Albert se levantou, enfrentando.

— Você nem sabe de quem eu estou falando! — Abigail também se levantou, derrubando a cadeira atrás de si e ficando cara a cara com Albert. — Você nem sabe como ele é! Nem o conheceu!

— Por sua culpa! — o garoto ergueu o tom. Seguiu o enfrentamento. — Provavelmente ele foi embora porque não suportava viver com você!

Abigail não pensou duas vezes: alcançou o copo d'água pela metade que tinha à sua frente e o jogou na cara de Albert, sem que Daniel ou Nadine conseguissem impedir.

▶

Na sala, Jared explicava sua relação com Albert, sob os olhares incrédulos de todos que o ouviam.

— Não houve nada entre nós dois. Eu juro!

— Já disse que não vamos prestar queixa contra o senhor — reiterou Matilda.

— Pare de me chamar de *senhor*, por favor — Jared tentava imaginar. — Diante das circunstâncias, fica parecendo que sou um velho que abusou de uma criança.

— É o *senhor* quem está dizendo! — Matilda fez questão de salientar a expressão.

— Olha, tudo que eu quero é tentar ajudar. Tirar o Albert e todos vocês dessa situação. Ele não merece isso.

— Não sei como você pode ajudar vindo até aqui — Eugene fez questão de salientar. — Sua presença só piora as coisas!

Enquanto Eugene justificava seu raciocínio, Jared avistou Nadine vindo da cozinha, conduzindo Albert aos prantos. Ambos subiram rapidamente pela escada.

— O que está acontecendo? — o rapaz se levantou do sofá e gritou, em direção ao garoto. — Albert! O que está acontecendo?

A advogada e o diretor até tentaram conter o rompante de Jared, que conseguiu se desvencilhar de ambos, correndo em direção à escada e percebendo que Nadine e Albert já haviam desaparecido do campo de visão do corredor do segundo pavimento. Saltando de dois em dois degraus, Jared subiu em disparada. Atravessou o corredor, mas não sabia atrás de qual das três portas estava Albert. Ao abrir a primeira, avistou, através do reflexo no espelho, Lukas sem camisa, procurando outra no armário de Eugene Jewinson.

— Senhor Kusch! — Matilda o alcançou, esbaforida pela subida rápida.

No interior do quarto, Lukas se assustou com a fala alta e áspera da advogada, voltando-se para a porta, de onde Jared o observava.

— Eu já disse que você não pode mais se aproximar do Albert.

Se for preciso, entrarei com uma Ordem de Restrição! — ameaçou Matilda.

Jared não a ouvia mais. Estava aturdido. Seus olhos não conseguiam desviar daquelas duas asas de águia tatuadas na região superior do peito de Lukas J. Seed. Sentiu um frio saindo da espinha e percorrendo seu corpo. Sim, eram as asas.

▶

A noite já estava fechada, sombria, quando o Jeep de Jared entrou pelo pórtico do Twin Creek Place. O frio que a proximidade do outono trouxe ajudou a espantar os repórteres que passaram o dia no cul-de-sac da Dunlewey Place. De toda forma, entrou rápido pelo acesso lateral à garagem subterrânea e foi direto para uma de suas vagas. Ficou algum tempo com a cabeça encostada no volante, refletindo sobre o que acontecera naquela noite e a situação dramática na qual ele e Albert estavam mergulhados. O garoto estava transtornado e a advogada o ameaçara com uma Ordem de Restrição. Respirou fundo e até conseguiu esboçar um sorriso quando lembrou das palavras doces de uma adolescente ruiva e sardenta que foi ao seu encontro quando deixava a casa dos Jewinson.

— Vai passar! Pode acreditar, tenha calma que tudo isso vai passar! — foi o que disse Fay a Jared, demonstrando uma maturidade que, de fato, não tinha. Estendeu a mão e mostrou ao rapaz um pedaço de papel dobrado. — Leve isso! Quando todos estiverem mais calmos e a poeira baixar, você vai precisar disso... e o Albert também.

Jared colocou a mão no bolso e puxou aquele pedaço de papel amassado. Nele havia os números de telefone de Fay e Albert e um recado: *Não desista! Ele gosta de você!* Subiu as escadas e parou diante da porta principal de seu apartamento. Fechou os olhos para lembrar das asas tatuadas no peito de Lukas J. Seed. Cerrou as mãos, como se pudesse, mentalmente, lhe dar outro soco na cara. Tão logo entrou, achou estranho Tungow não vir ao seu encontro como de costume. Sentiu seu corpo gelar quando viu, através dos vidros frontais, uma mulher sentada na chaise-longue da sacada, fazendo carinho na cabeça do cachorro, deitado aos seus pés. Aproximou-se lentamente. Chegou à varanda principal, pensando que a mulher não notara sua presença, tampouco o cachorro. Foi surpreendido quando, com o olhar perdido no horizonte das luzes de Vancouver, ela falou:

— A vista daqui é linda!

A mulher se virou para Jared. Era CheTilly.

— Acho que agora ele gosta de mim! — disse ela, enquanto coçava a juba do cachorro com as mãos, correndo suas unhas postiças amarelas por entre o pelo branco e espesso de Tungow.

— Como você entrou aqui? — perguntou Jared, indo em sua direção com um leve sorriso no rosto, mas sem entender o que estava acontecendo.

— Aquele que deixa a porta aberta, nunca sabe quem vai entrar.

— Aliás, como você descobriu onde eu moro?

— Meu querido — CheTilly se virou para o lado, tirando as pernas da chaise-longue, flexionando-as para sentar de forma mais formal e olhando para Jared. — Eu sou vidente. Esqueceu?

Jared até gostaria de ser simpático com CheTilly, mas o momento não era oportuno. Sua cabeça doía e continuava vagueando por entre todos os acontecimentos daquela sexta-feira.

— CheTilly, peço desculpas — ele tentava ser educado —, mas neste momento, eu sou a pior companhia possível e realmente estou sem cabeça.

— Jared — ela havia resgatado o perdido timbre masculino da voz, fazendo-o arregalar os olhos —, nós precisamos conversar. Agora!

colorblind

Átomo, do grego "indivisível". Foi na Grécia Antiga que os pensadores Leucipo e Demócrito formularam a primeira ideia sobre qual seria a composição de tudo que existe no universo. Grosso modo, os átomos seriam minúsculas peças que, ao se encaixarem, davam forma às coisas. Mas foi o cientista britânico John Dalton, no início do século XIX, quem realmente colocou fim aos delírios dos alquimistas e suas técnicas mágicas de transformar qualquer coisa em ouro. Em 1803, apresentou seu primeiro estudo químico sobre as partículas minúsculas, esféricas, rígidas e indivisíveis que, conforme se juntam ou separam, dão forma a tudo que existe, visível ou invisível. A teoria atômica de Dalton é uma das maiores contribuições científicas na história da humanidade, sendo ele uma espécie de "pai da nanotecnologia" e o único cientista que teve uma estátua em sua homenagem erguida enquanto ainda estava vivo.

Não bastasse toda a genialidade, foi sua própria condição física, algo muito particular, que levou John Dalton a outro estudo de extrema relevância: a identificação do distúrbio de visão chamado discromatopsia e seu incontestável caráter hereditário. Em síntese, trata-se da impossibilidade de distinguir algumas cores, em geral o vermelho e o verde, em alguns casos o azul e o amarelo e até a visão acromática, como na rara condição de Dalton, quando a pessoa enxerga apenas em escala de cinza. Em sua homenagem, esse distúrbio de visão passou a ser conhecido como daltonismo e seu portador, como daltônico. Para Dalton, todas as borboletas tinham a mesma cor.

⏭

Covardia do tempo, os dias passaram lentos. Duas semanas dolorosamente contadas aos minutos que insistiam em não terminar. No início da tarde daquele 21 de setembro de 2018, Fay virou a esquina entre a 54th Avenue e a McKinnon Street, chegando logo ao número 6977. Ficou algum tempo olhando aquela casa de madeira malcuidada, em amarelo pálido, triste. Foi até as pequenas janelas do porão, quase rentes ao chão, e deu duas batidas.

Albert passou duas semanas trancado naquele cubículo que chamava de quarto. Era seu pior castigo. Para além de evitar que o garoto ficasse exposto aos jornalistas e até a um novo encontro com Jared, por recomendação de Matilda Phryne, sua mãe decidiu que ele não poderia sair do quarto até segunda ordem. Nem mesmo à escola ele poderia ir. Fay era a única pessoa que podia vê-lo. Era ela quem trazia os conteúdos ministrados nas aulas que ele não estava frequentando e costumava lhe fazer companhia boa parte das noites. Em geral, conversavam sobre banalidades e ela tentava mudar o humor do amigo, não raro sem sucesso.

Naquela sexta-feira, tinha outros planos. Havia comprado uma edição em DVD do filme *Segundas intenções*, de 1999, dirigido por Roger Kumble. Seu objetivo não era apreciar a crueldade da Kathryn Merteuil de Sarah Michelle Gellar ou a ingenuidade da bela virgem Annette Hargrove de Reese Witherspoon. Ela conhecia Albert e sabia o quanto ele era fascinado por Ryan Phillippe, protagonista no papel do cruel sedutor Sebastian Valmont. Em dado momento do filme, Annette desce na estação de metrô e está subindo a escada rolante, ao som da música "Colorblind", em interpretação triste e poderosa de seu próprio compositor, Adam Duritz, vocalista da banda Counting Crows, quando avista Sebastian, esperando-a no topo, agora realmente apaixonado pelo alvo de sua aposta. Eles se beijam e, na sequência, uma das cenas de sexo mais sensíveis e bonitas da história do cinema. Fay percebeu que lágrimas saltavam dos olhos de Albert enquanto assistia à cena. Concluiu ter sido aquele filme a pior escolha para o momento. Não aguentava mais ver seu melhor amigo definhando naquele porão úmido, deprimido, sem perspectivas e com todo o peso do mundo nas costas. Deu pausa.

‖

— Por que você parou o filme? — questionou o garoto.

— Albert, nós precisamos fazer alguma coisa! — disse Fay.

— Fazer o quê, Fay? Eu não posso sair deste quarto!

— Você precisa encontrar o Jared.

— De jeito nenhum! — Albert saltou da cama, secando as lágrimas, tentando demonstrar alguma resolução. — Não há a menor chance de isso acontecer. Fay, ele jamais esteve interessado em mim. Tentou me tirar de Vancouver para se proteger.

— Isso é o que você quer acreditar — Fay sabia o que estava falando.

— Não é o que eu quero acreditar. Foi exatamente como aconteceu!

A garota ruiva percebeu que aquela não seria a melhor estratégia para fazer valer seu argumento e seus planos. Decidiu ser objetiva:

— Albert, é o seguinte. Amanhã é o vernissage do Jared na VAG. Eu vou falar com minha mãe para ela pedir à sua que deixe você dormir lá em casa. Durante a noite, nós escapamos e vamos até a galeria.

— Você perdeu a cabeça! — ele não conseguia acreditar na proposta.

— É a única forma de você passar essa história a limpo.

— Isso não vai acontecer, Fay!

— Vai, sim! — ela estava convicta. — Já até falei para a minha mãe e ela vai ligar para a sua mãe amanhã de manhã. Ela vem comigo te buscar.

— Fay...

— Não precisa me agradecer agora, Albert. Pode deixar para amanhã!

Os dois sorriram. Havia muitos dias que ela não via o olhar de Albert brilhar e nele surgir alguma fração, ainda que mínima, de felicidade.

▸

Emma estava experimentando o vestido prateado que usaria no vernissage de Jared, quando Charlotte deu dois toques leves na porta, pedindo para entrar na suíte principal da Kusch House.

— Charlie, querida! — Emma fez sinal para que ela se aproximasse. — Que bom que você chegou. Bem na hora! Preciso que você me diga se esse vestido está adequado para a noite de amanhã.

— Como sempre, você está linda! — sorriu Charlotte.

— Adoro sua sinceridade! — havia uma fagulha de ironia na afirmação.

— Emma, tenho um assunto importante a tratar — ela não parecia preocupada ou sinalizando algo errado. Estava apenas usando um tom mais grave, para deixar bem claro que não estava ali para falar de vestidos de festa. — É sobre nossa lista de convidados.

— Ah! Claro! — Emma não era idiota. Sabia quando precisava se despir da personagem, descer do palco e encarar a realidade. — Como estão as confirmações?

— Você sabe que a história com aquele garoto acabou nos dando bastante publicidade.

— Há males que vêm para o bem, não é mesmo? — estendeu a mão para pegar a lista que Charlotte lhe mostrava.

— De fato — assentiu a assessora, seguindo o raciocínio. — Entretanto, muitas pessoas socialmente relevantes inventaram desculpas esdrúxulas para justificar o não comparecimento. Só hoje recebi seis e-mails nesse sentido.

— Isso é péssimo, Charlie! — disse Emma, com ar de preocupação.

— Mas...

— Mas, o quê? Pode ser um fiasco!

— Imagine! — Charlotte desdenhou da preocupação de Emma. Fez questão de exibir sua competência. — Fiz várias ligações hoje, pela manhã. Consegui confirmar a presença do Jim Carrey, do Seth Rogen, do Joshua Jackson e, agora há pouco, no início da tarde, do Ryan Reynolds.

— Isso é maravilhoso! Charlie, você é insubstituível.

— Ninguém é insubstituível.

— Você é!

— Bom, ainda tem mais! — Charlotte deu um sorriso de canto de boca, certa de que Emma adoraria a notícia. — Você nem pode imaginar quem estará no vernissage amanhã.

— Se você não contar logo, provavelmente eu nem vou saber! — a mulher se corroía de curiosidade. — Vou enfartar se você não falar logo!

— O príncipe!

— Harry e Meghan vão à VAG amanhã? — Emma estava atordoada. — Como isso é possível? Eu sei que eles adoram o Canadá, se casaram há quatro meses, mas...

— Não é ninguém da realeza britânica! — Charlotte cortou Emma. — Mas é muito melhor!

— Ai, meu Deus! Fale logo, Charlie!

— O príncipe Alexandre, de Coldsland.

— Isso é sério? Não estou acreditando.

— Foi o próprio Jared quem falou com ele ao telefone.

— Essa é a melhor notícia em um século, Charlotte! — Emma ficou eufórica. — Eu sempre soube que havia alguma coisa entre esses dois!

Quando estudavam juntos, eram inseparáveis. Desde a adolescência! Por um tempo achei até que estavam namorando... É incrível que ele venha!

— E não é? — Charlotte também estava feliz. — Não acreditei quando Jared me ligou contando. Ele chega a Vancouver amanhã, pela manhã.

— Calma! Precisamos manter a calma — o discurso da atriz não condizia com seus movimentos, grandiloquentes. — Precisamos oferecer uma recepção para o príncipe aqui na Kusch House. Quem sabe um jantar de gala? — Emma começou a caminhar em círculos pela suíte. — Você também o conhece, Charlie. Eram amigos. Do que ele mais gosta? Precisamos providenciar tudo e temos tão pouco tempo!

— Emma, sinto muito, mas não será possível.

— Como não? É por causa do que aconteceu com a irmã dele? — Emma se referia à princesa Karina. — Tão jovem... e faz tão pouco tempo.

— Bom, não sei se tem a ver com a morte da princesa. Provavelmente, sim — Charlotte pegou de volta a lista de convidados confirmados. — O fato é que Jared me disse que o príncipe quer ser muito discreto nessa visita, que será rápida. A única aparição pública será na VAG.

— Você sabe que nós precisamos acionar nossos melhores aliados na imprensa — Emma foi até o aparador e alcançou o celular. — Don já sabe?

— Sim, já falei com ele ao telefone. Precisávamos reforçar o esquema de segurança, não apenas na galeria, mas em todo o entorno. E ele tem os contatos certos na polícia de Vancouver.

— Onde o príncipe Alexandre ficará hospedado? — Emma continuava nervosa, como uma noiva em véspera de casamento.

— Não tenho a menor ideia — Charlotte balançou a cabeça, em negativa. — Eu até entrei em contato com o cerimonial do Palácio de Clairvoyance, mas ninguém sabia o itinerário do príncipe. Aliás, nem sabiam que ele viria ao Canadá neste momento. Ao que parece, a rainha Astrid está acamada... acho que pegou uma dessas viroses tropicais. Eles estiveram no Brasil recentemente.

— Isso é muito estranho, Charlie... Tem algo errado nessa história.

— Eu disse a mesma coisa para o Jared, mas ele disse para não me preocupar. O príncipe chegará no início da tarde e irá direto para o apartamento dele. Eles vão juntos para o vernissage.

— Eles vão juntos? — Emma arregalou os olhos. — Tudo isso é muito fora da realidade.

— Decidi não discutir. Se eles querem assim, é como será! — Charlotte caminhou em direção à porta da suíte. — Eu vou à VAG conferir os últimos detalhes. Alguma recomendação?

— Vou ligar para o Bryce — Emma sequer ouviu o que Charlotte lhe perguntara. Sua cabeça já fantasiava um casamento real gay. Olhou para o espelho. — Preciso que o Bryce venha mais cedo amanhã. Tenho que estar impecável.

— Já fiz isso, Emma! — ela sorriu, certa de que havia se antecipado às necessidades da chefe. — Bryce chegará aqui às duas da tarde e virá com toda a equipe. — Charlotte saiu, sem ouvir um "obrigada".

||

O sábado, 22 de setembro de 2018, raiou com lufadas de vento frio e alguma névoa cobrindo parte da cidade e o Burrard Inlet. A chegada do outono tinge Vancouver de amarelo-avermelhado, quando o céu parece refletir a transformação dos áceres. Sábia, a natureza estabelece uma estratégia para enfrentar o inverno rigoroso do Hemisfério Norte. O envelhecer das folhas, que vão do verde, passando pelo amarelo intenso até chegar ao vermelho, símbolo máximo da folha de ácer que estampa a bandeira, é, na verdade, resultado da baixa produção de clorofila causada pela redução da luminosidade nessa época do ano. Quando os áceres permitem que suas folhas se desprendam sem novos brotos, promovendo verdadeiro espetáculo de cores no solo, tal qual rica tapeçaria, eles na verdade estão poupando energia vital para se protegerem dos dias frios vindouros.

As montanhas que emolduram a cidade, ao norte, por sua vez, perdem o verde vigoroso e assumem tons grafite. Nuvens cada vez mais volumosas cercam os picos, como se os enfeitiçassem. O sol parece brotar das águas da baía e os navios rompem o silêncio do Porto de Vancouver com seus apitos graves, sinfonia para manobras de chegadas e partidas. As lufadas trazem o perfume dos formigueiros e empurram as folhas mar adentro, como veleiros carmins bailando nas águas salgadas do Estreito da Geórgia.

●

(SPIN-OFF)

Jared estava no terraço frontal quando avistou uma pequena comitiva com três carros subindo pela Dunlewey Place. Atravessou em disparada pelo loft e desceu a escadaria com a mesma rapidez. Havia mais de um ano que não se encontrava com Alexandre, um de seus melhores amigos e príncipe herdeiro de Coldsland, um reino insular tão rico quanto gelado, encravado no Atlântico Norte entre a Irlanda e a Groenlândia.

— Alexandre! — Jared abriu os braços para receber o amigo, que desceu do veículo oficial e vinha em sua direção.

— Perdoe-me por só aparecer assim... nessa situação — o príncipe tinha o semblante triste. Alto e bonito, sempre surgia como um raio de luz por onde quer que passasse. Ele e Jared tinham a mesma idade e se conheciam havia mais de quinze anos. Entretanto, naquela tarde tinha em seu olhar a mesma tristeza de quando deixara o Canadá em definitivo para assumir os compromissos reais em Coldsland. Os dois se abraçaram longamente.

— Eu sinto muito pelo que aconteceu com a Karina — disse Jared, ainda dentro daquele abraço.

— Foi horrível... você nem pode imaginar.

— Vamos subir! — Jared mirou os olhos de Alexandre e dobrou levemente a cabeça à direita, como fazia quando sentia carinho pelo interlocutor.

Ficaram mais de uma hora sentados no terraço, conversando. O scotch desaparecia rápido dos copos. Havia um sentimento lúgubre naquela longa conversa. Os dois voltaram ao interior do loft quando a brisa fria da tarde revelava o poder da chegada do outono ao Canadá.

— Eu não sei como te agradecer, Jared — disse o príncipe.

— Não precisa agradecer. Fico muito feliz em poder ajudar, ainda que com tão pouco.

— Não mais feliz do que eu, mesmo diante das circunstâncias.

Alexandre caminhou em direção à obra de arte que ainda dominava uma lateral da sala principal do loft de Jared. Ficou alguns segundos em silêncio, observando os detalhes do violinista de costas, sentado no banco do Stanley Park e os traços em tom violeta que invadiam a fotografia.

— É ele o garoto, não é? — questionou.

— É, sim — Jared respirou fundo, ladeando o amigo naquela contemplação. — O nome dele é Albert.

— Seus olhos — Alexandre se voltou para o artista — estão brilhando. Você está apaixonado!

— Como nunca estive antes! — Jared se virou para encontrar os olhos do príncipe. — Não sei explicar isso. Não sei como aconteceu... e o pior: nada aconteceu!

— Você sabe o que eu penso sobre isso... São escolhas, mas não têm explicação. É um problema? Óbvio que é. Mas não precisa ser justificado.

— Então, ao problema! — Jared ergueu o copo de scotch.

— Ao problema! — Alexandre levantou o seu e brindou.

▶

Quando Albert entrou pela porta frontal da casa dos Jewinson, todos os sons daquela noite fatídica invadiram seus pensamentos, como a estridulação persistente de uma cigarra. Sentiu o perfume de Jared e o cheiro de terra úmida e açafrão-da-pradaria.

Ninguém consegue imaginar o impacto de eventos daquela magnitude nos anos finais da adolescência, quando os sentidos aguçados da juventude passam a fazer uso de instintiva estratégia de foco para preparar a pessoa para a vida adulta. O contexto generalizado dá lugar às minúcias. A capilaridade do olhar amplo cede ao registro mais apurado de uma forma, de um movimento, de uma cor. Por isso a transição entre a adolescência e a vida adulta é tão dramática para a maioria dos seres humanos. Tudo que se imaginava leve e livre, assume o peso do imediato. Correr sem rumo não é mais uma opção. Quando se avista a idade adulta, abre-se uma raia de cem metros rasos que precisa ser transposta em segundos.

Albert sabia que Fay estava certa ao instigar que aquela história, para o bem ou para o mal, precisava ser esclarecida em definitivo. Mas a simples recordação daquela noite reprisava o titubeio das pernas.

— Você ouviu o que eu falei? — interrogou Fay, ao observar que o amigo estava vagando em pensamentos, surdo à estratégia que formulara.

— Desculpe — Albert balançava a cabeça para tentar recobrar a consciência plena. — Eu realmente não ouvi nada.

— Eu estava dizendo que minha mãe vai nos levar à VAG na hora do evento. Disse a ela que, se não nos levasse, iríamos assim mesmo! — a garota cochichava. — Meu pai não pode saber! Se ele perguntar, nós vamos ao cinema. Como ele detesta salas de cinema, não vai querer ir conosco.

— Isso é loucura!

— Fique tranquilo! Já pensei em tudo! — Fay havia maquinado cada aspecto da trama. — Nós vamos assistir ao filme *Um pequeno favor*, que acabou de entrar em cartaz. Considerando que, depois do filme, vamos comer algo, teremos mais ou menos três horas.

Nadine desceu as escadas falando em um tom acima do normal, para que Eugene a ouvisse da suíte, onde repousava.

— Querido, nós já estamos saindo, o.k.? Tem comida na geladeira. É só esquentar. — A professora olhou para a filha e Albert, dando-lhes uma piscadela. — Vamos? Odeio entrar na sala depois de o filme já ter começado.

(SPIN-OFF)

O veículo oficial descia a sinuosa Willoughby Road com a noite fechada, pouco iluminada pela luz amarelada dos postes baixos. O trajeto de treze quilômetros até a Vancouver Art Gallery levaria cerca de vinte minutos naquele horário. Jared rompeu o silêncio:

— Conseguiu o que você precisava? — perguntou.

— Acho que sim — Alexandre respirou fundo. — Mas não é hora de pensar nisso. Temos que surgir lindos e impecáveis no vernissage do artista mais promissor do Canadá! — disse, sorrindo.

— Obrigado por ficar com o quadro.

— Era o mínimo que eu podia fazer depois de tudo que você fez por mim hoje — o príncipe olhou para o caminho, avistando com dificuldade o cruzamento com a Chippendale Road pela escura e espessa janela blindada do veículo. Foi sincero em sua dúvida. — Só não entendi o porquê de você ter excluído essa obra da exposição. Justo ela, que dá nome ao todo.

— Eu não tenho o direito de colocar o Albert numa situação ainda pior. Ele já sofreu bastante... e eu só posso agradecer por não prestarem uma queixa. Eu poderia ser preso, já imaginou?

O carro já descia em velocidade pela Folkestone Way quando Alexandre decidiu mudar de assunto, ciente de que aquele deveria ser um momento de glória para Jared e não um espetáculo nostálgico.

— Diga-me uma coisa. Sua mãe ainda acha que somos namorados?

— Provavelmente, sim! — Jared sorriu. — Depois de hoje, ela vai ter certeza!

— Você já se atentou para o fato de que os héteros sempre acham que quando dois homens são gays, automaticamente estão predispostos a ter uma relação? Será que não se dão conta de que, na maioria das vezes, é preciso um *encaixe*?

— Héteros não precisam se preocupar com isso. Não correm o risco de serem *esgrimistas*! — ironizou Jared.

— Eu odiaria ser obrigado a disputar um duelo de floretes com você.

— Explique isso para minha mãe!

— *Touché!*

Alexandre e Jared deram uma sonora gargalhada enquanto o veículo mergulhava na movimentada Upper Level Highway, em direção ao Lions Gate.

▶

Nas noites de sábado, chegar ao cruzamento da 41st Avenue pela Victoria Drive é um desafio. O congestionamento começava na Waverley

Avenue e piorava muito já a partir da 46th. Nadine aproveitou o trânsito parado para quebrar o silêncio tenso que pairava dentro do veículo.

— Eu quero que vocês saibam que só estou fazendo isso porque sei o quanto é importante para você, Albert — olhou pelo retrovisor interno para alcançar o garoto, no banco de trás. — E nós amamos você!

— Não tenho como agradecer tudo que vocês têm feito por mim — Albert sorriu, ainda que dominado pela ansiedade.

— Não gosto de mentir para o Eugene, mas sei que ele jamais concordaria.

— E você sabe que nós iríamos, com ou sem a sua ajuda! — Fay foi objetiva com a mãe. — Só que, sem a sua ajuda, seria mais complicado.

— Eu sei disso! Conheço vocês! — Nadine sorriu, concluindo: — Não se preocupe, Albert. Vai dar tudo certo!

Ainda assim, os minutos seguintes foram de silêncio cravejado por suspiros e trânsito parado. A professora, então, pegou um pen-drive e colocou no som do carro.

— Vou mostrar pra vocês o que é música de verdade!

O carro foi tomado pelo rock suave da banda The Cranberries e a voz doce de Dolores O'Riordan cantando "Linger". Albert recostou a cabeça no banco, perdido nas luzes dos faróis contrários e ouvindo a música traduzir seu dilema: "Were you lying all the time?/ Was it just a game to you?/ But I'm in so deep./ You know I'm such a fool for you".*

▶

Um número considerável de pessoas se dividia entre os dois lados da passarela de acesso lateral à Vancouver Art Gallery, no recuo da

---

* Você estava mentindo o tempo todo?/ Era apenas um jogo para você?/ Mas estou tão envolvida./ Você sabe que sou uma tola por você. (N. E.)

Hornby Street, contidas por seguranças e ansiosas por fotos ou meros acenos de artistas e celebridades que chegavam para o vernissage de Jared Kusch. O corredor interno levava os convidados direto para o grande hall de entrada, onde foi instalado um painel para fotografias com uma das obras do artista: um conjunto de áceres em preto e branco, com pequenas intervenções em tinta vermelha feitas com o pincel, simulando folhas caídas no chão. A assinatura havia sido ampliada para destacar o nome de Jared Kusch.

Todos que chegavam paravam no local e se deixavam capturar pelo batalhão de fotógrafos posicionados atrás de uma divisória de cordas. O vestido prateado de Emma parecia explodir efeitos de um globo espelhado conforme pipocavam os flashes.

— Você conseguiu falar com Jared? — Emma perguntou ao marido, sem mover a boca, quase um exercício de ventriloquia.

— Eles já estão chegando — imitou Don, sem mover um músculo facial.

Logo avistaram Jared chegando em seu visual *all black*, cujo terno slim fit exibia, com elegância, os contornos de seu corpo. Ele foi ao encontro dos pais e, por um momento, os flashes eram a única tônica do ambiente.

▶

Uma coisa CheTilly sabia: errar a roupa em um evento social importante é pior do que arremessar escargot na mesa ao lado por não saber usar a pinça. Portanto, aceitou que era necessário um investimento mais robusto para o visual daquela noite, que não poderia ser extravagante, a ponto de ofuscar o protagonista, tampouco minimalista, que não se fizesse notar. Pagou três mil dólares canadenses por um tailleur preto Dolce & Gabbana confeccionado em seda. Um blazer acinturado com mangas 7/8 largas e fecho em dois botões e uma saia-lápis até o joelho. Mas não poderia se furtar de um brilho. Foram outros mil e quinhentos dólares canadenses gastos em uma bota preta *over-the-knee* da Balenciaga, cravejada com cristais cintilantes, que desaparecia sob a saia, como se única fosse a peça. Cogitou usar um de seus facinators, mas desistiu. Achou que seria um exagero. Como uma diva do cinema antigo, CheTilly atravessou a passos largos o cruzamento da Hornby com a Nelson Street, desfilando entre os suntuosos edifícios daquela esquina privilegiada de Vancouver: de um lado o RBC Royal Bank, de outro, o *green building* da Suprema Corte da Colúmbia Britânia, e, do lado oposto, o gigante hotel espelhado Sheraton Vancouver Wall Centre. As luzes amareladas ao longo da Hornby Street contrastavam com a alameda verde, fazendo aquela dama caminhar apressada por uma fotografia em sépia. Rapidamente alcançou o cruzamento da Hornby com a Smithe Street, onde foi obrigada a diminuir a velocidade dos passos para subir o lance de escadas de acesso ao platô da Robson Square, de onde avistou a fachada da Vancouver Art Gallery e a majestosa iluminação cênica nos pilares gregos da entrada principal, que naquela noite exibiam um tom mostarda. Margeou pela plataforma superior as duas modernas estruturas da University of British Columbia, que fazem lembrar o exoesqueleto das tartarugas, avistando o letreiro prata da galeria, bem acima da porta de acesso principal, onde vários seguranças cerravam fileira com as cinco colunas arredondadas para conter os curiosos. Estacou quando viu Albert sentado ao pé da escadaria, cabisbaixo, com uma mulher e uma jovem ruiva diante de si, esticando seus pescoços para tentar avistar alguma coisa dentre a pequena aglomeração formada.

▶

Tão logo ultrapassaram a porta de vidro principal, Jared, Emma e Don chegaram à primeira sala, uma espécie de hall de apresentação. Na parede da esquerda, o nome Jared Kusch era exibido em letras grandes, seguido pelo título da exposição, em grafia menor: *(Quase) Borboleta*. Na parede da direita, uma foto em preto e branco do artista abraçando Tungow. Cor apenas nos penetrantes olhos azuis do husky.

Cerca de vinte pessoas circulavam naquele local, sendo servidas pelos garçons. Através dos portais laterais era possível ver mais convidados já percorrendo a galeria e contemplando as obras expostas de Jared. Logo perceberam Charlotte se aproximando.

— Nem acredito que vocês não se atrasaram!

— Ainda bem! — disse Emma, esticando o pescoço para beijar Charlotte.

— Nós nunca nos atrasamos, Charlie! — asseverou Don, com sua tradicional verve grave. — Isso aqui é o Canadá, mas a pontualidade continua britânica! — e logo mudou de assunto. — Quando vão me servir um uísque?

Enquanto Emma e Don cumprimentavam alguns convidados que se aproximavam, em geral com bajulações vazias, Charlotte saiu rápido em busca de algum garçom que pudesse atender à demanda do chefe, conferindo as mensagens no telefone.

Jared se permitiu caminhar lentamente em direção ao portal à sua frente, que levava a outra sala, esta octogonal, ladeada por dois jogos de escadas em mármore ao longo das paredes, encontrando-se no topo. Bem no centro da escadaria, o grande quadro, obra principal da exposição, estava disposto sobre uma base de metal acobreado, coberta por um longo tecido em seda negra, pronto para ser revelado durante a inauguração oficial. Parecia um desses artistas excêntricos e esnobes, pois não estava percebendo os gestos de cumprimento dos convidados que passavam. Estava perdido em pensamentos, lembrando daquela tarde com Albert no Stanley Park e na inspiração para o quadro que realmente deveria estar ali, protagonizando o espetáculo.

— É uma pena aquela obra não estar aqui hoje — disse o príncipe Alexandre ao se aproximar de Jared, tocando seu ombro no dele e tirando-o da catarse. Ao perceber que tinha sua atenção, mesmo sem se olharem, concluiu: — Mas pode ter certeza de que vou cuidar muito bem dele em Coldsland.

— Tenho certeza disso — assentiu Jared, ainda que em lamento.

— Sua borboleta mais bonita estará segura comigo.

— Quase... — o artista fez uma pausa dramática. Não porque quisesse, mas por sentir um nó na garganta. — Quase... borboleta.

▸

Albert parecia sôfrego. Ele, Nadine e Fay haviam ultrapassado o grupo de curiosos amontoados à entrada principal da VAG, mas os seguranças impediram a entrada no prédio. A exigência da apresentação do QR code no convite virtual era inarredável. Só após a leitura do código e a conferência de quantas pessoas aquele convite incluía era possível acessar a área interna.

— Perdemos tempo vindo aqui. Nunca vamos conseguir entrar — lamentou o garoto.

— Não fique assim — consolou Nadine, prosseguindo positivamente. — Vamos acreditar que nem tudo está perdido ainda. Só devemos dizer nunca quando o verbo for desistir.

Os três perceberam quando uma mulher elegante, toda de preto, se aproximou exibindo um perturbador olhar sarcástico, como se já os conhecesse. Fay ficou fascinada pelas botas com cristais e mal ouviu quando ela lhes dirigiu a palavra.

— Olá, boa noite! — disse CheTilly, articulando a boca em demasia.

— Boa noite — Nadine foi a única a responder, quase indiferente.

— Desculpe incomodá-los — a mulher deu início à maquinação articulada em segundos, quando os avistara e imaginou o problema. Seguiu: — Vocês sabem me dizer se é aqui que eu entro para a exposição do Jared Kusch?

— Vernissage! — corrigiu Albert.

— Para o vernissage do Jared Kusch — aceitou CheTilly, mesclando bico e sorriso, em sinal de contragosto com aquela correção. Mas era válida.

— É sim! — respondeu Fay, logo avisando. — Mas só entram convidados.

— Ah! Que ótimo! Porque eu sou uma convidada especialíssima! E vocês? Não vão entrar?

— Não somos convidados — cortou Albert, em visível mau humor.

— Nós só estamos aqui por curiosidade — disfarçou Nadine.

— Mentira! — Fay, como sempre, sincera e objetiva. — Nós viemos de penetras! Tentamos entrar e não conseguimos.

— Fay! — repreendeu Nadine, fuzilando-a com os olhos.

— Oh! Que interessante! — CheTilly percebeu que havia conseguido conduzir aquela conversa para onde queria mais rápido do que imaginara. Tratou de aproveitar. — Vejam que coincidência fabulosa: eu tenho um convite que dá o direito a levar um acompanhante e, infelizmente, meu marido teve uma leve indisp... — não conseguiu concluir, interrompida por Albert.

— Você tem marido?

— Albert! — Nadine começou a perceber que aquela seria sua noite de reprimendas. — Não seja indelicado.

— Não é indelicadeza. Só acho estranho.

— Estranho? Por que é estranho uma mulher ser casada? — CheTilly não havia gostado daquela abordagem preconceituosa do garoto.

— Porque você não é uma mulher! — taxou Albert.

— Veja bem, rapazinho — engrossou o tom —, eu sou uma mulher, você goste ou não disso!

— Por favor, não leve em consideração o que ele disse — pediu Nadine, tentando contornar a situação enquanto mirava seus olhos fumegantes em Albert. Tentou justificar: — É que ele queria muito entrar no evento e, como não conseguimos, agora está chateado. Não o leve a mal.

— Tudo bem, querida! Eu sei como garotos dessa idade podem ser cruéis quando não conseguem o que querem — CheTilly, como ninguém, sabia ser sarcástica. Continuou seu plano. — Pois é... hoje é seu dia de sorte, mocinho! Como eu estava dizendo, antes de ser interrompida, meu marido teve uma leve indisposição e não vai me acompanhar no vernissage. Portanto, se quer tanto entrar, pode ir comigo!

— Claro! Ele vai! Ele vai, sim! — adiantou-se Fay.

— Espere um minuto! — Nadine interveio. — Nós nem sabemos quem é você... Acho melhor não. Nós agradecemos sua boa vontade, mas...

— Meu nome é CheTilly — apresentou-se, erguendo a mão para cumprimentar a professora. — Não se preocupe. Ele pode ir comigo... e eu posso fingir que sou a mãe dele...

— De jeito nenhum! — denegou Albert, com veemência.

▶

Um garçom serviu uma taça de espumante a Jared e Alexandre. Os dois continuavam diante da obra principal, coberta pela seda preta. O príncipe deu o alerta:

— Não olhe, mas seu ex-namorado está vindo pra cá!

— Julian está aqui? — Jared parecia surpreso.

— Por que não estaria? — Alexandre fez questão da ironia.

Julian percebeu que estavam falando dele, mas tentou ser simpático:

— Oi, Jared! Parabéns pela exposição.

— Vernissage! — corrigiu o príncipe.

— Alteza — Julian curvou levemente a cabeça, cumprimento reverencial que acabou parecendo deboche.

— Julian Lasneaux! Como vai? — retribuiu Alexandre, na mesma medida. — Como tem passado... desde que Jared terminou com você?

— Melhor agora, ao saber que Sua Alteza Real se lembra do meu nome completo — disse Julian, endurecendo as expressões faciais. — E por encontrá-los juntos!

Jared havia ficado quieto porque tentava encontrar a melhor forma de abordar seu ex-namorado diante das circunstâncias. Quebrou o silêncio:

— Julian, o que você está fazendo aqui?

— Eu fui convidado.

— Não convidei você.

— Sua mãe me enviou o convite. Imaginei que você não o faria.

— Se sabia que ele não o queria aqui, por que veio? — interferiu Alexandre. — É muito deselegante.

— Quero que vá embora! — pediu Jared, ainda falando baixo.

— Sinto muito, mas... — Julian calou ao perceber o gesto mais agressivo de Jared, que pegou em seu braço, apertando-o.

— Quero que vá embora... agora!

— Julian, por favor — o príncipe fez um gesto contido para tirar a mão de Jared do braço do professor. — Faça o que ele está pedindo. Não vamos começar esta noite com um escândalo.

O rapaz arrumou o paletó, respirando fundo para reprimir o ódio que sentia naquele momento. Mas seus passos ao deixá-los tocavam o chão com a dureza dos insatisfeitos.

Os saltos de CheTilly pipocando o chão da VAG revelaram sua chegada quase triunfal. Ao seu lado, Albert lidava com sentimentos dicotômicos: se por um lado estava odiando desfilar ao lado de uma mulher transgênero, por outro havia a felicidade por ter conseguido entrar no vernissage. Precisava falar com Jared e esclarecer as dúvidas que o consumiram nos dias anteriores.

— Não fique com essa cara, garoto! — pediu CheTilly.

— Não tenho outra! — revidou Albert.

— Pois trate de arrumar! Você é muito bonito... e é um crime desperdiçar beleza com tolices.

— Precisava dizer ao segurança que você é minha mãe?

— Posso ser atriz, você não acha? Fui completamente convincente! — ao perceber que o garoto não cedia, CheTilly foi ao direto do ponto. — Venha comigo, Albert. Vou levá-lo aonde você quer ir de fato. É só me seguir.

— E como você sabe aonde eu quero ir?

— Sou vidente. Sei muito mais do que você pode imaginar!

— Não acredito nessas coisas.

— O problema é seu! — CheTilly sorriu e, ato contínuo, ficou séria. Pegou uma taça de espumante com o primeiro garçom que viu e fez sinal com a cabeça para Albert. — Siga-me, garoto. O show vai começar!

●

Quando Albert entrou na sala octogonal, percebeu que os convidados faziam o mesmo movimento, todos vindo naquela direção e ficando em frente ao quadro coberto pelo tecido preto. Observou as escadas e, sentindo um arrepio correr a espinha, viu quando Jared apareceu no topo, ao lado de Emma Cartier e Don Kusch, sendo muito aplaudido. Por um momento, não ouviu mais os aplausos. Via apenas as mãos batendo umas nas outras, mas sem som. Na sua cabeça, recordou a cena do filme que o emocionara na noite anterior: a imagem de Ryan Phillippe surgindo no topo da escada rolante ao som de "Colorblind". Também não ouviu o breve discurso feito por Jared. Via apenas sua boca articulando palavras sem som e sorrindo, lindo como uma miragem. Sentiu a reunião das energias que o impulsionariam a subir correndo aquelas escadas e abraçar o homem que havia transformado sua vida. Foi contido por um evento ainda maior.

Assim que terminou o discurso, Jared puxou a corda fina ligada a um prendedor instalado no tecido preto, descobrindo o quadro e revelando a principal obra em exposição: a foto em preto e branco mostrando apenas a parte superior esquerda do tampo do seu violino, uma fração do espelho com as quatro cordas, sem revelar as cravelhas, e de uma das aberturas acústicas. Sobre o tampo, realçada pelo alto-relevo das tintas aplicadas, a única coisa colorida na foto: uma enorme borboleta, cujas asas superiores exibiam um amarelo escuro, próximo ao mostarda, e as asas inferiores em pálido marfim.

Albert sentiu quando uma lágrima quente percorreu a maçã do rosto. Ao reconhecer seu violino naquela obra, obteve a resposta para todas as dúvidas e anseios, apogeu de dias que jamais imaginou viver. Subitamente, percebeu que suas pernas estavam perdendo a rigidez. Forçou os olhos na tentativa de lutar contra a turvação. Seus lábios tremiam e não era possível sentir a ponta dos dedos das mãos. O ar começou a faltar e já não tinha mais a certeza de onde estava naquele momento. Dobrou-se rapidamente para o lado esquerdo, quase derrubando CheTilly, que o sustentou, mesmo assustada. Num último lampejo de consciência, viu o vulto esfumaçado de Jared, empurrando as pessoas enquanto descia correndo a escada lateral, vindo ao seu encontro.

Fez-se o silêncio absoluto e a escuridão.

▶

— Albert, você está me ouvindo? — questionou o médico que o examinava e notou que o garoto começava a recobrar os sentidos.

Quando abriu os olhos, mesmo com a visão bastante turvada, Albert tentou entender o que tinha acontecido e onde estava. Percebeu estar deitado num sofá de couro escuro, naquilo que parecia ser um escritório. Ouviu o médico e, um pouco mais distante, a voz de Fay. Fez um sinal de positivo com uma das mãos e tentou falar algo, sem sucesso. Notou, então, que estava com a cabeça repousada no colo de alguém. Ergueu seu campo de visão e, agora com maior limpidez, seus olhos encontraram os de Jared, que sorriu e entremeou os dedos nos seus cabelos, massageando-os com cuidado e carinho.

— Oi! — disse Jared, sussurrando.

— O que aconteceu? — perguntou Albert, ainda sem coordenação.

— Você teve uma perda momentânea dos sentidos.

— Onde nós estamos?

— Nós estamos no escritório da VAG. Trouxemos você para cá e chamamos um médico — Jared apontou para o indiano de meia-idade que estava sentado numa cadeira colocada em frente ao sofá. — Esse aqui é o doutor Aarav, médico da minha família. Ele vai cuidar de você.

Albert olhou ao redor e viu, aos seus pés, Nadine e Fay, cujas fisionomias atestavam a dimensão do susto. Logo atrás do médico, CheTilly lhe fazia um sinal com os dedos, mas tinha um sorriso tenso. Ouviu quando a porta abriu e Emma entrou, em seu vestido prateado.

— Como ele está? Já acordou? — perguntou a atriz, visivelmente preocupada, no que foi prontamente respondida pelo médico.

— Já. Ele vai ficar bem — disse, completando com um alerta ao perceber que a reação geral foi um suspiro de alívio. — Mas ele precisa fazer alguns exames.

— O que for preciso, doutor Aarav — respondeu Jared, prontamente.

— Você já teve algo assim antes? — perguntou o médico diretamente a Albert, incluindo, por antecipação: — Com qual frequência?

— Não é a primeira vez — interveio Nadine. — Nas últimas semanas, ele já havia tido uma espécie de mal-estar outras duas vezes.

— Não tenho fome e tenho sentido muito sono — disse Albert. — Talvez seja fraqueza... não sei.

O médico levantou da cadeira e confirmou que prescreveria alguns exames. Enquanto Jared continuava fazendo carinho na cabeça de Albert, Aarav foi até a mesa, onde sua maleta estava, pegou o receituário e começou a escrever. Enquanto isso, falou à Emma e CheTilly, que estavam mais próximas:

— Não é comum que alguém na idade dele tenha essa perda total de sentidos apenas por fome ou fraqueza. Notei que os pés e os tornozelos dele estão com um leve inchaço. Quero realmente que ele faça alguns exames. Assim que os resultados estiverem prontos, podem levá-lo ao meu consultório.

— Obrigada, doutor! — disse CheTilly, comprometendo-se. — Eu mesma vou cuidar para que ele faça todos os exames... e vou levá-lo ao seu consultório.

— Ótimo! — exaltou o médico, sendo acometido por uma dúvida. — Você é parente dele?

— É difícil explicar... digamos que sou uma espécie de mãe postiça usada para entrar de penetra na festa de uma celebridade.

Todos riram, inclusive Albert.

epifania

Estima-se que o Papiro P52 (Papyrus Rylands Greek 457) tenha sido escrito no século I. Ele foi descoberto no deserto do Egito em 1920 e é considerado o mais antigo documento canônico existente a fazer referência à pessoa de Jesus Cristo. Em grego antigo, essa preciosidade de nove por seis centímetros contém trechos do capítulo 18 do Evangelho de João. O fragmento, que atravessou dois milênios desde que foi escrito, atualmente se encontra exposto na John Rylands Library, em Manchester, na Inglaterra.

João, o Evangelista, filho de Zebedeu e irmão de Tiago, é uma das figuras mais extraordinárias da tradição litúrgica cristã. O mais jovem dos apóstolos ficou conhecido como "o Discípulo a quem Jesus amava". É ele quem está ao lado de Cristo nas principais representações da Última Ceia desde os tempos bizantinos, seja em traços finos no conhecido afresco de Leonardo da Vinci (1498), ou, na maioria das vezes, com a cabeça deitada sobre o peito de Jesus, como nas obras de Giotto (1305), Ugolino (1328), Huguet (1412), Ghirlandaio (1480), Cranach (1547), Crespi (1590) e Rubens (1630). O Novo Testamento assevera que João, corajosamente, foi o único apóstolo a seguir Jesus Cristo na noite em que este foi preso, tendo ficado ao seu lado até a morte, presenciando a dolorosa execução, momento quando lhe foi confiado cuidar de Maria. Correu mais rápido do que Pedro e foi o primeiro a chegar ao Santo Sepulcro no terceiro dia para confirmar a ressurreição. Enquanto os demais Apóstolos fizeram registros das pregações a multidões, vêm de João os relatos mais pessoais de Jesus, como conversas íntimas e momentos de introspecção. Da mesma forma, coube a "aquele a quem Jesus amava" o relato de seu primeiro milagre: transformar água em vinho durante um casamento em Caná, na Galileia. Essa manifestação de divindade passou a ser chamada de epifania, expressão que, mais tarde, conquistaria um sentido filosófico, como sendo aquela inspiração única que nos conduz à essência das coisas. Não por acaso, conhecedor das epifanias, João foi o apóstolo que mais usou as palavras "amor" e "amar". Ele o fez mais vezes do que os outros três evangelhos juntos.

▶

O ancião Daniel chegou à casa amarela da McKinnon Street pouco antes das nove da manhã daquela terça-feira, 25 de setembro de 2018. Diante da sucessão de fatos e escândalos envolvendo Albert nas últimas semanas, apesar de ter simpatia pelo rapaz, não teve outra saída senão reunir o Corpo de Anciãos para que fosse deliberado o destino mais adequado. Era preciso comunicar a decisão o quanto antes, para evitar ainda mais problemas. Sentados à sala no velho sofá, Abigail e Albert ouviram a sentença:

— Você tem consciência de que todas as chances lhe foram dadas, não é mesmo? — Daniel dirigia-se diretamente a Albert com tom de pregação. — O episódio no parque foi terrível. O filho de uma serva ministerial mergulhado na lama do pecado, conspurcando nosso Salão e toda a nossa Congregação — fez uma pausa, antes de prosseguir em tom mais ameno. — Ainda assim, foi-lhe ofertado o benefício da dúvida. Quantos não tiveram essa segunda chance de serem salvos?

Albert ouvia o ancião com certo desprezo. *Benefício da dúvida?*, questionou-se em pensamento. *Não havia mais dúvida!*, concluiu. Por respeito, continuou aguardando sua sentença.

— Agora, todos os limites foram transgredidos! — asseverou Daniel, exibindo algumas impressões de matérias retiradas da internet e que foram objeto da deliberação do Corpo de Anciãos. Em todas elas, a imagem de Jared carregando Albert nos braços, no interior da VAG. O ancião decretou: — Não nos interessa mais o que aconteceu no sábado. Essas fotos são o lamaçal ardente inteiro! Satanás derrubou você naquela noite! E, ainda que nós, servos de Jeová, sejamos a verdadeira luz, não podemos mais alcançá-lo, Albert. Com o poder que nós é delegado pelo Conselho Governante, a *voz de Deus*, o Corpo de Anciãos da nossa Congregação decidiu pela sua desassociação, absoluta e irrevogável.

Para Albert, aquela condenação era, na verdade, um alívio. Mas, para Abigail tratava-se de um desastre apocalíptico. Foi por este viés que Daniel exibiu a crueldade da decisão:

— Quanto a você, Abe... — o ancião respirou fundo, afinal havia interesses pessoais envolvidos. — Você sempre foi uma serva fiel, discreta, abnegada. Sempre cumpriu com seus deveres de serva ministerial e nunca nos decepcionou.

O garoto franziu o cenho. *O que ele quis dizer com "cumprir deveres"?*, questionou a si, ironicamente.

— O Corpo de Anciãos não achou justo puni-la pelos pecados do seu filho — prosseguiu Daniel, como um arauto romano lendo uma sentença penal. — Você pode manter todos os seus privilégios de serva ministerial.

— Amém! Amém! Obrigada! — Abigail fez algum esforço para se arrastar no sofá e se colocar de joelhos diante do ancião, sem ter ouvido ainda tudo que ele tinha a dizer.

— Mas, é como diz Paulo em sua Primeira Carta aos Coríntios — o ancião Daniel, então, passou à citação do versículo 11 do capítulo 5 da escrita paulina segundo a tradução das Testemunhas de Jeová —, "Eu lhes escrevo agora que parem de ter convivência com qualquer um que se chame irmão, mas que pratique imoralidade sexual, ou que seja ganancioso, idólatra, injuriador, beberrão ou extorsor, nem sequer comam com tal homem".

Houve uma pausa para dar gravidade ao que se tratava.

— Abe, nós seguimos os ensinamentos das Escrituras... — Daniel se mantinha de pé, falando àquela mulher ajoelhada aos seus pés. — Se alguém insiste em seguir pelo caminho errado, é nosso dever afastar essa pessoa. Oferecemos ajuda, damos nosso apoio e até compreensão às falhas humanas. Mas, não podemos tolerar a persistência no erro. No nosso Salão, decidimos o que fazer: ele foi expulso. Na sua casa, quem decide é você.

— Espere um pouco — Abigail fez algum esforço para conseguir se levantar e ficar de pé, frente a frente com Daniel. — Não estou entendendo bem o que você está me dizendo.

Albert, por sua vez, havia compreendido perfeitamente a envergadura daquela conversa e percebeu que o alívio momentâneo agora assumira a condição de punição das mais severas e inacreditáveis.

— Como vocês vão proceder, é uma decisão exclusiva de ambos — prosseguiu Daniel, disfarçando de liberdade individual aquilo que era claramente uma persuasão. — Abe, querida, você pode manter todos os privilégios na nossa Congregação, mas precisará cortar seus laços com Albert. Caso contrário, é como disse Moisés: "Afastem-se das tendas destes homens maus e não toquem em nada do que lhes pertence, para que vocês não sejam destruídos por causa do pecado deles" — concluiu o ancião, citando outra passagem bíblica, desta vez o Livro dos Números, capítulo 16, versículo 26.

— Você está mandando ela me expulsar de casa? — rebelou-se Albert.

— "Deus julgará os de fora" — o ancião Daniel retomou as palavras de Paulo aos Coríntios, olhando fixamente para Abigail. — "Expulsem esse perverso do meio de vocês!"

▸

Passava das nove quando o Jeep de Jared deixou a Main Street e mergulhou na 33rd Avenue, em direção ao Queen Elizabeth Park. Havia deixado sua playlist tocando baixo, mas fez questão de aumentar o volume quando ouviu os primeiros acordes de "Perfect". Era fã do britânico Ed Sheeran e essa música, como o próprio nome diz, era perfeita para o momento. Enquanto ouvia a canção, ficou pensando quais seriam as razões para aquele encontro, agendado no final da noite anterior por meio de mensagens de celular. Imaginou que haveria o que se discutir, especialmente após todos os tabloides e sites de notícia terem publicado sua foto carregando Albert, desacordado, através da Vancouver Art Gallery na noite do vernissage. Não estava preocupado com o impacto que os fatos poderiam causar ao evento ou à sua própria imagem. Suas preocupações, certamente, tinham foco na saúde de Albert e na evidente demonstração que recebera de que seus sentimentos eram correspondidos. Entretanto, tinha convicção de que a sucessão de acontecimentos envolvendo os dois e a repercussão na mídia poderiam afetar ainda mais a vida do garoto, podendo, inclusive, ser a causa do desmaio na noite de sábado. Diante disso, aceitou imediatamente o pedido para que o encontro acontecesse já no início da manhã, no restaurante Seasons in the Park, local discreto e com uma vista espetacular, no ponto mais alto da região central de Vancouver. Virou à esquerda e começou a subir a sinuosa via interna do Queen Elizabeth Park, cujas árvores já começavam a mesclar o verde com o amarelo outonal, emoldurando viandantes agasalhados em exercícios matinais. Logo que foi se aproximando do topo da colina urbana, avistou o estacionamento frontal do Seasons, onde deixou o Jeep estacionado sob portentoso pinheiro. Ao descer, cogitou fotografar uma senhora sentada numa das pedras brancas que marcam o início de uma das trilhas internas do parque. Ela estava lendo um livro enquanto permitia que o sol a aquecesse e seu cachorrinho de pelo curto raspava com as patas traseiras o gramado. O restaurante ainda estava fechado. Só abriria às 11h30 para o almoço, mas uma exceção havia sido concedida, como exigia a discrição daquele encontro. Foi o maître quem abriu a grande porta em madeira e vidro e lhe deu as boas-vindas, encaminhando-o para a mesa na área externa coberta, diante de uma das charmosas lareiras acesas, aquecendo a mulher que já o aguardava tomando uma xícara de café e contemplando a vista da cidade.

— Que bom que veio — disse a advogada Matilda Phryne, levantando e cumprimentando Jared com um aperto de mão. Fez sinal para que ele se sentasse. — Não temos muito o que conversar. Mas, o pouco que temos, é demasiado importante.

▶

— Não pode fazer isso comigo! — implorou Albert.

— Você não me deixou outra escolha! — vociferou Abigail.

A mulher partiu em direção à cozinha, como se não estivesse conseguindo respirar naquela sala após a visita do ancião Daniel. Mas o garoto foi atrás, não acreditando naquilo que acabara de ouvir.

— Eu não tenho culpa de ser assim! — gritou Albert, com as lágrimas já riscando seu rosto. Ao perceber que a mãe havia parado diante da pia, reiterou: — Eu não tenho culpa!

Abigail sentia todo o seu corpo tremer. Sustentou-se com as mãos na beirada da pia. Fechou os olhos para tentar recobrar alguma sanidade no meio daquele turbilhão. Quase como se estivesse sussurrando para si mesma, soltou:

— Você é igual ao seu pai.

— O quê? — Albert tentava entender. — O que você disse?

— Eu disse que você é igual ao seu pai! — desta vez, Abigail gritou.

— Como se atreve a falar dele?

— Ele também me abandonou, como você está fazendo agora!

— Mãe, eu não estou te abandonando! — Albert caminhou em direção a Abigail e tentou colocar a mão em seu ombro, enquanto suplicava. — É você quem está me colocando para fora de casa!

— Seu cretino! — a mulher acertou um safanão no braço do garoto, distanciando-o. Dedo em riste, subverteu a realidade. — Não sou eu quem quer te expulsar dessa casa. É você quem está me obrigando a isso!

— Isso é um absurdo!

— Absurdo? Vou te dizer o que é um absurdo! — Abigail foi em direção a Albert, como se quisesse enterrar aquele dedo em seus olhos. — Absurdo é você colocar em risco tudo o que conquistei depois de colocar seu pai para fora desta casa!

— Então foi isso que você fez! Foi você quem o expulsou.

— E por que colocou tudo em risco? — Abigail nem estava ouvindo as conclusões do filho. Seguiu na verborragia. — Para poder virar a sua bunda para aquele vagabundo mimado dos Kusch!

— Você perdeu a cabeça! — lamentou Albert, secando a última lágrima.

— Era isso que você queria? — ela continuava não o ouvindo. — Queria ser a bichinha dos Kusch? A mulherzinha da casa?

Albert tentou deixar a mãe falando sozinha, pois aquelas palavras o estavam ofendendo muito mais do que o sentido das analogias. Não conseguia acreditar que sua própria mãe estava dizendo aquelas coisas. E ela não estava disposta a parar, seguindo-o escada abaixo, em direção ao quarto no porão.

— Você vai pegar as suas coisas e vai embora daqui! — gritava Abigail. — Faça como o seu pai. Pegue as suas coisas imundas e vá viver como quiser. Não precisa olhar para trás. Estou cortando esse laço assim como o fiz há dezenove anos.

O garoto não respondeu. Subiu a escada correndo, atravessou a sala e saiu pela porta da frente. Foi pela McKinnon Street e tomou a calçada da direita na 54th Avenue, disparado, em direção à casa dos Jewinson.

Abigail desabou em pranto no chão úmido do porão.

▶

— Por que estou com a sensação de que deveria ter trazido meus advogados para este encontro? — ironizou Jared, mesmo percebendo que havia mais verdade do que galhardia naquela questão. Sentou-se e pediu uma xícara de café com canela em pau.

— Você realmente deveria consultar mais seus advogados — Matilda nunca foi dada a gracejos, mas achou pertinente fazer uso deles neste momento, para esclarecer, de imediato, que sabia bem com quem estava lidando. — Aliás, devem ser muitos, para dar conta dos problemas da família Kusch!

— Tenho certeza de que não viemos aqui para falar sobre os problemas que a doutora acha que minha família tem — Jared, também, não pretendia deixar-se intimidar.

— Levando em conta o que dizem os jornais...

— Foi exatamente por isso que concordei com este encontro — cortou-a, concluindo. — Os jornais dizem aquilo que pessoas como você querem comprar para ler. É o tipo de leitor quem define aquilo que um jornal tende a publicar. Não o contrário.

— Isso não significa que sejam mentiras!

— Nem que sejam verdades! — emendou Jared, agradecendo ao garçom que lhe trouxe a xícara de café e uma canela em pau, com a qual começou a mexer o líquido antes do primeiro gole.

Houve uma breve pausa. A lareira acesa, tão próximo à mesa, parecia lhe queimar o rosto. Mas não era o caso. Pela animosidade das primeiras palavras trocadas, era possível concluir que aquela conversa seria difícil para uma manhã de outono.

— Senhor Kusch, vou direto ao ponto — começou Matilda.

— Pode me chamar de Jared — disse, sorvendo o café. — Quando falam *Senhor Kusch*, acho que estão falando com meu pai.

— *Senhor Kusch* — a advogada fez questão de frisar o chamamento anterior, ignorando o pedido de Jared —, não estou aqui para saber o que o senhor acha.

— Tudo bem! Se você quer assim — ele percebeu que não adiantaria tentar amenizar o clima daquele diálogo.

— Bom, eu já lhe pedi uma vez e vou pedir novamente: preciso que você se afaste do Albert. Não vou pedir de novo.

— Então, vamos deixar uma coisa bem clara: por mais que eu quisesse muito, desta vez não fui eu quem o procurou. Ele veio a mim.

— Eu estou sabendo.

— Mas vou ser muito sincero com você — Jared fez questão de mirar nos olhos da advogada, para que não restasse qualquer dúvida. — Eu e Albert estamos realmente apaixonados e não tenho a menor intenção de deixar de vê-lo. Acredito que seja a vontade dele também.

— Senhor Kusch, acredito que quem não está sendo clara aqui sou eu — Matilda respirou fundo. — Não importa o que o senhor diz sentir pelo Albert, muito menos se é correspondido nesse sentimento. Pela legislação vigente na Colúmbia Britânica, ele tem dezoito anos e ainda é menor de idade. Portanto, o senhor não pode mais se aproximar dele.

— Isso é um absurdo! — acentuou Jared. — A doutora não pode...

— Ah! Posso sim! — Matilda nem deixou Jared completar o raciocínio. Sacou da bolsa um papel dobrado em três e direcionou ao rapaz. — Isso aqui é uma Ordem de Restrição. O senhor não pode mais se aproximar do Albert enquanto ele for menor de idade. Caso contrário, não serei mais eu a lhe convidar para um café. Será a polícia!

Jared pegou o papel das mãos da advogada. De fato, era uma Ordem de Restrição. Teve vontade de rasgá-la, mas aquilo era sério demais para sustentar um rompante. Matilda comunicou:

— Considere-se notificado desta Ordem, senhor Kusch.

▶

Fay desceu a escadaria de sua casa e foi encontrar os pais, que aguardavam aflitos na cozinha. Albert havia batido à porta naquela manhã absolutamente transtornado, correndo em direção ao quarto da amiga sem explicar nada do que estava acontecendo. A filha já tinha a resposta:

— Mãe, o Albert vai precisar ficar aqui em casa um tempo — disse Fay, indicando falar com a pessoa que sempre foi mais aberta naquela família.

— O que aconteceu com ele? — Apesar de a filha ter se dirigido à mãe, foi Eugene quem primeiro questionou, completando: — Aconteceu alguma coisa na casa dele?

— É claro que sim, pai! — Fay estava nervosa.

— Filha, explique o que está acontecendo — Nadine pegou a filha e sentou numa das banquetas da cozinha, tentando acalmá-la.

A garota explicou aos pais aquilo que Albert acabara de lhe contar, mas sem grandes detalhes. Sua mãe pegou um copo de água gelada, adicionou açúcar e pediu a Fay que levasse para o amigo.

Assim que ouviu seus passos subindo a escada, Eugene questionou:

— E agora, o que vamos fazer?

— Ora, Gene, que pergunta! — Nadine preparava para si um copo d'água bem doce. — Vamos deixar que ele fique aqui em casa até a poeira baixar e essa história se esclarecer.

— Você perdeu o juízo? Nós já interferimos demais!

— E o que você quer fazer? Não vou deixar o Albert na rua, sem ter para onde ir!

— Não quis dizer isso, mas... — Eugene titubeava, sem saber, de fato, o que poderia sugerir. — Nós não podemos nos envolver dessa forma!

— Não tem mais volta! — Nadine se sentou numa das banquetas, sem ter dado um gole sequer na água doce que havia preparado para se acalmar. Agora, estava ressentida. — Fui eu quem o levou naquela maldita exposição no sábado. Eu não apenas permiti que isso acontecesse. Sou a principal responsável!

— É exatamente por isso que não podemos deixar que Albert fique aqui! Você está envolvida até o pescoço nessa história e não se engane: o Conselho virá atrás de você — Eugene se referia ao Conselho de Educação da Colúmbia Britânica. — Virá atrás de nós!

— Eu sei disso — a mulher se inclinou para trás na banqueta, encostando a cabeça na parede da cozinha.

— Quando eles souberem que o Albert foi expulso de casa e veio se abrigar justamente aqui, será um novo escândalo.

— Gene...

— Querida, eu sei o quanto você e a Fay gostam dele — Eugene arrastou sua banqueta para mais próximo da esposa. — Eu também gosto do Albert e acho muito injusto tudo isso que ele está vivendo. Mas nós temos responsabilidades com todos os alunos da Killarney. E também com todos os pais desses alunos! É nosso dever transmitir segurança a todos eles. Já imaginou o que pode acontecer?

Eugene e Nadine ficaram algum tempo em silêncio, tentando refletir sobre os ângulos que envolviam qualquer decisão que tomassem. Foi a esposa quem suscitou o argumento final:

— Gene, você também já imaginou o que os pais dos nossos alunos vão pensar se souberem que nós dois não ajudamos um garoto que conhecemos há mais de uma década, que frequenta nossa casa desde então e é o melhor amigo da nossa filha? O que vão dizer sobre nosso caráter se não o socorrermos no momento em que ele mais precisa?

Eugene baixou a cabeça, assumindo alguma concordância com o argumento. Nadine, então, bateu o martelo:

— Está decidido! Albert ficará conosco quanto tempo for necessário. Se o Conselho nos perseguir e tentar nos punir por termos dado abrigo a um garoto que foi expulso de casa por obra do preconceito de pessoas atrasadas e medíocres, talvez seja melhor nos demitirmos, porque esses conselheiros não estarão, de fato, preocupados com o que seja educação — ela concluiu o que parecia ter sido um discurso. — Albert fica!

▶

Jared e Matilda deixaram o restaurante Seasons antes das onze. Enquanto caminhavam para o estacionamento, a advogada foi um pouco mais subjetiva em suas ponderações:

— Lamento que tenha chegado a esse ponto.

— Não mais do que eu — salientou o rapaz.

— Espero não vê-lo novamente, senhor Kusch — disse a advogada, concluindo. — Não por esse motivo, claro!

Ao chegar ao seu veículo e abrir a porta, Matilda ficou alguns segundos observando Jared se distanciar, completamente entristecido. Ficou em dúvida se deveria falar algo. Ela conhecia Albert e sua história e sabia o quanto a medida o faria sofrer. Optou por não se calar.

— Olha — torceu a cabeça, com se tentasse evitar o que seu coração pediu para revelar. Percebeu que Jared estacou. Estava ouvindo, mas sem se virar para ela. Suspirou e soltou: — Eu não estou feliz por ter que fazer isso, se você quer saber... mas não tenho escolha. Estou fazendo isso pelo bem de vocês dois.

— Como ousa dizer isso? — Jared finalmente se virou para a advogada.

— Gosto muito do Albert... o conheço desde criança, não teve um pai presente e a mãe é problemática. Sei o quanto ele pode sofrer.

Jared voltou, caminhando em direção a Matilda. Queria entender o que estava acontecendo.

— Então, por que você fez isso? — disse, quase em súplica. — Não sou um pedófilo imundo que quer abusar do Albert. Vou repetir: eu estou realmente apaixonado por ele.

— Como eu te disse, não é isso que importa.

— Não importa? — Jared não conseguia aceitar aquele argumento. — É óbvio que importa! Além disso, ele já tem quase dezenove anos... já é um adulto.

— Eu sei — Matilda não era dada a ceder às emoções, mas percebeu que precisava mais do que aquela Ordem de Restrição para impedir Jared. — Veja, se eu não fizesse isso, a nossa Congregação faria. O Corpo de Anciãos acionaria o Ministério Público e seria muito pior para todos. Eles estão furiosos com essa exposição da história entre você e o Albert. Querem expulsá-lo da igreja. Eu não poderia deixar isso virar uma bola de neve descendo desgovernada pela montanha.

A advogada percebeu que Jared respirava profundamente enquanto mantinha os olhos perdidos na vista da cidade por entre as copas dos pinheiros mais altos. Talvez estivesse sendo sincera:

— Senhor Kusch, é um tempo curto de espera... em 6 de janeiro ele completa dezenove anos e essa Ordem de Restrição perderá a validade jurídica automaticamente. — Notou que tinha a atenção do rapaz e, então, colocou sua posição: — Pouco mais de três meses e vocês estarão livres para fazer o que quiserem, ainda que eu considere esse *estilo de vida* contrário a tudo aquilo que eu acredito ser natural.

— Então, o problema não é a idade — deveria ser uma pergunta, mas Jared afirmava com alguma segurança. — Nada disso tem a ver com a idade dele. Você e a sua religião o estão punindo supostamente em nome de Deus!

— Não, ele não está sendo punido — Matilda mantinha um tom equilibrado, mesmo não tendo gostado daquela acusação. Deixou claro seu ponto de vista: — Na verdade, vocês dois estão pagando pelas escolhas que fizeram.

— É um preço caro.

Matilda finalmente entrou em seu carro e fechou a porta. Antes de sair, abriu pela metade a janela e fez aquilo que os advogados aprendem desde os primeiros anos de estudo: ter a palavra final em um debate.

— É caro como tudo aquilo que realmente importa na vida.

II

É humanamente impossível compreender o porquê de a maioria das religiões ter transformado determinados amores em pecados mortais. Tomando por verdadeira a história de Jesus Cristo, não há registros de que, ao assumir a sua injusta sentença de morte na cruz, ele estivesse entregando sua vida apenas por alguns. Derradeira prova, deu-a por todos, sem exceções. "Nós amamos porque Ele nos amou primeiro", escreveu João, o Evangelista. Não está dito que Ele tenha amado apenas aqueles que se encaixam na padronização heteronormativa, perseguindo e marginalizando quem não é refém desse modelo esquizoide que estabelece a genitália como a identidade de um indivíduo. Quiçá sua fé... seus amores. O que mais assusta quando se fala em amor é que nenhuma explicação acerca do que possa ser o mais poderoso dos sentimentos responderá a todas as questões que ele suscita. Talvez por ser esse incontrolável desconhecido, tantos muros sejam erguidos em seu nome. Mais uma vez, foi "o Discípulo a quem Jesus amava" aquele que registrou a expressão que se transformaria no maior símbolo de todas as religiões cristãs no planeta. Está lá, na 1ª Epístola de João, capítulo 4, versículos 7 e 8: "Amados, continuemos a amar uns aos outros, porque o amor vem de Deus, e todo aquele que ama nasceu de Deus e conhece a Deus. Quem não ama não conhece a Deus". Então, conclui João, atravessando milênios: "Porque Deus é amor". Se o amor é Deus em sua essência, quem há de ter a ousadia infame de dizer como Ele deve se manifestar?

▶

Ainda não era meio-dia quando CheTilly veio à mureta frontal do terraço de sua casa para conferir se era verdade quem havia se anunciado ao interfone. Da cobertura daquele prédio de tijolos claros e janelas de madeira na Davie Street, que também abrigava sua boate, a Rag Doll, nos três andares inferiores, avistou Jared, encostado no Jeep Wrangler vermelho estacionado bem em frente. Quando estava no último lance de escada, CheTilly ajustou o robe de seda em tom borgonha com dragões dourados bordados nas costas e, pela última vez, passou a mão no cabelo para tentar dar-lhe alguma forma diferente daquele amarfanhado que denuncia qualquer pessoa que tenha acabado de acordar.

— Sei que apareci no seu apartamento sem avisar outro dia, mas, quando um famoso quer visitar o meu castelo, prefiro que ligue antes! — disse CheTilly ao abrir uma das abas de vidro da portaria.

— Perdoe-me! — Jared sorriu, exibindo o cartão de visitas preto com letras douradas que recebera naquela manhã de domingo quando se conheceram no Stanley Park. Explicou: — Tentei ligar várias vezes antes de vir direto pra cá, mas o seu telefone só dava caixa postal. Pode conferir! Deixei dois recados.

— Estou brincando... você é sempre bem-vindo na minha casa.

— Sei que a hora não é a melhor... mas...

— Mas? Sempre tem um *mas*! — CheTilly sorriu. — Você não veio por causa dos meus belos olhos, não é mesmo? Diga logo o que te trouxe aqui, rapaz!

— Vim pela *vidência* — Jared apontou para a palavra no cartão.

Os dois subiram calmamente os seis lances de escada que levavam à casa de CheTilly, em área privativa do prédio. Enquanto preparava o café, ela ouviu do rapaz tudo o que havia acontecido naquela manhã, mostrou a Ordem de Restrição e como ele não tinha a menor a ideia do que fazer. Enquanto o servia à bancada entre a cozinha e a sala de jantar, ela fez suas ponderações.

— O que está no papel é muito claro: você não pode chegar a menos de cem metros do Albert. Se desrespeitar, será preso. Simples assim!

— Isso eu já havia entendido — Jared abaixou a cabeça.

— Eu sei! — ela deu a volta pela porta da cozinha e sentou-se ao seu lado, noutra banqueta alta. — O que eu não sei é como posso te ajudar.

— O que eu devo fazer?

— Para começar, respeite a ordem judicial.

— Não sei se consigo!

— Infelizmente, você vai ter que conseguir.

— São mais de três meses! Você tem noção de quanto tempo é isso? Eu vou sofrer... Albert vai sofrer... e justo agora, quando ele mais precisa de ajuda.

— Jared, três meses são uma gota no oceano de tempo que vocês podem ter juntos no futuro. Se você não cumprir a ordem judicial, podem não ter tempo nenhum depois.

— Não sei como vou falar isso para ele — os olhos de Jared marejaram. — Ele não vai entender. Vai achar que eu não o quero perto... que estou me afastando.

— Ei! — CheTilly levou a mão ao rosto do rapaz e correu o dedão pela maçã de seu rosto. — Ele te ama! Deu para ver nos olhos dele quando te viu na VAG. Aqueles olhos lindos brilhavam... É o mesmo brilho que vejo agora nos seus olhos. Você também o ama!

CheTilly suspirou, fazendo uma pausa necessária para que ela própria não chorasse. Engoliu seco. Deu uma golada na caneca de café e, em seguida, pigarreou. Foi sincera:

— Querido, você não tem ideia do que seja amar alguém a distância, durante uma vida inteira, sem poder chegar perto... abraçar... fazer um carinho. Mas manter a distância para proteger o outro, mesmo quando tudo que se quer é estar perto, também é uma prova de amor — ela pegou a mão de Jared, para quem era preciso demonstrar não apenas afeto, mas segurança. — Prove que você o ama. Fique longe esses três meses!

Ela sorriu ao perceber que, muito provavelmente, havia convencido Jared. Agora precisava tentar animá-lo um pouco. Levantou-se da banqueta alta e o puxou pela mão:

— Vem comigo! Quero sua opinião sobre algumas fotos!

▶

Passava pouco das seis da tarde quando CheTilly acompanhou Jared até a portaria. Uma garoa fina tornava aquele fim de tarde mais frio do que de costume.

— É inacreditável que você tenha todas aquelas fotos! — disse Jared, fascinado com a quantidade de histórias que ela tinha para contar.

— Não são obras de arte, como as suas — respondeu CheTilly, numa quase falsa modéstia —, mas são preciosas!

— Obrigado... — o rapaz lhe deu um abraço apertado e falou ao pé do ouvido. — Por confiar em mim... por tudo!

Jared já estava entrando no Jeep quando CheTilly ponderou:

— Querido, três meses podem parecer uma eternidade, mas vão passar. Não adianta você tentar ajudar a borboleta a sair do casulo. Ela precisa fazer isso sozinha. É assim que ela fica mais forte e aprende a voar.

— Por isso o nome da exposição é Quase Borboleta!

— Então, você já sabe! — a mulher mandou um beijo com a mão, despedindo-se. — Quando a borboleta estiver pronta, inteira, ela vai pousar no seu peito!

CheTilly ficou alguns segundos naquela garoa, vendo o Jeep seguir pela Davie e logo dobrar à esquerda na Burrard Street. Ao se virar para voltar à portaria, percebeu que um garçom estava bem em frente à Donair Khayal assistindo àquela despedida.

— Olha aqui! Eu sei que essa gente famosa me adora, mas ele é só um amigo! — sua boca exibiu um bico de reflexão, enquanto o homem a olhava com estranhamento. Corrigiu-se: — Quer dizer... ele é quase mais do que um amigo. Mas não do jeito que você estava pensando! Vá cuidar da sua vida! Eu, hein?

— *Kişi və ya qadın olub olmadığını hələ bilmirəm!** — vociferou o garçom em azeri, idioma falado no Azerbaijão, sua terra natal. Não havia entendido uma palavra sequer do que lhe dissera CheTilly antes de entrar pela portaria batendo forte com o tamanco no chão.

▶

Jared sabia que aqueles três meses que deveria passar longe de Albert seriam os piores de sua vida. Mas, no fundo, fez uma junção entre os argumentos de Matilda Phryne e de CheTilly, aceitando o resultado como o único caminho a ser trilhado. Ficou algum tempo fazendo cari-

---

* Ainda não sei se é homem ou mulher. (N. E.)

nhos em Tungow, que sempre percebia quando o dono estava tristonho e tratava de se aproximar, como quem está disposto a assumir todo o peso que alguém esteja carregando apenas para vê-lo sorrir uma única vez. Cães são os companheiros mais incríveis que alguém pode ter na vida. Não são apenas leais e carinhosos. Seu sentido de proteção vai além da mera segurança. Cães protegem seus donos contra sentimentos ruins. É uma espécie de superpoder.

Pelas grandes paredes de vidro de seu loft, Jared observou as cores do crepúsculo tomando conta de Vancouver e as luzes da Lions Gate começarem a refletir na English Bay. Seu relógio de pulso registrava a hora exata: 19h02. Ligou o chuveiro para ir aquecendo o box de vidro translúcido. Arrancou a roupa e ficou algum tempo se olhando no grande espelho sobre as duas pias. Alcançou o celular e digitou uma mensagem para Albert:

> Eu escalaria todas as montanhas, nadaria os oceanos, só para estar contigo. Você se tornou a razão do meu coração voltar a bater. Quero que você se lembre disso durante cada um dos cento e dois dias enquanto não pudermos nos ver. Você estará no meu coração e nos meus pensamentos em todos eles. Eu acho que consigo sobreviver a esses três meses quando penso que eles são o preço para que eu possa estar ao teu lado o resto da vida. Vejo você em 6 de janeiro!

Jared clicou para enviar enquanto seus olhos já turvavam. Abriu o Spotify e procurou a música que precisava ouvir naquele momento. Colocou no último volume e entrou no box, deixando-se tomar pela água quente que se confundia com as lágrimas que desciam por seu rosto de forma incontrolável. O celular chegava a tremer sobre a pia com Calum Scott cantando "You Are the Reason".

⏭

Fazia três graus quando Albert desceu do Blue Bus de West Vancouver que faz a Linha 256 Park Royal x Whitby Estates em seu penúltimo ponto, exatamente no final da Folkestone Way. O jovem bonito trajando smoking e carregando nas costas, tal qual uma mochila, um estojo em fibra de vidro preto-piano para violino havia sido o centro das atenções nos quatro ônibus que tomou desde o shopping Champlain Square até o sopé da montanha Hollyburn, em West Vancouver.

O fim de tarde parecia mais escuro do que o habitual naquela época do ano, quando os dias são mais curtos no Canadá. Apressou os passos pela Chippendale Road, subindo pela Willoughby, fascinado com os conjuntos residenciais de um lado e a vista panorâmica da cidade e da baía. Na cabeça, um filme do que foram aqueles mais de cem dias. A vida improvisada na casa dos Jewinson não era totalmente confortável. Apesar de Eugene e Nadine o terem acolhido e de Fay demonstrar estar mais feliz com sua presença dia e noite, aquela não era uma situação que pudesse conter algum vestígio de normalidade. Definitivamente não era! Várias vezes ficou na calçada em frente ao Salão do Reino para tentar falar com a mãe na saída dos cultos. Sabia que ela o via e talvez até quisesse falar algo, mas logo era dominada por Daniel ou qualquer outro servo. É impossível reatar laços quando a tesoura está na mão dos outros.

Retomar as aulas na Killarney Secondary também não fora tarefa fácil. Não havia um único aluno que não dominasse os fatos que o envolveram numa espiral de manchetes. Para alguns, o preconceito e as mentiras eram mais relevantes. Para outros, ele era um herói: o garoto desconhecido do subúrbio que fora alçado aos píncaros da quase nobreza. À boca pequena, apelidaram-no de "Duquesa de Sex", em óbvio trocadilho e comparação com Meghan Markle, a duquesa de Sussex.

*

Finalmente alcançou a Dunlewey Place e logo avistou a entrada do Twin Creek Place. Faltavam apenas mais alguns passos... Imediatamente se lembrou da manhã de Natal, quando Fay o acordou aos gritos para que fosse logo receber as encomendas que um entregador trazia. Numa das caixas de presente, aquele estojo black-piano para violino e, dentro dele, um belíssimo violino Yamaha YVN500S, ousadia da fabricante japonesa que conseguiu usar a tecnologia para aprimorar a sonoridade do histórico Stradivarius. Na outra caixa, um magnífico smoking Tom Ford e um bilhete:

Vista-o na noite do dia 5 de janeiro. Às 22h vou bater à sua porta. Vamos juntos num lugar incrível aguardar a meia-noite para celebrar seu aniversário e o primeiro dia do resto de nossas vidas. Feliz Natal! Com amor, J.

Quando chegou ao final da privativa Twin Creek Place, tirou o estojo das costas, abriu e sacou o violino e o arco. Havia planejado minuciosamente aquele momento e era chegada a hora de executar. As primeiras estrelas surgiam no céu. Era 5 de janeiro de 2019, 16h44.

●

Jared estava ansioso e as horas não passavam. Era impossível esquecer cada um daqueles cento e dois dias. Quantas vezes chorou... quantas vezes sonhou. Nunca havia se preocupado com dinheiro, mas agora sabia exatamente o quanto havia gastado em locação de veículos diferentes só para poder passar rapidamente diante da Killarney Secondary ou na esquina da 54th Avenue com a Lancaster Street na tentativa de ver Albert, mesmo que ao longe. Pretendia sair de casa antes das nove, para estar à porta da casa dos Jewinson exatamente no horário que havia combinado no bilhete de Natal. Tudo precisava ser perfeito, para que também fosse inesquecível. Portanto, às quatro da tarde já estava dentro do seu melhor smoking e era a terceira vez que voltava para a frente do espelho a fim de dar mais um toque de cera nos fios curtos, repicados e bagunçados, cortados com navalha. A cada dois minutos conferia o relógio e era cada vez maior a sensação de que os ponteiros estavam agarrados, sem movimento. Quando voltava para a área central do loft, parou por um instante. Teve a sensação de estar ouvindo o som de uma música tocada ao violino. Sentiu arrepios pelo corpo quando percebeu que não era apenas uma sensação ou um delírio auditivo. Fechou os olhos e tentou apurar a audição para descobrir que música era aquela. Jared abriu os olhos num estalo. Era a mesma música que havia pedido para Albert tocar havia quatro meses, no banco do Stanley Park: "Magic", do Coldplay. Não poderia ser coincidência. Mas também não conseguia ter uma ideia exata do que pudesse estar acontecendo.

De repente, Tungow latiu alto. Estava diante da porta de acesso ao terraço principal, abanando o rabo e mexendo a cabeça, como se estivesse fazendo um chamamento urgente ao dono. Latiu mais uma vez, impaciente. Jared foi até a porta e a abriu. A música ecoando no ar ficou mais límpida. Tungow correu em direção ao parapeito de vidro e latiu mais uma vez. Jared foi em sua direção e seus olhos imediatamente se encheram d'água quando avistaram Albert lá embaixo, em traje de gala ao lado da moita de alfazemas, manejando o arco para tirar aquelas notas perfeitas do violino. Por mais que seu coração em disparada pedisse para sair correndo ao encontro de Albert, conseguiu ao menos manter a sanidade e não perder a elegância. Era importante ouvir aquela serenata até o fim. Ela acabou... e quando isso aconteceu, Jared correu, desceu em disparada as escadas do prédio, atravessou a portaria e logo estava frente a frente com Albert. Seus olhos se encontraram e não havia a necessidade de falar nada. Tudo já estava dito. Aproximou-se e o encaixou num abraço apertado, com a força ancestral daqueles que jamais vão se separar novamente.

▸

— Ainda não acredito que você pegou quatro ônibus e ainda subiu o resto do caminho a pé para chegar até aqui! — disse Jared, ainda incrédulo. — Eu disse que te buscaria.

— É a minha forma de dizer que eu não aguentava mais esperar.

Albert estava sentado no sofá da sala principal do loft. Ao seu lado, Tungow, refestelado, com a cabeça deitada sobre sua coxa, não permitindo que o garoto parasse de fazer carinhos na sua cabeça. Olhou para Jared, sentado numa das poltronas à frente e disse, sorrindo:

— Acho que ele gosta de mim!

— Não é só ele.

Fez-se novamente um silêncio. Havia tanto a ser dito e, ao mesmo tempo, a sensação de que tudo estava tão perfeito, que nenhuma palavra seria necessária ou suficiente. Ficaram algum tempo ali, aquecidos pela lareira e pelos corações pulsando mais do que o normal, fazendo o sangue circular com maior rapidez. Então, Albert quebrou o silêncio:

— Para onde vamos? Onde é esse *lugar incrível* em que você pretende me levar?

— É uma surpresa! — Jared pretendia manter o mistério até o fim. — Acho que você vai gostar.

▸

Um valete abriu a porta do Jeep assim que ele parou em frente à boate Rag Doll e Albert desceu, atônito com o local escolhido por Jared, que também já havia desembarcado e estava vindo ao seu encontro, enquanto jogava a chave para o manobrista e colocava uma nota verde de vinte dólares no bolso de seu paletó. Na fachada, um grande banner cobria quase a totalidade do lado esquerdo do prédio. Nele, três modelos sarados, trajando apenas uma minúscula tanga erguiam um quarto homem, ainda mais bonito, paramentado com o *dress code* daquela noite: black-tie.

O nome da festa tinha sido montado no próprio cenário onde aquela foto havia sido tirada, em letras decorativas brancas: "Epiphany Day". A convocação tornava indiscutível o objetivo: primeiro a data: "Na madrugada entre 5 e 6 de janeiro"; em seguida, o foco: "Venha ser o Rei da Noite!".

Anualmente, CheTilly dedicava aquela noite a celebrar, de forma muito peculiar, o momento quando, doze dias após ter nascido em Belém da Judeia, Jesus Cristo foi revelado aos três Reis Magos, que a ele chegaram seguindo uma grande estrela no horizonte. Justo por isso, na tradição litúrgica dos cristãos, esse momento é considerado a primeira epifania, sendo comemorado nos quatro cantos do mundo, em geral, desde a madrugada do dia 6 de janeiro, sob o nome de Dia de Reis, Epifania do Senhor ou, simplesmente, Dia da Epifania.

Toda a renda daquela noite seria revertida em doação à St. Andrews-Wesley United Church, uma congregação cristã afirmativa e inclusiva, formada pela união entre presbiterianos, metodistas e congregacionais locais, cujo objetivo progressista está traduzido na assertiva de seus membros em informe institucional: "Somos uma comunidade cristã inclusiva que acredita que o amor de Deus inclui a todos, incondicionalmente. Como comunidade LGBTQ+ afirmativa, somos gratos pela participação de todas as pessoas, independentemente de idade, identidade de gênero, orientação sexual, habilidades, etnia ou situação econômica", concluindo com a maior lição verdadeiramente cristã: "Quem você é, quem você ama e em qualquer estágio da sua jornada espiritual, é bem-vindo aqui".

Naquele janeiro de 2019, ainda mais especial era a festa para arrecadar recursos para a Igreja St. Andrews-Wesley: a partir de 4 de fevereiro seriam iniciadas as obras de restauração de sua imponente catedral, um prédio erguido em granito e pedra, inaugurado em 1927 e encravado no cruzamento entre a Nelson e a Burrard Street, exatamente no centro da trina maestra formada por Downtown, Davie Village e Yaletown.

Justamente por isso, a imposição de um *dress code*. CheTilly sempre considerou que uma noitada para arrecadação de fundos deveria ser, no mínimo, um evento de gala. Mas a noite guardava suas surpresas.

▸

Quando Jared e Albert chegaram à porta principal da Rag Doll, a fila de pessoas que aguardava para entrar, em uma linha organizada por grades, que já estava quase atingindo a entrada do posto Esso, começou a se agitar. Alguns reconheceram o artista, gritando seu nome. Ele sempre acenava de volta, mesmo que com sorriso tímido. Houve até quem reconhecesse Albert, ainda que passados três meses das sucessivas manchetes. Este, não sabia nem como reagir. Rapidamente, alguém do staff da Rag Doll pediu para que os seguranças os colocassem para dentro. Já no hall de entrada para a grande pista de dança, ladeada por dois bares de especialidades distintas, Jared e Albert foram recebidos por Johan Wilson, um sul-africano de meia-idade, alto, com os cabelos grisalhos curtíssimos e óculos arredondados de armação caramelo, combinando com seus olhos e contrastando com aquela pele alva, desenhada pelas marcas do tempo. Era o marido de CheTilly.

— Jared, como vai? E você deve ser o tão falado Albert — cumprimentou Johan. — Fico feliz que tenham vindo!

— Não perderíamos essa noite por nada! — disse Jared.

— *Che* está supernervosa, mas está radiante! — garantiu aquele homem que atuava como um host da boate, referindo-se à esposa pelo apelido carinhoso. Virou-se para Albert e questionou: — Pelo seu olhar, vejo que nunca esteve numa boate gay antes, estou certo?

— Nunca estive numa boate antes — respondeu Albert, visivelmente constrangido com a quantidade de homens dançando e se agarrando por entre os raios de luz azul e violeta mesclados, além dos seis gogo boys que dançavam sobre pilares próximos aos bares, vestindo apenas uma microssunga que imitava um smoking. Ficou alguns segundos reparando no torso desnudo e esculpido de um dos dançarinos e a gravata-borboleta como único adereço acima da sunga. Continuou: — Gay ou não!

— Então, querido, aproveite! — Johan tocou levemente o ombro de Albert. — A noite é sua, rapazinho!

Fez questão de acompanhá-los até a escada na lateral esquerda, que os levaria ao camarote principal. Quando estavam prontos para começar a subir, Jared sentiu que alguém o pegara pelo braço, segurando com alguma força.

— Jared... tudo bem? — perguntou o homem, sem constrangimentos.

— Julian — disse o artista, em franco lamento. — Não temos mais nada para conversar!

— Professor Julian! — cumprimentou Albert.

— Como vai? — questionou o professor, apertando-lhe a mão. — Você está muito elegante hoje, Albert. Nem parece aquele garoto triste do final do ano.

— Hoje eu estou melhor! Pode apostar.

— Tenho certeza de que está! — Julian falou, olhando com sarcasmo para Jared. Prosseguiu: — Permitam-me apresentá-los, este é Mankwee Naki, meu namorado — o professor os direcionou para o belo negro careca e de sorriso largo que o acompanhava. Em seguida, apontou para o casal à frente: — Mankwee, esses são Jared Kusch e o seu... é... quer dizer... não sei o que vocês são um do outro... — a confusão era claramente proposital. — Bem, esses são Jared Kusch e Albert Tremblay.

— É um prazer conhecê-lo — Jared cumprimentou o rapaz e logo tratou de cortar Julian. — Lamento não poder ficar com vocês por mais tempo, mas precisamos subir. Fico feliz por vocês, Julian!

Albert mal teve tempo de acenar para o professor e seu namorado. Jared o conduziu rapidamente pela escada, logo entrando no camarote principal da Rag Doll, um grande espaço bem decorado, com visão para a pista da boate e um buffet com comidas e bebidas disponíveis. Naquela noite, CheTilly havia reservado o lugar exclusivamente para Jared e Albert.

— Fiquem à vontade! — exclamou Johan. — Tem muito champanhe naquela mesa. Sirvam-se! Vou avisar à *Che* que vocês já chegaram. O show começa daqui a pouco!

— Show? — surpreendeu-se Albert.

— Sim! — respondeu Jared, de imediato. — CheTilly faz shows incríveis, performances que você não vai acreditar.

— Para esta noite ela escolheu Tina Turner — completou Johan, orgulhoso e levemente afetado. — Está divina!

O marido de CheTilly saiu por uma porta escondida no canto do camarote, como uma coxia de teatro. Jared foi à mesa e sacou a garrafa de champanhe do balde de gelo, estourando sua rolha com cuidado. Serviu duas taças e entregou uma delas a Albert. Ergueu e tocou levemente uma taça na outra:

— A nós! Ao primeiro dia de nós dois!

Permitiu que o garoto desse apenas o primeiro gole, exibindo aquela cara de estranhamento quando a pessoa bebe um espumante pela primeira vez na vida. Fez sinal com a mão para o buffet à frente:

— Porém, antes de apreciar esse champanhe maravilhoso, você precisa comer algo. Tudo isso aqui é só para nós dois.

— Foi você quem pediu isso tudo? — questionou Albert, enquanto saboreava um canapé de peru.

— Não. Não foi preciso. CheTilly queria lhe dar isso.

— CheTilly? Por quê?

— Digamos que ela tem um carinho especial por você.

— Ela é muito estranha!

— Talvez — Jared sorriu candidamente. — Talvez seja mesmo. Mas é uma pessoa incrível, encantadora. Você vai descobrir isso.

Enquanto comiam, Albert fez uma pergunta antes que pudesse esquecer os detalhes da cena que acabara de presenciar na escada:

— É impressão minha, ou você continua brigado com o professor Julian?

— Não quero ele por perto — asseverou Jared. E emendou: — Não quero você perto dele.

— Jared, o que, de fato, aconteceu?

— É uma longa história... E é uma longa história triste. Não quero perder nosso tempo com isso. Hoje não!

Os dois perceberam quando a música da boate parou e um facho de luz riscou a fumaça e mirou o palco, ocultado por uma cortina azul aveludada. Jared e Albert foram até a margem do camarote e viram a pista de dança tomada se tornar uma imensa plateia.

Lentamente, a cortina foi se abrindo e, no centro do palco, CheTilly foi iluminada, glamorosa. Estava vestindo um figurino feito em tule metalizado prata, uma espécie de maiô estilizado, com ombreiras altas em três camadas e dois cordões que desciam pelo par de coxas desnudas, ligando a parte inferior com uma semicobertura das pernas, que começava na altura dos joelhos, indo até os sapatos de salto, também prateados. Ao redor das orelhas, sucessivas argolas formando algo que lembrava molas, apagando a tiara lisa de metal que circundava a testa, mas realçando a grande peruca loira, de topete e armação altos. Havia copiado, à miúde, o figurino antológico da cantora Tina Turner ao dar vida à vilã Tia Entity, em bem-sucedida aventura cinematográfica no filme de ação pós-apocalíptico *Mad Max: Além da cúpula do trovão*, dirigido pelo gigante George Miller em 1985. Começando à capela, CheTilly levou a plateia ao delírio quando cantou as primeiras estrofes, razão pela qual havia dado nome à sua casa noturna e por que aquela era a noite mais especial de sua vida: "When I was a little girl/ I had a rag doll/ Only doll I've over owned...".* A potência extraordinária da música "River Deep, Mountain High" fez a plateia explodir.

▶

O relógio havia acabado de registrar a chegada do dia 6 de janeiro e a pista de dança estava lotada, quando Jared e Albert foram surpreendidos por CheTilly, ainda vestida de Entity, saindo da coxia de acesso ao camarote.

— Você estava magnífica! — disse Jared, dando-lhe um beijo no rosto.

— Se eu soubesse que ganharia beijos assim, teria cantado mais umas cinco músicas! — sua pele brilhava, entre o suor e o glitter.

— Realmente, foi um show incrível! — concordou Albert.

— Então, o mocinho rebelde gostou do que viu?

— Pode apostar que sim! — o garoto abriu um sorriso.

— Acho bom que tenha gostado mesmo! — CheTilly não perdia a chance de ser sarcástica. — Principalmente depois do que eu fiz por você!

— Por mim?

— Feche os olhos! — disse Jared, abraçando-o por trás, vendando seus olhos com as mãos.

---

* Quando eu era uma garotinha/ Eu tinha uma boneca de pano/ A única boneca que eu tive... (N. E.)

Enquanto isso, Johan Wilson entrou no camarote conduzindo um bolo de aniversário decorado com um pequeno violino e notas musicais, além de duas velas acesas indicando a idade do aniversariante: dezenove anos.

— Feliz aniversário! — disse Jared, retirando as mãos e permitindo que o rapaz visse aquela delicada homenagem e se emocionasse.

— Meu Deus! Nunca tive uma festa de aniversário antes.

— Eu sei! — atestou rapidamente CheTilly. — É por isso que estamos aqui!

— Como você sabe? — indagou Albert, curioso com a assertiva.

— Simplesmente sei! — respondeu, agora abrindo um leve sorriso. — Ou você esqueceu que eu sou vidente, mocinho? — Pegou-o pela mão e o conduziu para perto do bolo. — Hoje é o seu dia, Albert. Alguém lá embaixo será o *Rei da Noite*, mas é só um disfarce. Sua Majestade está bem aqui!

— Obrigado! — o rapaz estava realmente emocionado.

— Então, quando apagar as velas, faça um pedido — ela sinalizou o bolo com a mão. — Diz a lenda que pedidos feitos assim sempre se realizam. Vá em frente!

Albert fechou os olhos com força e soprou:

— Que assim seja!

Jared se apressou para abraçar Albert, dando-lhe um beijo na testa. Johan aproveitou para fazer uma foto com a velha Polaroid. Com os lábios, CheTilly fez um bico enrugado e depois abriu um largo sorriso.

Johan sacou o microfone sem fio do bolso e o entregou à esposa, alertando:

— Querida, está na hora!

— Vamos ao *Rei*! — disse CheTilly, compreendendo o recado.

Pegou o microfone e foi até a extremidade do camarote, onde um spot de luz a iluminou assim que a música parou. Dali também estava visível a toda a plateia. Enquanto explicava as regras do jogo, uma dezena de garçons entrava pelas áreas comuns conduzindo carrinhos com pequenas tortas douradas de massa folhada, creme de amêndoas e compota de maçã, chamadas *galette des rois*, o bolo dos reis. Tratava-se de uma réplica, em larga escala, da tradição francesa para o Epiphany Day, ou Dia de Reis. A dinâmica era simples: cada convidado poderia escolher aleatoriamente uma das *galettes* para comer. Dentro de apenas uma haveria um bonequinho escondido entre a massa. Quem tivesse a sorte de encontrá-lo, sagrar-se-ia *Rei da Noite*. Não demorou para que Mankwee Naki erguesse o boneco que encontrou em sua tortinha, sendo aplaudido por todos, menos por Julian, que não conseguia acreditar que aquilo estava acontecendo. Tanto que, enquanto o rapaz era conduzido ao palco para ser coroado pelos três modelos sarados e desnudos, o professor saiu da Rag Doll e foi embora. Do alto do camarote, Jared viu, ao longe, quando Julian deixou rapidamente a boate. Envolveu Albert em seus braços, por trás, dando-lhe um beijo no rosto. Falou em seu ouvido, enquanto apontava para Mankwee recebendo a coroa e as carícias dos três *servos*:

— CheTilly disse que o rei, na verdade, é você. Concordo com ela. Mas eu odiaria ver aqueles caras se esfregando em vo...

Jared não teve tempo de concluir o galanteio ciumento. Teve a sensação de que o peso de Albert havia subitamente aumentado. Abraçou-o com mais força, dando-lhe sustento.

— Albert, o que está acontec... — novamente não conseguiu terminar.

— Não estou passando bem... estou meio tonto.

CheTilly percebeu a cena e veio rapidamente ao encontro dos dois, mas foi Johan quem ajudou Jared a sustentar Albert.

— Querida, vamos levá-los lá para cima! — afirmou Johan, certo do que fazia. — Ele precisa tomar um ar.

●

— Você está se sentindo melhor? — perguntou Jared, carinhosamente, enquanto levava Albert para se sentar no grande sofá com almofadas cor de marfim na área externa do terraço da casa de CheTilly, na cobertura da Rag Doll.

Dividido em duas áreas de alturas diferentes, o terraço descoberto era de cerâmica rústica, como todo o restante do prédio, e tinha um conjunto de poltronas de vime com almofadas amarelas. Dele, ao lance de um degrau, um deque de madeira desenhava o outro ambiente externo, mais privativo, coberto por uma pérgola robusta, também em madeira, já tomada pelo denso emaranhado de uma trepadeira, e ladeado por grandes vasos de gardênia, cuja floração, mesmo após a chegada do inverno, exalava um perfume doce e intenso. Diante deles, uma mesa salteada de velas acesas em copos de vidro, como se fosse um cenário preparado para aquele momento. Talvez fosse, afinal, CheTilly se dizia vidente. Sem fazer barulho, ela e Johan fecharam a porta de acesso ao terraço para lhes dar privacidade, desaparecendo no interior da casa.

— Eu já estou melhor... — respondeu Albert, perdido no olhar suave e carinhoso de Jared. Lamentou: — Desculpe estragar a sua noite.

— Não peça desculpas por algo que você não fez — disse Jared, quase sussurrando.

A quietude imperou. Ficaram algum tempo recostados no sofá, sentindo o frio intenso daquela noite. Jared tocou Albert com seu ombro. Um afago carinhoso. Olharam-se com ternura.

— Por que eu? — Albert rompeu o silêncio. — Você pode escolher qualquer pessoa. Acho que pode ter quem você quiser.

— Não é assim que funciona!

— Eu não sei como funciona — o garoto soltou um leve sorriso.

— Para falar a verdade, eu também não sei! — Jared torceu a boca. Continuou: — Nunca senti algo assim. Nunca tive essa avalanche de sentimentos por alguém. Quando eu penso em você... agora, quando eu olho para você... sinto tantas coisas ao mesmo tempo. Tenho certeza de que não sei quase nada sobre você, mas é como se eu acordasse todo os dias já sentindo o seu cheiro.

Definitivamente, Jared não conseguia explicar tudo o que estava sentindo, cada vez mais, desde aquele domingo no Stanley Park, tampouco o que sentia naquele momento. Percebeu os olhos de Albert marejarem. Sem pensar muito, avançou seu rosto em direção ao garoto e deu-lhe um beijo na boca. Surpreendido e emocionado, Albert não conseguiu retribuir. Sentiu suas mãos abrirem e os dedos em riste. Nunca havia beijado alguém antes e não sabia ao certo o que deveria fazer. Percebeu que Jared se afastou rapidamente.

— Desculpe — Jared ficou tímido. Num salto, levantou-se do sofá, como se tivesse feito algo completamente errado. — Desculpe ter feito isso!

Albert notou que ainda estava com os dedos da mão tesos. Era a primeira vez que estava sentindo o gosto de um beijo. E foi tão rápido, tão pudico, tão cheio de medos. Levantou-se do sofá e chegou mais perto de Jared. Mirou bem no fundo dos seus olhos e disparou:

— Não peça desculpas por algo que eu queria que você fizesse.

Conforme se aproximava do rosto de Jared, Albert sentia cada vez mais o calor de sua respiração. Havia assistido a dezenas de tutoriais no YouTube sobre como deveria ser um primeiro beijo e estava claro que nenhum deles avisara sobre o arrepio de cada fio de cabelo existente no corpo. Fechou os olhos e deixou acontecer. Não havia medo ou celeridade nesse novo beijo. Havia apenas uma espécie de paz. Aquela paz que permite ouvir os batimentos do coração e aquece o corpo conforme o sangue é bombeado. Sentiu quando as mãos de Jared começaram a percorrer suas costas, encaixando um abraço apertado, capaz de preencher quaisquer vazios.

Uma estrela cadente cruzou o céu de Vancouver naquela madrugada de 6 de janeiro de 2019. Nenhum dos dois viu. Naquele beijo, que em tempo não foi possível medir, Jared e Albert compreenderam a essência do sentimento que os unia. Tiveram, na verdade, uma epifania.

#semfiltro

"O Amor é Deus; e a morte significa que uma gota desse Amor deve retornar à sua Fonte", escreveu Liev Tolstói. É provável que o escritor russo, um dos maiores de todos os tempos, tenha encontrado a melhor tradução para o espectro de dor, tristeza, melancolia... saudade, quando, no trato da vida, ergue-se a morte.

Quantos são os superpoderes de uma borboleta? Para além do encanto, esses seres coloridos possuem seis pés gustativos — capazes de experimentar as flores no gracioso ato do pouso! —, são agentes fundamentais no processo de polinização e têm milhares de pequenos olhos, cuja atuação em conjunto é capaz de ver a radiação ultravioleta, invisível aos seres humanos. Inspiração, emprestou seu nome e suas características para a ciência elaborar estudos, diagramas e teses acerca do momento inicial da teoria do caos, povoando a cultura popular: o efeito borboleta. O bater de asas de uma simples borboleta teria o poder de influenciar de tal forma o curso natural das coisas que seria capaz de causar um furacão do outro lado do mundo. Borboletas, belas gotas, são extraordinárias... porém, efêmeras. Apesar de falsa a história de que vivem apenas vinte e quatro horas — característica de uma única espécie de mariposa, que não é borboleta! —, elas têm uma vida curta, em média três ou quatro semanas quando atingem a imago, metamorfose completa, imagem final de sua existência. Tão bela jornada, tão curta a vida.

⏭

Dez dias se passaram desde a grande Noite de Reis promovida por CheTilly. O dia 16 de janeiro de 2019 amanheceu muito frio, com chuva e termômetros registrando apenas um grau em Vancouver. Não passaria dos oito graus naquela quarta-feira.

Jared havia combinado de encontrar Nadine na entrada do número 900 da West Hastings Street, em Gastown. Antes, tendo em vista o clima severo, caminhou pela frente do prédio, protegido pela marquise de vidro, e sob ela continuou ao virar a esquina da Hornby Street. Ao final, atravessou a rua e foi comprar café quente na Tim Hortons. Teve a gentileza de levar um para a professora. Ao retornar, já a encontrou abrigada no final da primeira escada, encostada na publicidade da Rolex na vitrine lateral da joalheria Palladio. Cumprimentaram-se rapidamente, ela agradeceu o café e logo entraram no prédio. O relógio apontava 9h12. Portanto, estavam doze minutos atrasados para a reunião agendada com o médico Aarav Lahiri.

▶

— Perdoe-nos pelo atraso, doutor Aarav — desculpou-se Jared.

— Quando uma noiva se atrasa só vinte minutos, sabemos que há pouca comida para a festa! — brincou o médico, causando certo constrangimento. Explicou: — Quando há fartura de comida, as noivas não se preocupam com o horário. Não importa a fome dos convidados quando a cerimônia acabar, pois o banquete é grande. Mas... quando a comida é pouca, quanto menor o atraso, menor será a ansiedade dos convidados e, consequentemente, menor será a fome!

— Faz sentido! — concordou Nadine, sorrindo.

— Experiência própria, minha cara! Já estou no quarto casamento... e nos dois primeiros as noivas foram pontuais! — gracejou o médico, insinuando a vida difícil doutros tempos. Virou-se para Jared e lembrou: — Sua mãe e seu pai foram padrinhos nos últimos dois!

Todos riram. Jared trocou algumas palavras com Aarav sobre Don e Emma, enquanto Nadine bebia lentamente o café que trouxe consigo da rua. Estava ansiosa. O médico percebeu e foi ao ponto:

— Bom, vou lhes dizer a razão de eu ter marcado este encontro: não tenho boas notícias, infelizmente — Aarav percebeu a apreensão nos olhos dos dois à sua frente. Tentou outra reflexão, como de costume: — Mas, meu copo nunca está meio vazio. Ele sempre estará meio cheio! Portanto, o fato de descobrirmos um problema, antes que ele se torne irremediável, merece nossa esperança.

— Doutor Aarav, o senhor está me assustando — disse Jared.

Nadine permanecia em dramático silêncio.

— De imediato, já era óbvio que os desmaios do paciente eram um sintoma evidente de que algo não vai bem.

— Albert — Nadine fez questão de frisar o nome, para quebrar a frieza genérica da expressão "paciente". Reiterou: — O nome dele é Albert.

— Pois não — assentiu o médico, consertando. — Albert não está bem. Nós sabemos disso.

— E o que ele tem? — questionou rapidamente Jared.

— Vou tentar ser o menos técnico possível e explicar a situação de uma forma, digamos, mais compreensível para todos.

— Doutor Aarav, fale logo — Jared respirava fundo.

— Vamos lá — o médico tinha sobre a mesa vários resultados de exames feitos por Albert no final do ano anterior, conforme ele havia prescrito. Começou sua explanação: — Albert é portador da síndrome de Goodpasture.

— E o que é isso? — Jared parecia ainda mais apreensivo.

— É uma doença autoimune. O próprio sistema imunológico do paciente começa a atacar as membranas alveolares, nos pulmões, e glomerulares, nos rins. Em geral, as duas, o que é terrível. No caso específico do Albert, os anticorpos estão afetando de forma severa as membranas renais e já começam a deteriorar os alvéolos, nos pulmões.

— Perdoe a minha ignorância, doutor Lahiri, mas isso parece grave — Nadine estava bastante assustada.

— E é grave! — asseverou o médico. Seguiu: — Por não reconhecer o próprio organismo, o sistema imunológico está causando lesões nos rins e nos pulmões do Albert... de forma progressiva e rápida. Em resumo grosseiro, o corpo está tentando destruir o sistema renal e respiratório... e está conseguindo.

— Doutor Aarav, por favor, seja sincero comigo — suplicou Jared. — Albert pode morrer? É isso?

— Há uma chance razoável de que isso aconteça.

— Não.... não, não... — Jared se levantou da cadeira e tomou alguma distância da mesa, sem conseguir formular raciocínio muito lógico. — Isso não está acontecendo! Não é verdade!

— Jared, sente-se — pediu o médico, apontando para a cadeira deixada. — Infelizmente, é a verdade. Você me pediu para ser sincero e eu estou sendo, por pior que pareça a situação.

▸

Ao final da aula no departamento de Belas-Artes da Killarney Secondary, Albert e Fay haviam acabado de deixar a sala C105 e seguiam em direção à rampa de acesso ao corredor da academia e dos armários individuais, quando foram surpreendidos por Julian:

— Albert, você tem um minuto? — perguntou o professor. E continuou, explicando: — Preciso falar contigo... em particular.

— Não há nada que você tenha a falar com ele que eu não possa saber — atravessou a garota, certa de que aquele movimento era, no mínimo, impróprio. Sobretudo, era contrário aos interesses de Albert naquele momento.

— Professor, pode falar — o garoto chancelou a assertiva. — Fay é minha melhor amiga, uma irmã... não temos segredos.

— Não se trata de segredo, mas tudo bem! — Julian exibiu um sorriso falso, uma vez que pretendia uma abordagem mais isolada. Prosseguiu: — Fiquei sabendo que fez vários exames. Você está bem?

— Ah, o fardo de ser uma celebridade! Todos já sabem que você foi ao médico, Albert! — o ar irônico de Fay emprestou dramaticidade à galhardia.

— Fay, não! — o garoto a repreendeu, mas com um sorriso mal ocultado. Dirigiu-se a Julian: — Sim, professor. Jared me levou para fazer vários exames, mas não sei se já temos os resultados. Hoje, eu estou bem.

— Fico feliz que esteja bem.

— Eu imagino o quanto! — Fay insistia no tom irônico.

— Garota, qual é o seu problema comigo? — Julian havia perdido a paciência.

— Para começar, eu não consigo achar adequado um ex-namorado querer algum tipo de intimidade com o atual namorado de alguém.

— Fay, por favor! — Albert pedia moderação.

— Você é muito petulante, mocinha! — atirou Julian, à queima-roupa.

— Ei, Julian! Você não pode falar assim com ela! — agora foi a vez de o garoto pedir moderação ao professor.

— Você não me assusta, Julian — Fay tinha o poder de parecer resoluta em situações delicadas: — Sei quem é você e o que quer.

— Se você pensa que pode falar assim comigo só porque é filha do diretor...

— Não estou falando como filha do diretor. Estou aqui como melhor amiga do Albert.

— Vocês dois podem parar, por favor? — interveio Albert. — Julian, eu estou bem... e obrigado por perguntar. Mas, se não tem mais nada a dizer, nós precisamos ir.

— Na verdade, Albert, eu gostaria de me desculpar por aquela noite na Rag Doll. Por algum motivo, Jared parecia irritado e... não foi legal.

— Então, talvez você deva pedir desculpas a ele, Julian. Não a mim — disse Albert.

— É *exatamente* por isso que pedi para falar com você — o professor fez questão de frisar a palavra "exatamente", olhando de soslaio para Fay. Continuou: — Eu gostaria muito de me encontrar com Jared... e com você junto, óbvio... para poder me desculpar pessoalmente. O que vão fazer no fim de semana?

— É a lama! — taxou Fay, incrédula.

— Fay — Albert segurou o braço da amiga, em sinal de contenção. Dirigiu-se ao professor: — Julian, não sei ainda o que vamos fazer no fim de semana. Ele havia falado em fazer um passeio... uma viagem curta... não sei bem para onde. Mas, até onde eu sei, Jared não quer falar com você.

— Não consigo imaginar o motivo para Jared ainda me tratar assim.

— Ah, coitadinho! Não consegue? — Fay carregou na dose de ironia.

— Garota, eu estou te avisando... sua falta de respeito comigo ultrapassa os limites aceitáveis! — Julian fuzilou Fay com os olhos.

— Quem está sendo petulante agora, hein? — a garota não cedeu.

— Ei! Ei! — Albert encerrou aquilo. — Chega! Julian, se é só isso... nós realmente precisamos ir... tenha um bom dia!

Tão logo Fay e Albert dobraram a esquina para alcançar a rampa interna de acesso, Julian pegou o celular e digitou uma mensagem.

Eles vão para Revelstoke neste fim de semana. Certeza absoluta! Lá é o abatedouro do Jared!, escreveu o professor, enviando em seguida, com maldade nos olhos.

▶

Jared finalmente havia sido convencido a se sentar. Sentia uma pressão seca no céu da boca, como se algo estivesse prestes a explodir. Estava atordoado, não menos do que Nadine e seus olhos arregalados. Aarav pediu à sua secretária que lhes trouxesse água. Após alguns minutos, retomou seu diagnóstico:

— Sei que é terrível pedir algo tão clichê nessas horas, mas vocês precisam manter a calma.

— Manter a calma? — insistiu Jared. — Não estou conseguindo respirar.

— É por isso que precisam se acalmar. Se vocês perderem o equilíbrio, como vão transmitir segurança e conforto ao Albert?

Era um argumento poderoso. Jared e Nadine compreenderam de imediato.

— O que precisamos fazer? — questionou Nadine.

— Não sou um especialista na área — explicou Aarav, prosseguindo. — Por isso, tomei a liberdade de me antecipar aos fatos e entrei em contato com uma amiga dos tempos da universidade. É a melhor nefrologista que conheço e foi ela quem me ajudou a fechar o diagnóstico do Albert com base em todos os exames realizados. O nome dela é Anne Bourgogne. Atualmente ela reside e trabalha em Seattle, nos Estados Unidos.

— E não havia nenhum outro nefrologista aqui em Vancouver? — era uma dúvida razoável de Jared.

— Que eu confie como confio na Anne? — disse o dr. Aarav. E concluiu: — Não mesmo!

O médico, então, entregou um cartão de visitas a Jared. Havia as indicações da clínica, em Seattle, e os nomes de duas pessoas, além do endereço e telefones.

— Esses são os contatos da doutora Anne e do marido dela, doutor Louis, que é um grande cirurgião urológico. Os dois são referências em suas áreas em toda a Costa Oeste. — Aarav recostou na cadeira, jogando-a levemente para trás. — Ela quer ver o Albert o quanto antes... Mas fiquem tranquilos! Seattle não é no fim do mundo! Fica a duzentos e trinta quilômetros daqui.

— Eu sei — disse Jared, ainda tentando se recuperar.

— Ligue ainda hoje — o médico apontou para o cartão. — Eu anotei o telefone pessoal no verso. Ela sabe que você vai ligar e também qual é o caso. Faça isso o mais rápido possível.

— Vou ligar hoje mesmo — garantiu Jared, aguardando a anuência de Nadine, que meneou a cabeça confirmando. Agradeceu: — Obrigado, doutor Aarav... por tudo.

— Não há o que agradecer — o médico se voltou novamente à frente, apoiando os cotovelos à mesa. — É como eu disse, não podemos deixar esse problema se tornar irremediável.

Jared e Nadine deixaram o consultório, caminharam até o elevador, passaram pela portaria e alcançaram a escadaria frontal. Tudo isso sem trocar palavra alguma. Havia um silêncio assustador no caminhar de cada um. Abraçaram-se. Naquele momento, já era grande o movimento de veículos na West Hastings Street e a garoa havia se tornado uma chuva encorpada. Jared e Nadine continuaram abraçados por um longo tempo. Tinham medo.

▸

Albert e Fay estavam no grande corredor interno da Killarney Secondary, onde ficam os armários individuais. Estavam com os seus armários abertos, pegando materiais da aula seguinte, quando um garoto se aproximou e perguntou:

— Você é Albert Tremblay, não é?

— Sim, sou eu — respondeu de imediato, sem reconhecer quem o abordara.

Era um jovem bonito e aparentava ter uns dezesseis ou dezessete anos. Os cabelos acastanhados tinham um reflexo natural de fios mais claros. E havia uma espécie de emoção em seus olhos.

— E quem é você? — perguntou Albert.

— Eu sou o Cal... Cal Miles... do Grade Onze.

— Oi, Cal, tudo bem? É um prazer conhecê-lo — como sempre, Albert era gentil, mesmo com estranhos.

— Desculpe vir... — o garoto coçou a cabeça, visivelmente constrangido. — Olha, desculpe vir assim falar contigo, mas... eu sou seu fã!

Fay, que ouvia o diálogo com a cara enfiada no armário, imediatamente se virou para Albert, deixando apenas metade do rosto visível atrás da porta do compartimento do amigo. Arqueou as sobrancelhas, quase fazendo Albert rir. Ele se conteve e continuou gentil:

— Obrigado, Cal. Mas...

— Leio tudo que publicam sobre você! — o garoto interrompeu. Em seguida, opinou: — Inclusive, acho que são muito injustos. Colocam em dúvida se um garoto de dezoito anos... ou melhor, dezenove anos agora... é capaz de amar.

— Eles são cruéis porque não sabem a história toda — disse Albert, em pitada generosa de resiliência ante aos ataques que sofrera nos últimos meses. De alguma forma, era bom ouvir aquilo de outro garoto.

— Foi por conta de tudo o que aconteceu com você que decidi me abrir com meus pais... e disse para eles que sou gay.

— Por minha causa? — Albert estava surpreso e tentava não olhar para as caras e bocas que Fay fazia atrás do garoto, semiescondida atrás da porta do armário.

— É... — Cal ainda estava constrangido, mas tentou se explicar: — Você acabou se tornando uma inspiração para mim!

— Obrigado por vir me dizer isso! — de certa forma, aquela declaração emocionou Albert.

— Bom... se algum dia quiser conversar, sabe onde me encontrar aqui na Killarney. Espero poder te ver mais... — havia em Cal algo a mais do que simples admiração. — Eu vou indo... foi um prazer falar contigo, Albert.

— O prazer foi meu, Cal — Albert não sabia bem como reagir. Por duas vezes chegou a estender a mão para cumprimentar, mas recuou, meio sem jeito. Por fim, apertou a mão do garoto. — Nos vemos por aí.

Cal os deixou no corredor e se embrenhou no meio dos alunos que tomavam o corredor, não sem antes olhar duas vezes para trás, tentando encontrar os olhos de Albert.

Fay fechou o armário e não perdeu tempo:

— "Você é uma inspiração para mim!" — imitou o garoto.

— Pare com isso, Fay! — pediu Albert.

— Está vendo? Você já é um *superstar*!

— Não seja boba.

— É verdade, Albert! — Fay tomou o amigo pelo braço e os dois seguiram em direção à cafeteria, que ficava no início do grande corredor. Ela insistia: — Imagine! Ele se libertou por sua causa! Você é uma inspiração para muitos!

— Fay, não exagere... ninguém sabe quem eu sou.

— Claro que sabem! Você não viu o que acabou de acontecer? Aliás... — Fay parou, segurando Albert. Pegou o telefone no bolso e acessou o Instagram. — Você já viu como está o seu perfil?

— Vi... e não sei o que fazer.

— Albert, você ganhou mais de trinta mil seguidores nos últimos três meses! E o número está aumentando a cada dia — ela mostrou o celular. — Precisa melhorar isso aqui!

— Sabe que não gosto dessas coisas — disse ele com sinceridade. — Não tenho nem onde morar agora!

— Como não tem onde morar? Você mora lá em casa!

— Fay, estou hospedado na sua casa.

— Você sabe que não é assim. Pode ficar o tempo que precisar — a garota o tomou novamente pelo braço. — A vida toda, se quiser!

— Nunca vou conseguir agradecer o que vocês estão fazendo por mim!

— Bertie... você é como um irmão para mim... é como um filho para os meus pais. Ninguém está fazendo favor. Nós amamos você!

— Eu também amo vocês!

Fay puxou o celular de Albert de seu bolso e sacramentou, fingindo um interesse escuso que sabiam não existir:

— Então, se ama tanto assim, pegue seu celular, vamos fazer uma selfie e você vai publicar no Instagram. Como sua melhor amiga, de repente eu também ganho fãs!

Os dois riram. Albert posicionou a câmera frontal do celular e percebeu que Fay fazia uma careta como pose. Decidiu fingir repreendê-la com um olhar torto.

▶

Assim que entrou no Jeep, Jared pegou o celular e ligou para o número pessoal da dra. Anne Bourgogne. Conversaram algum tempo. Ela repetiu boa parte do diagnóstico que acabara de lhe ser apresentado por Aarav Lahiri, afinal havia sido consultada especificamente sobre o caso. O sentido de urgência restou claro quando a médica pediu a Jared que levasse Albert à sua clínica, em Seattle, ainda naquela semana. Agendaram para dali a dois dias, na manhã do dia 18 de janeiro. Assim que desligou, Jared conferiu as principais notificações no celular e viu que Albert havia postado uma foto no Instagram. Nela, o garoto e Fay estavam em primeiro plano, tendo como pano de fundo um longo corredor branco ladeado por armários de metal cinza em toda a extensão e uma fileira única de lâmpadas no teto, refletidas na porta em vidro escuro ao final, dando ainda maior profundidade ao corredor. Albert mirava Fay com o canto dos olhos, reprovando-a. Ela fazia uma careta. Lia-se no post apenas uma sigla: *BFF*, seguida pela hashtag *#SemFiltro*. Jared voltou a sentir a pressão no céu da boca. Mas dessa vez deixou explodir. Não conseguia acreditar no que estava acontecendo. Chorou compulsivamente, cobrindo o rosto com as mãos, entre soluços. Ainda com a voz embargada pelo choro, pegou o telefone e ligou para CheTilly. Era com quem precisava conversar naquele momento crítico.

⏭

O inverno cedeu misteriosa trégua naquela sexta-feira, 18 de janeiro de 2019. Apesar de as montanhas ao redor estarem cobertas de neve e envolvidas por faixas de nuvens baixas, nas primeiras horas da manhã já se registravam seis graus e a possibilidade de sol durante todo o dia, algo bastante atípico naquela época do ano em Vancouver.

Jared havia buscado Albert na casa dos Jewinson e, com Tungow deitado no banco de trás do Jeep, já estavam subindo a Capilano Road, em North Vancouver, em direção à Kusch House, às margens do Capilano Lake.

— Não sei se estou preparado para conhecer seus pais — disse Albert, visivelmente tenso e com o olhar perdido no caminho.

— É com isso que você está preocupado? — Jared riu, enquanto dirigia. Colocou a mão na perna de Albert. — Por isso o silêncio durante todo o caminho? Achei que estivesse assim porque vamos voar de helicóptero.

— Isso também! — o garoto alcançou a mão de Jared, entremeando seus dedos entre os dele. — Por que não vamos de carro para Seattle? Nunca viajei de avião, helicóptero... essas coisas... não sei como vai ser!

— Meu anjo, fique tranquilo! É um voo de menos de uma hora daqui até Seattle — Jared trouxe a mão fria de Albert até seu rosto e deu um beijo afetuoso, sem perder a atenção ao movimento, ainda que pequeno naquele horário, da Capilano Road. Fez uma leve parada, dando preferência ao veículo que vinha em sentido contrário e sinalizava que entraria na Montroyal Boulevard. Aproveitou para olhar o rosto de Albert, que o encantava cada vez mais. Enquanto voltava a acelerar, explicou: — Não me sinto muito seguro em dirigir nessa época. Há muita neve acumulada em alguns pontos e as pistas ficam lisas... geram muita instabilidade, por melhor que seja este carro. Além do mais, você ainda não tem passaporte e isso nos impediria de passar pela fronteira terrestre.

— Bom, se vamos ter que ir nessa médica com alguma frequência, preciso providenciar um passaporte.

— Não se preocupe! Já pedi à Charlotte para cuidar disso.

— Jared, ela é sua funcionária. Não minha! Eu posso fazer isso sozinho — asseverou Albert, aumentando ainda mais o constrangimento que vinha sentindo.

— Charlie trabalha para a minha família e é minha amiga pessoal. É ela quem cuida de todas as coisas burocráticas da minha vida.

— Sim... da *sua* vida! — Albert fez questão de salientar.

— E você é meu namorado! — Jared o olhou com carinho. — Agora faz parte da minha vida.

— Eu não me sinto bem em ocupá-la com algo assim. Parece abuso.

— Não é um abuso. Ela é paga para isso! Você vai se acostumar.

Já estavam entrando na região de Cleveland Park quando Jared percebeu que precisava retornar ao início da conversa: apresentar Albert para Emma e Don.

— No fundo, sei que não é nada disso que o está afligindo neste momento — disse, pontuando sua compreensão e tentando amenizar a real preocupação do namorado. — Você não precisa ter medo dos meus pais. Eles sabem sobre nós dois.

— E quem não sabe? — Albert o interrompeu, exibindo um leve sorriso.

— E, o mais importante, eles não mordem!

— Não seja bobo, Jared — o garoto justificou. — Não estou com medo deles!

— Se não é medo, o que é?

— Você não entende, né?

— Não... não entendo — Jared realmente não conseguia compreender o ponto nevrálgico de fusão entre dois mundos completamente díspares.

— Até este exato momento, eu só conheço Don Kusch e Emma Cartier dos filmes que eu gosto, das revistas, da TV... e daquela noite do vernissage, quando eu nem os vi de fato — Albert finalmente conseguiu expor o cerne da questão. — É como se eles não fossem reais!

— Mas, eles são reais! São como qualquer outra pessoa... como eu e você.

— Não são como qualquer pessoa... Para mortais como eu, artistas famosos como você, seus pais... parecem divinos. Como se não pudéssemos chegar perto de vocês!

— Isso é um absurdo, Albert! — Jared começava a compreender o caminho daquele raciocínio. — Fama é algo que não existe. É aquilo que falam de você e não o que se é de fato.

— É engraçado ouvir alguém famoso dizendo que a fama não existe! — Albert abriu um sorriso largo, iluminando o interior do carro.

— Veja, vou usar você como exemplo. Quando aquele site escreveu que você estava sendo "abusado sexualmente", que era "um menino ingênuo sofrendo nas mãos de um cara mais velho, mimado e pedófilo"... Era verdade?

— É óbvio que não!

— Pois é! Isso é a fama! — Jared nunca teve uma boa relação com o ônus de ser uma pessoa conhecida, mas guardava razão em sua abordagem. — Num belo dia, pelo simples fato de alguém ser uma figura pública, outra pessoa, atrás de um computador, sente-se no direito não apenas de invadir a privacidade, mas também de criar uma trama fantasiosa com implicações gigantescas. Na cabeça de gente assim, nós perdemos o direito a ter qualquer vida privada quando escolhemos ser figuras públicas. Como se isso fosse apenas uma opção e não o resultado de anos de muito trabalho. Para o cara que escreveu aquelas mentiras, nada disso importa. Assim como acha que nós perdemos o direito à privacidade, ele tem certeza de ter conquistado o direito de invadi-la.

— Isso é horrível! — Albert estava refletindo sobre o que lhe era exposto de forma tão nua e crua. Questionou: — Como você suporta isso?

— O pior é que, depois de algum tempo, nos acostumamos com a fama.

— Será?

— Pode apostar que sim! — Jared tinha certeza do que estava falando. Havia acabado de chegar ao grande portão de entrada da Kusch House, ao final da Capilano Road, na encruzilhada com a Prospect Ave e a Nancy Greene Way. — Em alguns minutos você estará tomando café da manhã com Don Kusch e Emma Cartier e vai perceber que ele é mais magro do que aparenta nos filmes e ela tem problemas sérios com o cabelo rebelde, principalmente ao acordar!

— Meu Deus! — suspirou, tão logo um dos seguranças se aproximou do veículo para conferir quem estava dentro, antes de permitir a entrada.

Albert parecia estar entrando em outro planeta quando o Jeep alcançou a área de estacionamento da Kusch House. Nunca tinha visto uma casa tão grande. A construção moderna em concreto e vidro parecia uma extensão da floresta. Os pinheiros e cedros com as folhas ainda cobertas pelo branco da neve pareciam sair de dentro da construção, tamanha completude. Ao descer do Jeep, ficou algum tempo contemplando a visão do grande Capilano Lake, emoldurado pela floresta e as majestosas montanhas brancas. Quase foi derrubado por Tungow, que saiu do carro e disparou em direção à escadaria de acesso principal à mansão. Foi nesse momento que Albert avistou, no topo da escada, Emma Cartier.

— Por que você está com essa cara de assustado? — perguntou Jared, sorrindo. — Você não achou que ela estaria nos esperando para o café da manhã usando aquele vestido maravilhoso do vernissage ou algo parecido? Ou achou?

— Claro que não! É que... — Albert nem conseguia explicar.

Conforme foram subindo a longa escadaria, reparou que Emma estava vestindo um conjunto de calça e casaco em moletom preto, um tênis Adidas branco e o cabelo amontoado para o alto, sustentado por duas presilhas vermelhas que se destacavam sobremaneira naqueles fios loiros.

— Querido! Que saudade! — Emma abraçou Jared e, logo em seguida, se voltou para o rapaz, que a admirava como se visse um fantasma. — Seja bem-vindo à Kusch House, Albert!

— Obrigado — respondeu em tom brando e esticou a mão para cumprimentar, mas foi surpreendido pelo abraço que veio mais rápido e apertado.

— Sinta-se à vontade! — disse Emma. — Mas vamos entrar logo porque está muito frio aqui fora!

Novamente Albert quase foi derrubado por Tungow, que passou por eles e desceu a escadaria correndo atrás de Dosha, a gata da mansão.

Tudo aquilo parecia uma realidade paralela para o garoto do subúrbio que só tinha visto aquele conjunto de coisas nas revistas que Fay lhe mostrava.

▶

— Não acho correto o que vocês fizeram sem a minha permissão! — criticou Eugene, ao sentar à mesa para o café. — Albert está morando conosco há mais de três meses e, agora, somos responsáveis por ele. E o que fazemos? Permitimos que ele falte à aula para viajar a outro país sem passaporte e depois vá passar um fim de semana numa cabana nas montanhas!

— Gene, é uma questão de saúde! — contornou Nadine, enquanto servia ao marido café quente. — Já conversamos sobre o assunto. Além do mais, temos que agradecer ao Jared e aos Kusch por tudo que estão fazendo pelo Albert. Você sabe que nós não teríamos condições de arcar com todos os custos que provavelmente o tratamento vai exigir.

— Sim, conversamos sobre isso. Mas só sobre isso! — o diretor não estava satisfeito com o rumo das coisas. Olhou para Nadine e Fay e fez questão de pontuar. — Vocês duas, mais uma vez, me esconderam o principal. Volto a dizer: não gostei dessa história de ele ir passar o fim de semana com esse rapaz.

— Pai, não seja antiquado! — pediu Fay.

— Minha filha, não é uma questão de ser antiquado ou não. Nós temos responsabilidades. A integridade física do Albert está sob nossos cuidados.

— Nossa! Integridade física? — espantou-se a garota, passando ao sarcasmo. — Você acha que Jared é um psicopata que vai prender o Albert numa cabana nas montanhas? Pai, você está assistindo *Criminal Minds* demais!

— Fay, não fale assim com seu pai — repreendeu Nadine, com delicadeza. Voltou-se para o marido. — Gene, de certa forma, Fay está certa. Não precisamos nos preocupar com Jared. Ele ama o Albert... de verdade.

— Mas, querida... — Eugene nem conseguiu concluir.

— Você não imagina o quanto ele está sofrendo com a doença do Albert — a professora tentava o argumento emocional. — Na quarta-feira, quando estivemos no consultório do doutor Lahiri, ele ficou desolado com o diagnóstico. Nas últimas quarenta e oito horas ele moveu o mundo. Fez mais pelo Albert do que todos nós uma vida inteira!

— Nadine, não é esse o ponto — insistia o diretor.

— Então o que é, Eugene? Diga-me, porque não estou conseguindo compreender — ela foi mais objetiva, percebendo que a abordagem do marido tinha algo mais profundo. — Qual é a sua preocupação? Está imaginando se eles vão fazer sexo? É isso?

— Nadine! Por favor — o homem estava visivelmente constrangido —, não acho que devemos ter essa conversa na frente da nossa filha.

— Pai! — disse Fay, incrédula. — Quantos anos você acha que eu tenho?

— Não o suficiente para esse assunto!

— Gene, que absurdo! — Nadine também não conseguia acreditar naquele súbito gênio pudico que havia dominado seu marido. Prosseguiu: — Querido, nossa filha tem dezoito anos e com certeza já sabe de muito mais coisas do que nós sabíamos na idade dela! Além disso, o Albert é maior de idade e essa questão já foi superada em termos legais.

— Não estou preocupado se eles vão ou não fazer sexo. É que... — Eugene não conseguia ampliar seus argumentos. — É que...

— É que o quê, pai? — interrogou Fay.

— É que... eu não queria que fosse assim!

— Gene, não cabe a nós decidir isso — Nadine tentou resgatar a sensatez daquela conversa. — Eles são homens, são maiores de idade, são livres e, principalmente, se amam. É indiscutível que eles se amam. Já imaginou se fôssemos tentar controlar a vida sexual de todos os alunos adolescentes e adultos da escola? Seria um desastre!

— Mas é nosso papel fazer isso também!

— Não, querido, não é! — a professora pegou a mão do marido. — Se você acha isso, é porque está lhe faltando um filtro importante na compreensão do que seja nossa função na Killarney. Nosso dever é ensinar, educar, fornecer todas as informações que eles possam precisar nessa fase da vida e ao longo dela. Se cumprirmos esse nosso dever, eles vão saber a hora certa para permitir que o mundo desabroche.

Não houve argumento contrário. Nadine havia sido cirúrgica.

▸

Albert ainda estava meio atordoado enquanto caminhava pelos cômodos amplos da Kusch House, em sua maioria ambientes clean. *Essa cozinha é maior do que a casa inteira dos Jewinson*, pensou. Uma mesa posta, quase ao fundo, próximo ao paredão de vidro, os aguardava. Era outro daqueles momentos inéditos que vivia em tão poucos dias. Jamais havia visto uma mesa como aquela, com tamanha fartura. Algumas gulodices ele nem sabia o que eram.

— Albert, sente-se e fique à vontade! — disse Emma. — Como eu ainda não sei do que você mais gosta no café da manhã, pedi para fazerem várias coisas gostosas.

— Senhora Cartier... — o garoto tentou agradecer, mas foi imediatamente interrompido.

— Emma. Por favor, só Emma! — pediu a mulher, completando. — "Senhora Cartier" faz parecer que sou a Judi Dench em *Sua Majestade, Mrs. Brown*. Mas sem príncipe morto!

Jared mirou um olhar de repreensão em direção à mãe. No íntimo, torceu para que Albert não soubesse do que se tratava o filme, afinal, ele tinha o mesmo nome do príncipe consorte falecido, por quem a então rainha Victoria mergulhou em luto profundo, sendo resgatada pela "amizade" — assim tratada na obra — com um cavalariço escocês. Logo descobriu que ele sabia.

— Pode não querer parecer a Judi Dench, Emma — Albert fez questão de acentuar apenas o nome. — Mas continua sendo uma rainha!

— Jared, já gostei dele! — disse Emma, sorrindo.

— Não faça isso, Albert! — pediu Jared. — Você não sabe no que está se metendo!

— Preciso concordar com meu filho! — Don surpreendeu a todos entrando pela porta de vidro da cozinha, vindo do deque externo, onde havia uma piscina comprida, com borda infinita. Passou pelo filho, dando-lhe um beijo no rosto, ação repetida na esposa. Estendeu a mão para cumprimentar o garoto. — Finalmente podemos nos conhecer de fato. Nem nos falamos naquela noite na VAG. — Apresentou-se formalmente: — Don Kusch. Muito prazer!

— Albert Tremblay, senhor. É uma honra conhecê-lo! — respondeu.

— Quer um conselho? — perguntou Jared. E prosseguiu sem dar tempo de resposta: — Se você quer se dar bem nesta casa, pare de chamá-los de *senhor* e *senhora*! — piscou um dos olhos.

— Sim, senhor! — disse Albert, em aberta galhardia.

Apesar de nunca ter vivido situação semelhante na vida, Albert se saiu muito bem. Tinha um polimento natural, sem exageros, e não era um tolo. Ao contrário, ainda que não fosse profundo conhecedor das artes que erguiam as paredes da Kusch House, dispunha de saberes suficientes para que fosse mantido em todas as conversas naquele café da manhã que se alongava em demasia.

— Pai, o helicóptero está pronto? — perguntou Jared.

— Claro que sim! — respondeu Don. — Foi do heliponto que eu vim. Fui lá conferir se estava tudo certo. O piloto já está aguardando.

— Obrigado! — nos olhos do filho havia mais do que gratidão.

— O piloto ficará à disposição de vocês dois no fim de semana!

— Vamos, então, Albert? Senão nos atrasaremos!

Antes de saírem, o garoto foi ao banheiro. Embarcar num helicóptero pela primeira vez e tudo o que estava vivendo naquele dia eram fatores com poder de revirar o estômago de qualquer um. Assim que deixou o ambiente, Emma aproveitou sua ausência:

— Agora entendi por que você fez uma revolução na sua vida! — esticou o braço e alcançou a mão do filho, segurando-a com carinho. Continuou: — Entendi por que você quis mudar o visual, ficar mais jovem, mais bonito... por que quase entrou em parafuso quando o telefone não tocava... por que se desesperou quando ele passou mal na VAG... e por que, desde então, seus olhos estão brilhando como nunca tinha visto antes. — Emma fez uma pausa dramática. — Ele é adorável, Jared!

— Que bom que vocês entendem — o rapaz respirou fundo, estendendo ao pai a afirmação. Confessou: — Eu o amo. Profundamente, o amo! E só de imaginar que algo ruim pode acontecer...

— Não! Pode parar! — pediu Emma, interrompendo-o. — Não permita esses pensamentos ruins. Acredite que tudo vai dar certo.

— Nós vamos fazer o que estiver ao nosso alcance — completou Don.

— Obrigado pelo apoio... como sempre.

O helicóptero Airbus H145 decolou da Kusch House alguns minutos depois, levando Jared, Albert e Tungow para a jornada em Seattle, no estado norte-americano de Washington, a exatos duzentos e quarenta quilômetros dali. Um voo rápido de cinquenta e cinco minutos.

▶

Tão logo a dra. Anne deixou a sala com Albert, sob o pretexto de realizar algumas coletas necessárias para os exames finais e de levar Tungow para uma volta nos jardins da clínica, Jared aproximou-se do dr. Louis. Não queria, sob nenhuma circunstância, suscitar determinadas questões com o garoto ouvindo. Foi ao cerne:

— Doutor, quais são as chances dele?

— É um caso delicado — respondeu Louis.

— Por que todo médico tergiversa diante de uma pergunta objetiva?

— Acredito que por compaixão! — o cirurgião não gostou da ponta de ironia imposta por Jared naquela questão. Então, decidiu ser dolorosamente objetivo. — Quando o prognóstico é ruim, jogá-lo na cara do paciente e dos familiares não me parece ser uma opção razoável.

— Perdoe-me, doutor Louis — Jared compreendeu a reprimenda e, também, a conclusão. Mas queria ouvir isso do médico. — Então, o prognóstico é ruim?

— Jared, há mais de uma década eu espero que chegue aqui um caso simples. Isso nunca mais aconteceu. Dizem que é o privilégio e a tormenta daqueles que são bons naquilo que fazem. — Não havia arrogância na afirmação de Louis. Apenas confiança.

— Bons? O doutor Aarav disse que você e sua esposa são os melhores...

— Nós damos o nosso melhor.

Os dois se sentaram no pequeno sofá de canto na sala da dra. Anne. Jared apoiou os cotovelos sobre as coxas e mergulhou o rosto nas mãos, desejando que tudo aquilo não passasse de um pesadelo.

— Em primeiro lugar — disse o médico —, o quadro do Albert é pré-dialítico. Tendo em vista as complicações da apendicite que ele teve quando criança, seu peritônio tem aderências que não permitem a adoção da diálise peritoneal. Dessa forma, caso seja necessário, nos resta apenas a hemodiálise.

— E quanto à possibilidade de um transplante? — perguntou Jared.

— É uma opção posterior. Caso a hemodiálise não seja possível por alguma contraindicação, como, por exemplo, a existência de hemorragia ativa, o que tem grandes chances de acontecer devido ao comprometimento dos pulmões, um transplante será nossa única alternativa — asseverou Louis, concluindo. — Nesse caso, devemos, desde já, verificar a existência de um doador compatível entre familiares e amigos disponíveis. Um doador vivo é a melhor hipótese. O transplante renal pode ser nossa melhor chance.

— E o que pode ser a pior hipótese?

— Ele entrar em fase dialítica tendo uma contraindicação à diálise peritoneal, não poder realizar hemodiálise por algum motivo e ficar submetido à fila, aguardando um rim compatível proveniente de paciente com diagnóstico de morte encefálica — Louis havia decidido pela objetividade. — Nesse caso, ainda dependeríamos da autorização da família do doador e, dadas as circunstâncias e o estágio da doença, eu diria que as chances de Albert seriam próximas a zero.

— É difícil acreditar que isso esteja acontecendo — lamentou Jared.

— Agora, é uma corrida contra o tempo.

— Nós vamos conseguir! — Jared respirou fundo, buscando algum sentimento positivo em meio ao furacão. Lembrou-se das palavras de sua mãe, mais cedo. Reiterou: — Nós temos que conseguir!

Louis segurou o antebraço de Jared, em sinal de apoio. Alertou:

— Eu sei que vocês vão! Mas sejam céleres... Esses desmaios... essas perdas de consciência serão cada vez mais frequentes. É preciso estar atento. Numa delas, ele não recobrará os sentidos... e, nesse momento, você vai nos ligar e tudo tem que estar pronto, como uma orquestra.

— Nós estaremos prontos!
— Eu sei que sim!

▶

Foi um voo de mais de três horas entre Seattle, nos Estados Unidos, com uma parada para reabastecimento em Vancouver, até o helicóptero pousar no heliponto do Kusch Golf Club, na pequena cidade de Revelstoke, a primeira do topo oeste das Montanhas Rochosas canadenses, no limite com a Colúmbia Britânica. Cercada por dezesseis montanhas e nascida durante a construção da Canadian Pacific Railway, em 1885, Revelstoke tem cerca de oito mil habitantes que vivem ao longo do leito do Columbia River. Em sua rua mais charmosa, a histórica MacKenzie Avenue, um casal de ursos-pardos e seu filhote, esculpidos em bronze e em tamanho real pelo artista W. A. Cameron, com fundição de Tom Lynn, dão as boas-vindas aos turistas, especialmente durante o inverno, quando as muitas estações de esqui se tornam paraísos acima das nuvens, cercados por natureza abundante e intocada. Não por acaso, a região de Revelstoke é conhecida como os Alpes Canadenses.

Justamente por tais atributos, Don Kusch adquiriu, no fim da década de 1980, uma imensa propriedade peninsular no extremo noroeste da cidade. A princípio, pretendia transformá-la numa espécie de residência de campo para a família. Porém, a geografia do terreno e sua localização privilegiada, margeando uma curva das águas em azul prateado do Columbia River e tendo como pano de fundo picos nevados emergindo das verdejantes florestas de cedros, fez com que o patriarca Kusch encomendasse um projeto para um campo de golfe, o que acabou se revelando um bem-sucedido empreendimento. Como Jared, quando criança, adorava o lugar e era feliz correndo pelos gramados da propriedade, Don reservou uma área considerável, no limite da península, para que o filho, quando adulto, construísse o que fosse de seu desejo e fizesse daquele lugar um refúgio dos mais belos. Quando o rapaz completou vinte anos, foi-lhe concedido o direito de escolher um projeto, fato que revelou bastante de sua personalidade. Decidiu por uma cabana rústica, relativamente pequena, com pouco mais de cem metros quadrados distribuídos em dois pavimentos, erguida com toras inteiras de madeira e pedras azuladas do Columbia River, cujo telhado em vários jogos acumulava camadas espessas de neve durante o inverno.

Foi exatamente isso que Albert viu quando desceu da aeronave naquela tarde de sexta-feira, 18 de janeiro de 2019. Tungow irrompeu destemido em direção ao limite da península. Mas Jared e seu namorado foram conduzidos em um carrinho de golfe elétrico nos cerca de 750 metros entre o heliponto do clube e a área privativa do herdeiro Kusch.

— Esse é o meu cantinho preferido no mundo! — disse Jared ao desembarcarem do transporte improvisado diante da cabana coberta de neve, como tudo mais ao redor. — Espero que você goste daqui.

— É impressionante! — Albert estava visivelmente encantado. — Esse lugar parece um sonho... a cabana é perfeita... incrível, Jared! Realmente incrível!

— Vamos entrar.

A casa era o sinônimo de aconchego que Jared sempre desejou. A parte interna do telhado deixava aparente toras inteiras de madeira amarelada, cruzando sobre a sala confortável, com um tapete espesso e um jogo de sofá e poltronas na cor marfim. Numa das paredes, uma lareira feita de pedras brutas, seguida por uma escada pequena, também em pedra, suficiente para alcançar o único cômodo do segundo pavimento: um quarto simples e pequeno, porém com muito conforto e elegância. Uma cama king size com lençóis brancos e edredons escuros e grossos, tendo próximo à janela duas poltronas, bem ao lado de outra lareira em pedra bruta.

Exatamente no quarto, Albert teve a consciência plena de algo que deveria ser óbvio, mas que não havia estado no centro de sua atenção: *havia uma cama! Uma apenas!* Ele e Jared passariam sua primeira noite juntos naquele local. Sentiu um arrepio. Foi até a janela, afastou a cortina e contemplou a beleza mágica do conjunto à sua frente: o rio e a montanha unidos por uma floresta. Jared o abraçou por trás, também se deleitando com aquela paisagem.

— O que você achou? — perguntou Jared.

— É perfeito! — respondeu Albert, quase sussurrando.

▸

Havia passado das quatro da tarde quando o Bentley Bentayga de Emma Cartier dobrou a esquina da 49ᵗʰ Avenue e entrou na Killarney Street, estacionando bem em frente à escola. Escondida sob tantos agasalhos, a atriz até tentou passar despercebida pelo pequeno grupo de alunos que deixava o prédio principal. Percebeu quando alguns dos estudantes ergueram seus celulares, tirando fotos e talvez até fazendo vídeos. Era difícil crer que, tão jovens, tivessem uma memória plena de sua carreira paralisada. Mas ficou verdadeiramente surpreendida quando um dos garotos lhe atirou um galanteio fácil:

— Linda demais! Eu casaria com você agora!

Virou-se, delicadamente, e sorriu para o menino alto e de rosto chitado por espinhas. A cantada era péssima, mas o elogio era válido. Em si, influo o ego e parecia ter ganhado mais força para realizar o que se propusera naquela tarde fria. Logo à esquerda da entrada principal ficava o escritório principal da Killarney Secondary e o gabinete do diretor. Foi anunciada por uma secretária com cara de susto, olhos arregalados e mãos trêmulas. Encontrou Eugene e Nadine, também surpresos com aquela visita absolutamente inesperada.

— Você deve ser o diretor Eugene... e você, a professora Nadine — Emma os cumprimentou, percebendo ambos com as mãos gélidas. Prosseguiu: — Perdoem-me por aparecer assim, sem avisar. Não é do meu feitio, mas a situação exige alguma urgência.

— Por favor, não se desculpe! — o diretor tratou de acolher aquela mulher com o nervosismo de quem está diante de uma estrela e com o mesmo entusiasmo do jovem galanteador à porta da escola. — Você aceita um café... um chá, talvez...

— Não se preocupe, diretor! Eu vim aqui para falar com sua esposa, Nadine. — Emma percebeu uma veia de decepção no rosto do homem. Em geral, era assim mesmo. Não perdeu o foco: — Sei que vocês conhecem o meu filho e foi ele quem me disse, no início da tarde, por mensagem, como e onde poderia encontrá-los.

— Aconteceu alguma coisa com o Albert? — Nadine ficou apreensiva quando se lembrou de que Jared e ele estavam viajando juntos.

— Não se preocupe com isso! Eles estão muito bem neste momento. Foram a Seattle pela manhã e já pousaram em Revelstoke — usou as primeiras informações para acalmar a professora. Porém, o pior estava por vir e não poderia esperar truques ou melindres. — A viagem parece ter sido ótima... mas o resultado da consulta não é bom... infelizmente.

Nadine e Eugene ouviram com assombro o relato médico que Jared havia passado a Emma em mensagens de áudio no final da manhã. A condição de Albert era grave e poderia terminar exigindo um transplante renal como meio de salvá-lo do pior destino.

— Então, é isso — Emma também tinha tristeza em seu olhar. — Eu sei que é difícil, mas acredito que, desde já, todos devemos fazer o exame de compatibilidade. Albert pode precisar e a probabilidade é pequena, mas, se existe alguma, é nela que devemos nos agarrar!

— Com certeza! — asseverou o diretor.

— Se for necessário, podemos realizar uma campanha na escola — sugeriu Nadine. — São tantos alunos... algum deles pode ser compatível.

— A ideia é boa — concordou a atriz, fazendo uma ressalva. — Entretanto, talvez não tenhamos tempo para realizar tudo isso.

— Isso é terrível! — lamentou Eugene.

— Pobre Albert — completou Nadine. — Que destino!

— É justamente por causa dessa urgência que eu decidi vir até aqui, sem que ninguém mais soubesse, pedir a sua ajuda, professora Nadine.

— É só dizer como posso ajudar e eu farei.

— Preciso que você me leve até a mãe do Albert — concluiu Emma.

▶

Albert e Jared decidiram aproveitar os fiapos de sol daquele fim de tarde para um passeio rápido às margens do Columbia River, assim, o garoto também poderia conhecer um pedaço da propriedade. A previsão do tempo não era das melhores, indicando que a amplitude térmica naquele 18 de janeiro seria minúscula: a temperatura ficaria entre zero e menos dois graus durante todo o dia. Estavam completamente agasalhados, mas o acúmulo de neve no chão dificultava o caminhar. Pararam à beira da barreira de pedras que foi colocada para proteger o terreno contra erosões que pudessem ser causadas pela correnteza do rio. Daquele lugar privilegiado era possível avistar, por entre nuvens, seis montanhas, agora congeladas. O azul prateado das águas do Columbia parecia ainda mais ressaltado diante de tanto branco ao redor. Quando Jared aproximou seu rosto para dar um beijo em Albert, percebeu uma movimentação estranha na outra margem do Columbia, exatamente no local em que este recebe as águas do Jordan River, na cabeceira da ponte da Westside Road. Discretamente, pegou o celular, ligou a câmera e deu um zoom na imagem. Não era possível um foco claro, afinal, uns duzentos metros o separavam de seu alvo. Mas foi possível ver e compreender o que estava acontecendo.

— O que você está fazendo? — perguntou Albert, percebendo os movimentos de Jared.

— Não olhe para lá agora — sinalizou a ponte, na outra margem. — Acho que tem um paparazzo nos fotografando.

— Como eles descobriram?

— Eles sempre têm boas fontes para isso! Mas já vamos descobrir.

Jared pegou Albert pela mão e fizeram o caminho de volta para a cabana. Assim que chegaram à entrada, fez um sinal para que o garoto entrasse, sacou o telefone e fez uma ligação rápida. Não se passaram mais de vinte minutos até que os seguranças do Kusch Golf Club trouxessem até a cabana o repórter apreendido na ponte da Westside Road. Jared o aguardava sentado no sofá da sala, já com a lareira acesa. Albert veio da cozinha, sem entender o que estava acontecendo.

— Isso é um crime! — vociferava o repórter, contido por dois seguranças parrudos. — Você não tem o direito de fazer isso! Eu sou jornalista! Tenho prerrogativas! Isso é um sequestro!

Um dos seguranças entregou a câmera profissional a Jared, que não demonstrava qualquer surpresa. Já Albert, estava em choque. Na sua frente, Lukas J. Seed parecia um louco sendo contido por paramédicos.

— Eu recomendo que você pare de gritar e tente se acalmar para que possamos conversar como pessoas civilizadas — disse Jared.

— Que tipo de homem civilizado manda brutamontes sequestrarem alguém que só está trabalhando? — Lukas continuava falando alto.

— Enquanto não se acalmar, eles não vão soltar você!

Demorou alguns minutos até o repórter demonstrar que era possível soltá-lo em segurança. Jared fez sinal para que os seguranças saíssem e pediu a Lukas que se sentasse numa das poltronas. Fez um sinal carinhoso para Albert, pedindo que se juntasse a eles. O garoto tinha nos olhos uma mescla de dúvida e assombro.

— Senhor Seed, não vou me alongar, tampouco pretendo prendê-lo ou qualquer coisa do gênero — Jared estava resoluto. — Mas quero você aqui, quando eu contar uma história para o Albert. Depois entrego sua máquina e não vou apagar nenhuma das fotos. Quando essa conversa acabar, é você quem vai decidir, por livre e espontânea vontade, se vai ou não publicar qualquer coisa a nosso respeito.

— Você é o mais perfeito idiota, Jared! — atacou Lukas.

— Jared, não estou entendendo nada — Albert estava sinceramente confuso.

— Não se preocupe, meu anjo — fez um carinho no rosto do namorado. — Vou explicar tudo. Na verdade, vou lhe contar a história de como eu fui realmente idiota durante dois anos. Você até conhece uma versão dela, mas agora vai saber como algumas coisas aconteceram de verdade.

Lukas até conseguia imaginar o que Jared abordaria, por dedução lógica. Albert, no entanto, sentia-se completamente perdido. Logo começaria a encaixar as peças, conforme o namorado dava início à narrativa.

— Você se lembra daquela noite na casa dos Jewinson, quando voltamos a nos ver pela primeira vez desde o encontro no Stanley Park? — perguntou Jared.

— Claro que sim! Aquela noite foi um horror! Você estava transtornado... chegou a socar a cara desse aí — confirmou Albert, apontando para Lukas, sentado na poltrona à sua frente.

— Exatamente! — Jared seguiu contando. — De forma rápida, você acabou me falando sobre a versão que ouvira de Julian sobre o fim do nosso relacionamento. É óbvio que ele escondeu os detalhes sórdidos, pois tenho certeza de que pretendia afastar você de mim.

— Jared, realmente não sei aonde você quer chegar.

— Muito menos eu! — fingiu Lukas.

— Bom, vou resumir para poupar a todos. Não foi Julian quem terminou comigo por ter sido "exposto de forma brutal, perdendo emprego, família e amigos" por ter uma relação comigo. Naquele momento, ele disse isso para tentar afastar você de mim, para lhe dizer que aquele furacão de fofocas na mídia não iria acabar.

— É verdade — concordou Albert. — Ele quase me convenceu!

— Sorte a minha ele não ter logrado êxito. A verdade é que fui eu quem terminou com Julian, porque descobri que ele me traía. E acredito que me traiu durante todo o tempo enquanto estivemos juntos.

— Isso é sério? — Albert arqueou a sobrancelha.

— No dia em que coloquei um ponto-final no romance, eu tinha acabado de voltar de viagem e descobri que um homem nu havia estado com Julian no apartamento horas antes de eu chegar... talvez minutos! Sabe como eu descobri isso? Pelo reflexo do safado naqueles vidros frontais. — Jared pegou o celular, fez uma busca nos arquivos em nuvem, achou a maldita foto e mostrou-a a Albert. — Veja você mesmo!

— É verdade! Dá para ver nitidamente um homem nu tirando a foto — confirmou, lamentando na sequência. — Uma pena que a câmera e a luz do flash não deixem ver a cara do filho da mãe!

— De fato, o rosto está oculto — Jared seguiu suas conclusões acerca daquela noite. — Porém, não conhecemos uma cobra pela cara dela. São os desenhos no corpo que nos revelam a serpente! — distanciou os dedos na tela do celular para aproximar a foto na imagem refletida. — Observe o detalhe!

Jared se levantou do sofá e caminhou em direção a Lukas, que não reagiu à aproximação, demonstrando algum medo do rumo que tomava aquela história. Acabou surpreendido quando ele avançou com mais força, desceu rapidamente o zíper de seu casaco e puxou ferozmente a camisa xadrez que vestia por baixo, deixando desnudo parte substancial do peito direito do jornalista.

— Veja! — Jared apontava para a tatuagem em forma de asa que Lukas trazia no peitoral. — Agora, confira na foto!

— Meu Deus! — assombrou-se Albert, ao ver a mesma tatuagem no peito daquele homem da foto, refletido no vidro como um fantasma. — É ele!

— É ele! — Jared soltou Lukas e voltou para o sofá, sentando-se novamente ao lado do namorado. Apontou para o jornalista. — Foi com esse merdinha que o Julian me traiu o tempo todo!

— Mas como você descobriu? — indagou Albert.

— Naquela mesma noite, na casa dos Jewinson! — Jared fez uma pausa rápida para respirar. — Você se lembra de quando eu acertei um soco na cara dele, né? — Ao perceber que Albert confirmara meneando a cabeça, prosseguiu: — Ele ficou todo sujo com a terra daquele vaso que quebrou. Daí, o diretor Eugene pediu para que ele subisse e trocasse a camisa, pegando qualquer uma em seu guarda-roupa. Logo depois, Nadine subiu com você chorando muito e eu fui atrás. Qual foi minha surpresa? Pela fresta da porta, eu vi esse desgraçado sem camisa e reconheci imediatamente a tatuagem!

— Achei que você estava admirando meu corpo! — Lukas passou à ironia, uma vez que não era mais possível negar qualquer das provas.

— Cale a boca, filho da mãe! — atacou Albert.

— No dia seguinte, fiz uma pesquisa nas notícias a meu respeito publicadas desde quando comecei a namorar o Julian — Jared seguia suas constatações. — Todas as vezes que alguma informação relevante sobre mim ou minha família vazava, adivinha quem era o autor do furo? O *bem informado* Lukas J. Seed! Isso me levou a crer que o caso entre os dois durou todo o tempo da minha relação com Julian, que lucrou bastante com toda a exposição pública.

— Isso é nojento!

— Digo mais. Não vou ficar espantado se os dois estiverem juntos até hoje. Aliás, também não será uma surpresa se descobrirmos que foi o Julian quem disse a ele que eu e você estaríamos aqui em Revelstoke neste fim de semana. Resta saber como Julian descobriu.

— Puta merda! — Albert levou a mão ao rosto, indignado. — Fui eu que contei para o Julian!

— Quando? — espantou-se Jared.

— Quarta-feira, na Killarney! Ele perguntou por você... disse que queria nos encontrar no fim de semana para se desculpar por aquela confusão na Rag Doll... e eu disse que não seria possível, pois estávamos planejando fazer uma viagem curta. É óbvio que ele concluiu que viríamos para cá!

— Julian é um desgraçado! — vociferou Jared.

Lukas se levantou da poltrona. Não havia o que dizer. Apenas queria sair dali o mais rápido possível:

— Você pode devolver a minha máquina e me deixar ir embora?

Jared também se levantou, mirando-o nos olhos:

— É o seguinte... você pode sair daqui e publicar as fotos que tirou e continuar perseguindo a mim e ao Albert. Você é absolutamente livre para continuar fazendo isso. Mas, vou logo avisando, eu conheço o dono do grupo de mídia que controla o *The Province*. Se você continuar nos importunando, inventando histórias a nosso respeito e todas essas coisas imundas que você tem feito, vou convidar o dono do grupo para um jantar na Kusch House e vou contar essa história que você acabou de ouvir... vou mostrar a foto... vou até oferecer uma entrevista exclusiva para revelar tudo. Vai ser um escândalo, você será demitido e duvido que consiga emprego em outro veículo de imprensa no Canadá.

— Canalha! — Lukas semicerrou a boca. — Você é um canalha!

— Eu sou canalha? — foi a vez de Jared sorrir, sarcástico. — Você é protagonista de uma história sórdida de traição e até uso indevido de um veículo de imprensa para favorecer seu amante e o canalha sou eu? Enxergue-se, senhor Seed! — pegou a câmera profissional no sofá e entregou ao repórter, sem apagar nenhuma das fotos tiradas naquela tarde. — Agora pegue isso e suma da minha frente. Pense muito no que eu te disse antes de publicar novamente algo sobre mim ou sobre o Albert.

— Você sabe que eu não vou publicar... não vale a pena!

— Muito inteligente da sua parte! — ironizou Jared.

— Também não vou mais importunar vocês dois... ou qualquer um da sua família — o repórter estava realmente rendido. Não havia mais o que fazer.

— Bom saber!

Ao abrir a porta, uma lufada de vento frio e neve entrou. Lukas percebeu que o sol já havia se posto e a noite caíra. Voltou-se para Jared e questionou:

— Pode pedir para um daqueles brutamontes me levar de volta à ponte, do outro lado do rio? Meu carro ficou lá quando seus caras me pegaram.

— Você não tem vergonha na cara mesmo, né? — Jared foi em direção a Lukas, empurrando-o para fora da cabana. — Saia da minha frente agora! Vá andando até seu carro. Uma caminhada vai te fazer bem. Se não fizer bem para a mente, ao menos fará bem para o corpo, que não está tão em forma como você acha!

— Você é um canalha, Jared! — repetiu Lukas.

— Por que você não tenta usar essas asas que tem no peito? Suma da minha frente! E espero nunca mais colocar os olhos em você!

▶

A noite já estava instalada quando o Bentley estacionou em frente ao número 6977 da McKinnon Street. Emma e Nadine se entreolharam. Não seria uma conversa agradável, disso tinham certeza. É provável que fossem viver um confronto brutal. Esse último suspiro antes do início da batalha é mais dramático do que uma morte shakespeariana.

Abigail vestia apenas um roupão velho e tinha uma toalha envolta na cabeça quando abriu a porta. Por um momento considerou a possibilidade de ter um AVC ou um ataque cardíaco.

— Senhora Tremblay, boa noite! — disse Emma, ainda insegura. *Como alguém atende à porta vestida desse jeito?*, pensou. Tratou de continuar: — Meu nome é Emma Car...

— Eu sei quem é você! — atravessou Abigail, sem deixá-la concluir. — O que faz na minha casa?

— Nós precisamos conversar.

— Não tenho muito tempo para conversas. Hoje temos culto e não posso faltar com minhas obrigações.

— Abe, é um assunto importante — interveio Nadine.

— Sabemos que você deve ser muito ocupada, especialmente com seus compromissos religiosos — havia um toque de sarcasmo na fala de Emma, que havia recebido um pequeno briefing sobre aquela mulher no trajeto desde a escola. — Não pretendemos ocupar muito do seu tempo.

Assustadora era a bagunça naquela sala. Tão logo entraram, avistaram copos sujos sobre o velho sofá rasgado, garrafas d'água vazias no chão, restos de pizza ainda na caixa, ocupando a mesa de centro. Duas formas azuis de gelo jaziam ao lado da TV na estante, bem abaixo de um calendário com passagem bíblica grudado com pedaço de fita-crepe. Um abajur, que de tão sujo, deixou de ser branco e passou a ser amarelado, ficava em cima de uma caixa de som.

Emma se sentou bem na beirada do sofá e Nadine optou pela poltrona cinzenta ao lado, de onde foi obrigada a retirar tabloides e revistas de fofoca velhos. Abigail fora se trocar.

— Não consigo imaginar que aquele garoto lindo e educado tenha conseguido sobreviver neste lugar! — disse Emma, sussurrando e recebendo de Nadine apenas um aceno de concordância.

Não demorou para que Abigail voltasse à sala, sentando-se ao lado de Emma no sofá, ainda sacudindo os cabelos maltratados e molhados.

— Vou logo avisando que, se o assunto for aquele ingrato, nossa conversa nem precisa começar! — taxou a mulher.

— Ele está doente! — adiantou-se Emma, dadas as circunstâncias. — Precisa da sua ajuda.

— Agora ele precisa da minha ajuda? Na hora de fornicar com seu filho no meio do parque, na escola e sabe Jeová onde mais, ele não pediu a ajuda de ninguém! — Abigail encarou Nadine antes de questionar. — Ou pediu?

— Essa não é a questão, Abe... — tentou Nadine.

— Nunca é! — a mulher parecia firme. — Satanás nunca revela seus verdadeiros objetivos de imediato. Ele sempre dá voltas. Rodeia, como serpentes.

— Senhora Tremblay, eu não vim até aqui fazer rodeios — asseverou Emma.

— Então, diga logo a que veio.

— É uma emergência! Seu filho está doente e talvez apenas a senhora possa salvar a vida dele.

— Deixe-me dizer uma coisa. Não considero mais Albert como um filho. Ele fez as escolhas dele. Todas erradas.

— Não diga uma bobagem dessa! — interferiu Nadine.

— Por mais que as mães ensinem seus filhos a só fazerem o que é certo, um dia eles crescem e serão tentados a fazer tudo que há de errado. Jeová nos criou perfeitos. Nós é que estragamos tudo!

— Seu filho é um rapaz incrível... bonito, simpático, educado.

— É como Paulo diz na Segunda Carta aos Coríntios, capítulo 11, versículo 14: "E isso não é de admirar, pois o próprio Satanás se disfarça de anjo de luz".

— Senhora Tremblay, não vim aqui discutir suas crenças — Emma não estava acreditando no que ouvia daquela mulher, mas tentava manter a sanidade daquela conversa. — Respeito você, sua religião e qualquer manifestação de fé. Mas, realmente, não estou aqui para discutir isso.

— Então, diga logo o que você quer!

— Seu filho tem uma doença grave — disse a atriz, sem precisar encenar. Aquilo era a vida real, como ela nunca havia experimentado. — Eu vim aqui como mãe... que você também é! Ele está precisando da sua ajuda neste momento.

— É o preço. É o castigo! — Abigail tinha decorado todas as passagens que o ancião Daniel havia usado para convencê-la de que era preciso cortar em definitivo os laços com Albert. Era hora de usá-las mais uma vez. — Sabe o que diz Tiago, no capítulo 1, versículos 14 e 15? Ele diz: "Mas cada um é provado ao ser atraído e seduzido pelo seu próprio desejo. Então o desejo, quando se torna fértil, dá à luz o pecado; e o pecado, quando consumado, produz a morte".

— Abe, como você pode dizer isso do seu próprio filho? — Nadine também custava a acreditar naquela barbaridade.

— Então a senhora prefere ver seu filho morto? — perguntou Emma.

— Não foi o que eu disse — Abigail não pretendia ceder. — Ele escolheu morrer quando se deixou seduzir pelo seu filho. Agora, não me interessa se os dois querem viver chafurdados no pecado. Mas que vivam assim bem longe de mim. E assim como foi viver longe e me fez perder tantas coisas que eram importantes, vai acabar morrendo longe, alvo do castigo de Jeová.

— Nadine, vamos embora daqui, antes que eu vomite! — Emma se levantou do sofá e seguiu em direção à porta, seguida pela professora.

— Sabe, Emma Cartier — a mulher fez questão de citar seu nome inteiro —, nunca achei que você fosse uma boa atriz. Mas vejo que está interpretando bem sua personagem nessa história de perversão.

Emma engoliu seco. Não queria brigar, apesar de ter sido atingida em seu ponto fraco: a profissão, a carreira. Decidiu que não poderia se calar. Voltou-se novamente para Abigail, usando um tom mais grave:

— A senhora tem razão quando diz que estou aqui interpretando um papel. Estou, sim! Porque, na vida real, minha vontade é enfiar a mão na sua cara, para você aprender a nunca mais falar do seu filho desse jeito!

— Ele não é mais meu filho! — gritou Abigail.

— Sorte a dele! — revidou Emma, mais alto.

Quando ela e Nadine entraram no carro, suas mãos tremiam e ela teve vontade de chorar. Ficou algum tempo sem conseguir acionar o botão para ligar o veículo, como se o seu cérebro não conseguisse enviar as ordens em meio à nuvem de sujeira que acabara de ouvir. De repente, teve um estalo:

— Espere aqui! — disse à Nadine. — Eu já volto!

Emma voltou correndo à porta da casa de Abigail, onde tornou a entrar. Por um momento, Nadine teve medo de deixá-la lá dentro, sozinha com aquela mulher, mas respeitou o pedido.

●

A previsão do tempo estava correta: já passava das dez da noite quando o termômetro digital ao lado da porta de entrada registrava menos dois graus. O vento soprava por entre os cedros, provocando um sibilo fino e ininterrupto e, vez ou outra, causando atrito no vidro das janelas. A neve fina voava distâncias longas antes de encontrar seu lugar na imensidão branca. Dentro da cabana, o que estalava era o fogo da lareira. Jared e Albert estavam sentados no tapete da sala lado a lado, recostados no sofá e bem em frente ao fogo. Cada um enrolado numa manta de pelo e, entre eles e a lareira, uma espécie de piquenique interno na mesa de centro. Naquela noite, o restaurante que funcionava dentro do Kusch Golf Club havia preparado uma variedade de fondues doces e salgados a pedido de Jared.

— Odeio o que aconteceu hoje aqui — disse Jared.

— Você foi forte diante da situação — ponderou Albert.

— Mas, não era eu... Não sou assim, não gosto de agir assim.

— Às vezes, é necessário.

— Eu sei... e vou desgostar sempre que a situação exigir essa postura.

— Ainda não consigo acreditar que o Julian fez todos esses movimentos para tentar me afastar de você — todas as vezes que pensava nisso, um filme passava pela cabeça de Albert.

— Acho que foi além e fez mais do que sabemos — Jared expôs suas desconfianças legítimas. — Assim como foi ele quem disse onde eu e você estaríamos neste fim de semana, é mais do que provável que tenha sido ele quem disse ao Lukas que você estava na casa dos Jewinson naquela noite e como ele poderia encontrar sua mãe, a doutora Matilda e os outros na escola. Porque foi Julian quem me mandou a sua localização por mensagem!

— É provável — assentiu Albert. Em seguida, questionou: — Será que ele ainda te ama? Será que faz tudo isso por amor?

— Quem ama não faz essas coisas! Isso não é amor... e pouco me importa o que o Julian sente. Me interessa o que você está sentindo.

Jared esticou o braço e passou a mão pelo cabelo delicado de Albert, fazendo-lhe um carinho. Desde que ficaram realmente sozinhos na cabana, percebeu que o namorado parecia um tanto constrangido todas as vezes que tentava se aproximar. Não queria forçar nada. Jamais faria isso. No fundo, sabia quão importante e simbólica deveria ser a primeira noite de amor entre os dois. Também imaginava que seria a primeira vez de Albert. Portanto, era preciso deixar fluir para que tudo fosse perfeito.

Albert estava ansioso. Tinha medo de não saber o que fazer na hora certa. Tinha visto alguns vídeos na internet e achou que as posições eram meio frias e outras pareciam espetáculos de contorcionismo. Em meio a tantos pensamentos, saiu pela tangente:

— Fay uma vez me disse que fondue combina com vinho — disse, pegando a taça com refrigerante.

— Ela está certa! — concordou, apresentando sua ressalva. — No entanto, neste momento o senhor não pode tomar bebidas alcoólicas. Portanto, contente-se com essa taça de Pepsi!

— Mas você pode! Por que está tomando Pepsi?

— Porque é melhor do que vinho!

— Mentira!

— É verdade! Eu já tomei um porre de Pepsi!

— Jared, não precisa fazer isso — Albert inclinou levemente a cabeça. — Você pode beber o que quiser. Não vou ficar com vontade ou com inveja. Já entendi que vou ter limites a partir de agora.

— Acho que você ainda não entendeu, né? — Jared se arrastou pelo tapete até encostar seu corpo no de Albert. — Eu sempre vou estar com você. Não importa se nessa taça tem Pepsi ou o vinho mais caro do mundo. O que mais me importa não está dentro da taça.

Os dois se abraçaram e se beijaram. Jared deslizou a boca levemente pelo pescoço de Albert e percebeu quando sua respiração quente causou um arrepio de corpo inteiro. Sentiu cada dedo quando a mão do namorado alcançou sua nuca e apertou com força. Afastou-se apenas o suficiente para que seus olhos se encontrassem. Não era preciso dizer nada. A mais poderosa expressão dos desejos é o olhar. Levantou-se devagar e estendeu a mão para Albert, erguendo-o. Em seguida, ainda de mãos dadas, seguiram até a escada de pedra e subiram lentamente, como se estivessem num ritual. Quando chegaram ao quarto e Jared fechou a porta atrás de si, Albert pulou em seu pescoço, abraçando-o com muita força, como se atendesse a um desejo ancestral, incontrolável, e quisesse que os dois se tornassem uma única pessoa. Já embaixo do edredom, os medos de Albert foram desaparecendo conforme cada peça de roupa era retirada, e as pernas... e os braços... e as bocas... se encostavam, deslizavam e se encaixavam sem que qualquer comando racional fosse acionado. Jared sentiu a expiração mais forte de Albert quando finalmente aconteceu. Também sentiu as mãos do namorado agarrando a pele sobre suas escápulas e puxando, como se quisesse fazer brotar asas imaginárias. Era a primeira vez que voavam juntos.

●

É estranho, após uma noite perfeita, acordar e não encontrar a pessoa amada ao seu lado. Foi como se sentiu Jared naquela manhã fria de sábado, 19 de janeiro de 2019. Ainda nu, mergulhado sob dois edredons grossos e com o cabelo amassado, correu os olhos pelo quarto em busca de Albert. *Que horas são?*, pensou, na expectativa de tentar entender o porquê de estar sozinho naquela cama. Alcançou o celular na mesa de cabeceira e conferiu no display: 8h26. *Aonde ele foi tão cedo?*, questionava-se. Saltou veloz da cama quando passou por seus pensamentos a hipótese de o garoto ter sido acometido por algum mal-estar devido ao problema de saúde, ou mesmo ter perdido os sentidos. Vestiu rapidamente a calça de moletom e o casaco. Conferiu o banheiro da suíte e, depois, desceu correndo a escada para o primeiro piso. Não havia ninguém na sala ou na cozinha.

Ao afastar a cortina de uma das janelas frontais da cabana, respirou aliviado. Há alguns metros da varanda, Albert estava sentado no grande banco feito de tronco, completamente agasalhado e usando o gorro colorido engraçado que seu pai havia deixado naquela casa anos atrás. Um pouco à frente, Tungow corria, alvoroçando a camada de neve da noite anterior. Jared abriu a porta, atravessou a pequena varanda e logo percebeu os raios de um sol tímido que tentava atravessar as brumas nas margens do Columbia River. Tungow veio correndo ao seu encontro, abanando o rabo como uma bandeira e denunciando sua presença. Aproximou-se de Albert e, antes que dissesse qualquer coisa, percebeu que o violino e o arco repousavam ao seu lado, no banco de madeira.

— Você está bem? O que está fazendo aqui fora nesse frio? — perguntou Jared, enquanto colocava as mãos nos ombros do garoto, apertando leve e carinhosamente. — Ainda é cedo!

— Pode existir algo tão perfeito? — respondeu Albert com outra pergunta, divagando.

Jared flexionou o corpo e abraçou Albert por trás, apoiando o queixo bem próximo ao pescoço e falando suavemente, ao pé do ouvido:

— Nada era perfeito antes de você chegar.

— Obrigado — o garoto esfregou delicadamente sua cabeça nos cabelos de Jared. — Obrigado pela melhor noite de toda a minha vida!

— Se a sua noite foi tão boa quanto a minha — Jared sorriu, enquanto apertava um pouco mais aquele abraço. Passou pela lateral do banco, pegou o violino e se sentou colado em Albert. Tungow veio correndo, tentando entrar no meio dos dois e ganhando carinho na cabeça.

— Desculpe se fiz algo errado ontem — o garoto virou para encontrar os olhos de Jared, honestamente inseguro quanto ao seu desempenho naquela primeira noite que passaram bem mais do que juntos.

— Do que você está falando?

— Você sabe.

— Meu amor — Jared deu-lhe um beijo na boca. — Se há uma coisa com a qual você não precisa se preocupar, é com isso. Olhe para mim! Neste momento, eu sou o homem mais feliz do mundo!

— Não, não é — Albert deitou sua cabeça no ombro de Jared. — Há outro!

— É bom saber que você também está feliz.

— Eu te amo! — disse o garoto, subitamente.

Jared ouviu aquelas palavras como uma música. De fato, não esperava uma declaração tão cedo, mas compreendera perfeitamente o impulso de Albert. Ele próprio havia se contido várias vezes durante aquela noite, quando teve vontade de dizer aquilo que o coração pulsava. Não precisava segurar mais nada:

— Eu também te amo... muito!

▶

Jared e Albert ficaram algum tempo abraçados naquele banco de madeira, deixando os raios de sol tentarem se sobrepor à brisa gelada que vinha do Columbia River.

— Vou fazer um café bem quente! — disse Jared, entregando o violino para Albert. — Se trouxe o violino, é porque pretendia tocar algo... O que você teria para este momento?

O garoto empunhou o instrumento, pegou o arco, posicionou o queixo e começou a tirar as primeiras notas de "Can't Help Falling in Love", eternizada por Elvis Presley.

— Clássico! — Jared se levantou, beijou o rosto de Albert e deu-lhe uma piscadela. — Bela escolha!

Ao se aproximar da porta de entrada da cabana, Jared se virou para olhar mais uma vez para o amor de sua vida sentado naquele banco, tocando violino. Lembrou a primeira vez que o viu, no Stanley Park. Agora, ele estava ali, dizendo em notas musicais que não poderia deixar de se apaixonar. Entrou e foi para a cozinha, deleitando-se com o som. Procurava a cafeteira no armário sobre a pia, quando percebeu que a música foi interrompida bruscamente. Passou, então, a ouvir os latidos fortes de Tungow. Voltou à porta de entrada e foi tomado por um arrepio que lhe correu a espinha, eriçando os pelos dos braços e das pernas. O cachorro latia em sua direção, como se lhe pedisse ajuda. O violino estava caído no chão, ao lado do banco. Jared viu os filetes de sangue escorrendo pela parte inferior do tampo e pelo estandarte, passando pela queixeira e alcançando a neve branca que cobria o chão. Conforme a camada porosa de gelo absorvia o líquido vermelho escuro, a área ao redor ganhava tons cor-de-rosa, tingindo o entorno daquela cena tétrica. Correu, em desespero. Albert havia tombado para o outro lado do banco, completamente inconsciente, vertendo sangue pelo nariz e pelo canto da boca.

— Albert! Albert! — chamava, tentando resgatar o garoto daquele silêncio frio. — Albert, abra os olhos! Albert!

Tomou-o nos braços e o levou para dentro da cabana. Deitou-o no sofá da sala. Várias vezes passou a mão em seu rosto, consumido por um desespero que jamais sentira antes. Subiu a escada em três passos largos e entrou desarvorado no quarto, levando um tombo ao tentar fazer a curva na lateral da cama. Levantou-se rápido, pegou o telefone celular na mesa de cabeceira e ligou para a emergência, sendo atendido já no segundo toque:

— Por favor, preciso de uma ambulância... rápido!

— Senhor, qual o seu nome e o que está acontecendo? — questionou a atendente do outro lado da linha.

— Meu namorado está desmaiado, sangrando... e precisa ser atendido imediatamente! — explicou Jared, descendo a escada novamente em três passos largos e indo ao encontro de Albert no sofá. — Meu nome é Jared. Estamos no Kusch Golf Club, na península. Na cabana particular. Venham rápido, por favor!

— Senhor, seu namorado está machucado? Ele está respirando?

— Não está machucado e está respirando muito devagar! Ele tem um problema de saúde grave... Venham rápido!

— Tente manter calma. A ambulância já está a caminho. Mas fique comigo ao telefone. Não desligue!

— Albert! — com a outra mão, Jared segurava com força a do garoto e lágrimas desciam pelo rosto. — Aguente firme! Não vai ser agora... Agora não!

dogma

Dogma não é uma verdade absoluta, um princípio fundamental ou preceito estabelecido. Travestido em todas essas definições, um dogma, qualquer que seja, resumir-se-á invariavelmente no limite final imposto ao espírito crítico e ao pensamento. Crítica e pensamento são libertadores. Quem dessas fontes bebe, voa com leveza e alcança o que há ao longe, além do horizonte. É fechar os olhos e permitir-se sentir o não cabimento em si. É uma energia que irradia do corpo, feito feixes de alma lançados na escuridão do universo. Uma sociedade crítica e pensante, portanto, é um risco para a humanidade. Porque o ser humano, por sua natureza, é medíocre. Subestima as habilidades cognitivas de todas as outras espécies, mas se recusa a refletir o mínimo e o óbvio quando um dogma lhe é imposto como instrumento de cerceio. É no lastro dessa reduzida extensão cognitiva — mas, autoproclamada racional e complexa! — que os dogmas, sobretudo os religiosos, encontram terra fértil para fincar suas raízes. A crença na danação como o martelo de um Deus cruel e justiceiro foi a justificativa para os maiores crimes já cometidos contra a humanidade. Derriscar do coração e da mente o poder da liberdade e do pensamento — e, por evidente fusão conceitual, da própria liberdade de pensamento —, sob pretexto de controle social, é a maior maldade que pode existir. É a expressão do divino sendo usada como instrumento de lobotomia da ética e da moral. É o inferno... aqui.

▸

    O helicóptero Airbus H145 decolou do gramado do Queen Victoria Hospital, em Revelstoke, exatamente às oito da manhã daquele domingo, 20 de janeiro, dia de são Sebastião. Assim que pousaram no heliponto do Sunset Beach Park, em Vancouver, uma ambulância já os aguardava para realizar o trajeto curto de um quilômetro até o St. Paul's Hospital, na Burrard Street, esquina com a Comox. O antigo hospital, cujas janelas em tom marfim se destacam em meio aos tijolos vermelhos aparentes, havia sido a indicação dos doutores Anne e Louis Bourgogne. Era para lá que deveriam levar Albert caso a situação se agravasse muito rapidamente. O quadro desenhado pelo médico evoluiu muito rapidamente. Apesar de controlado o sangramento pulmonar, a adoção da hemodiálise se tornou insustentável diante da possibilidade real de uma hemorragia ativa. Em razão da gravidade e da falta de opções, o transplante renal se tornou a prioridade.

    O St. Paul's Hospital opera os mais eficientes e seguros programas relacionados aos transplantes renais no Canadá, especialmente no que tange às doações inter vivos. Há a possibilidade de uma doação renal direta, realizada entre parentes ou amigos. Há, também, o Living Anonymous Donor, programa especial para doadores que preferem ser mantidos no anonimato. E há até a possibilidade de uma doação transversa, através do Living Donor Paired Exchange, quando o rim de um doador não é compatível com o destinatário, mas corresponde a outro par de doador e destinatário em situação semelhante. Indiscutivelmente, era a única opção para Albert.

    Emma e Charlotte estavam na sala de espera da Unidade de Internação de Nefrologia e Urologia do hospital, quando Jared entrou, muito abatido e com olheiras profundas. A mãe o abraçou, sem dizer nenhuma palavra. Não era preciso. Ela percebeu que o rosto do filho começou a tremer levemente e teve a certeza de que ele estava chorando. Charlotte se aproximou, passando a mão em suas costas, tentando confortá-lo o quanto fosse possível naquele momento.

— Jared, não fique assim... vamos fazer tudo o que estiver ao nosso alcance — disse Charlotte. — Don está cuidando para que a doutora Anne e o doutor Louis tenham um helicóptero pronto em Seattle a qualquer hora do dia ou da noite para quando precisarem vir, com autorização para cruzarem o espaço aéreo entre os dois países.

— Obrigado, Charlie — Jared tentava secar as lágrimas com a manga do casaco. Olhou para a mãe. — Nós não temos tempo... e todos os procedimentos são muito longos e burocráticos. E ainda nem começamos a buscar um doador compatível.

— Querido, eu sei que é difícil, mas você precisa manter a calma — pediu Emma, com doçura. Prosseguiu: — Conversei com o doutor Aarav por telefone e ele me disse que a doutora Anne e o doutor Louis são os melhores. Também me explicou como funcionam os exames de histocompatibilidade. Todos nos antecipamos e já fizemos: eu, seu pai, Charlie, o diretor Eugene, Nadine, até a CheTilly já se submeteu aos exames e vamos pedir a quem for preciso. Mas a probabilidade é maior entre familiares.

— Eu sei — Jared respirou fundo. — O doutor Louis me disse isso. É exatamente onde temos um problema.

— Quero que você me perdoe, mas fui à Killarney conversar com a mãe do Albert.

— O quê? Por que você fez isso?

— Porque está claro que não temos tempo — asseverou Emma. — Como mãe, ela poderia me ouvir.

— Como foi? — Jared tinha os olhos apreensivos.

— Num primeiro momento foi péssimo! — Emma sacudiu a cabeça, como se quisesse se livrar das memórias ainda vivas de dois dias atrás. — Pouco importa o que aquela mulher horrorosa disse... No final, acho que ela aceitou fazer os exames de compatibilidade.

— Ainda bem! — houve um suspiro de alívio, mas as preocupações de Jared eram maiores. — Mesmo se encontrarmos compatibilidade, eles precisam de pelo menos três semanas para preparar quem for o doador... e talvez não tenhamos esse tempo.

— Ele é forte! — Emma tentou lhe dar sustento.

— Não, mãe — as lágrimas voltaram a correr pelo rosto de Jared —, ele é frágil... como um cristal muito fino.

Emma voltou a abraçá-lo com força, como se tentasse sugar toda aquela apreensão que o filho vivia naquele momento.

— Eu o amo... muito! — disse Jared, ao ouvido da mãe. — Não posso perdê-lo... não consigo mais imaginar a minha vida sem ele.

▶

A noite já estava fechada quando CheTilly olhou pelo vidro da porta do quarto e viu Albert deitado na cama, desfalecido, pálido, com alguns aparelhos ligados ao corpo e um cateter de oxigenação inserido nas narinas. Ao seu lado, Jared dormia curvado, com a cabeça deitada sobre a mão do garoto. Ela abriu a porta com delicadeza, mas Jared percebeu sua entrada.

— Que bom que você veio! — o rapaz sorriu, completamente abatido.

— Eu não deixaria de estar aqui — disse CheTilly, caminhando em sua direção. — Jared, você está péssimo! Vá para casa, tome um banho, tente dormir... eu fico com ele esta noite.

— De jeito nenhum! — rejeitou de imediato. — Não posso deixá-lo e quero estar aqui quando ele acordar!

— Querido, se você estiver com essa cara quando Albert acordar, ele vai tomar um susto!

— É sério... quero ficar aqui com ele.

— Eu sei disso — CheTilly passou a mão carinhosamente pela bochecha e pelos olhos inchados de Jared, marcas de que havia chorado muito naquele dia. — Sei quanto você o ama... Mas, se for para casa e conseguir descansar um pouco, vai poder ajudar muito mais amanhã.

Jared se levantou e abraçou CheTilly. Mirou seus olhos por alguns instantes, como se um diálogo inteiro estivesse sendo travado no mais absoluto silêncio. A mulher então se afastou um pouco e foi em direção à poltrona de descanso, encantoada no quarto, onde depositou uma espécie de caixa de presente antiga, com listras grossas brancas e vermelhas, mas já bastante desbotadas. Sobre ela depositou sua bolsa.

— Não se preocupe, querido! Aquele médico bonitão lá fora me disse que Albert só deve acordar amanhã, pela manhã. Ele precisa descansar... e você também!

— Vai adiantar eu dizer não? — Jared tinha no rosto um sorriso triste.

— Claro que não! — CheTilly estava firme. — Vá, descanse... e pode ficar tranquilo que vou cuidar do Albert como um filho.

Jared sabia que, de fato, CheTilly tinha razão. Pegou suas coisas, deu um beijo na boca de Albert, dizendo *eu te amo* baixinho ao ouvido, relutou alguns segundos, mas acabou seguindo em direção à porta. Antes de sair, questionou:

— O que você trouxe naquela caixa? — já a tinha visto antes.

— Nada! Só alguns passatempos para atravessar a noite — respondeu.

— Qualquer coisa... me ligue imediatamente! — pediu Jared.

— Pode ir tranquilo. Ele estará seguro comigo — sorriu CheTilly.

Quando Jared saiu, a mulher se aproximou do leito e sentou na cadeira antes ocupada por ele. Arrumou os dois cobertores sobre o menino, deixando-os mais uniformes. Tomou a mão fria de Albert e a colocou entre as suas, com cuidado para não movimentar a agulha do cateter que trazia o soro. Olhou o rosto pálido de Albert, os lábios levemente arroxeados.

— Agora... somos só nós dois.

▶

Jared havia acabado de sair do banho e estava na área ao lado da cozinha colocando ração no comedouro de alumínio de Tungow quando ouviu o chamado do interfone. Assim que atendeu, a câmera exibiu o rosto de Matilda Phryne.

— Por que os nossos encontros nunca acontecem em situações agradáveis? — perguntou Jared, tão logo a advogada entrou em seu loft.

— Talvez seja porque você e sua família sejam um ímã para problemas! — respondeu Matilda, na ponta da língua.

— Então, não devo supor que você veio à minha casa apenas para uma visita!

— Não mesmo!

Ele a convidou para se sentar na sala e, mesmo desconfiado, ofereceu um café, o que foi prontamente negado. Jared sabia que uma pessoa que chega à sua casa e nega café, ou sofre de intolerância à cafeína, ou vem com uma animosidade acima de qualquer tom esperado.

— Em que posso lhe ajudar, doutora Phryne?

— Vou ser objetiva — ela realmente parecia resoluta. — Vim pedir que você e sua família parem de assediar Abigail Tremblay.

— Do que você está falando?

— Sua mãe procurou a minha cliente e ofereceu dinheiro para que ela se submetesse a exames referentes a um transplante de órgãos. Isso é crime pelas leis vigentes!

— Isso é um absurdo! — Jared estava perplexo com aquela acusação. Ainda assim, argumentou: — Até onde estou sabendo, a senhora Tremblay ainda não deu uma resposta se vai realizar qualquer exame.

— Ela não vai!

— Então...

— Ela ter se negado não anula o fato de sua mãe ter tentado comprá-la.

— Olha, eu não sei quem disse a você essa sandice, mas, repito, minha mãe jamais faria isso.

— Mas fez! — Matilda ficou ainda mais sisuda. — Porém, esse não é o cerne da questão. Abigail está desesperada! Anteontem, assim que sua mãe foi embora, Abigail denunciou ao ancião Daniel o que vocês pretendem fazer com Albert e a Congregação me pediu para acionar a Corte da Colúmbia Britânica e tentar impedi-los.

— Isso é um absurdo! — Jared levantou do sofá num salto. — Não se atreva a fazer isso!

— Eu já fiz! — a advogada tirou duas folhas de papel de sua bolsa e as entregou para Jared. — Aqui está! É uma decisão cautelar da juíza Patricia Merrick, da Corte Provincial. Ela proíbe que seja feito qualquer procedimento médico em Albert até que seja realizada uma audiência sobre o caso.

O rapaz pegou a decisão e leu com alguma atenção. Ainda que não soubesse detalhes técnicos, era fácil a compreensão de que, enquanto ela estivesse vigente, Albert não poderia ser submetido a nenhum procedimento considerado "invasivo", conforme destacado na liminar. Como querelantes figuravam Abigail Tremblay e o Salão do Reino das Testemunhas de Jeová de Killarney.

— É inacreditável — Jared estava assombrado com aquele movimento. — Aqui diz que a "alegação dos autores é de que uma intervenção médica dessa natureza fere um dogma secular da religião do paciente".

— *Ipsis litteris!* — concordou Matilda, em latim.

— Vocês perderam a cabeça? Isso aqui não faz nenhum sentido. Nós vivemos num país livre, onde o Estado é laico e não há a menor possibilidade de que essa decisão tenha fundamento.

— Jared, já lhe disse isso uma vez há alguns meses e vou repetir agora. Não me importa o que você acha! Não estou aqui para discutir *achismos*.

— O que vocês estão fazendo é um crime! — ele tinha os olhos marejados.

— Não... não é um crime! — Matilda mantinha os olhos fixos no rapaz. — Na minha religião, nós temos preceitos muito severos com relação a isso. É um atentado aos ditames de Jeová tentar inocular em um de seus filhos uma parte de outro. É inaceitável que uma pessoa transmita seus pecados a outra.

— Isso é loucura, doutora Phryne! Nós estamos falando de salvar uma vida!

— Não, nós estamos falando em salvar uma alma.

Assim que Matilda deixou o loft, Jared ligou imediatamente para Charlotte. Era quem melhor poderia ajudá-lo naquele momento:

— Charlie, preciso dos melhores advogados do Canadá!

●

CheTilly pegou a velha caixa que trouxera consigo e sentou na cadeira ao lado do leito de Albert, que permanecia na imobilidade da inconsciência profunda. Abriu a caixa, repleta de polaroides e pegou uma delas. Sorriu.

— Eu sei que deveria esperar você estar acordado e menos frágil para ter essa conversa... nem este é o melhor lugar. Mas você precisa entender que eu tenho medo — uma lágrima saltou, ganhando a cor do lápis que usara na maquiagem, percorrendo o rosto e deixando um rastro como numa máscara de pierrô. — Então, considere isso um ensaio para quando eu encontrar coragem para ter essa conversa com você acordado, olhando nos seus olhos. Porque você vai sair dessa e merece saber a verdade. Primeiro, quero lhe mostrar algumas coisas.

CheTilly levou a foto para a altura do peito de Albert, mostrando-a como se o garoto estivesse olhando para aquela polaroide com aspecto de velha, já bastante desbotada.

— Você estava tão bonitinho nessa foto! Tinha só seis anos de idade e já estava fazendo uma peça de teatro na escola! Eu percebi que aquela fantasia de lagarta estava te incomodando... estava apertada demais, né? Mas você não desistiu e não deixou que ninguém percebesse. Como eu sei? Tinha as pernas gordinhas e eu vi que estava difícil de se mover. Fiquei tão orgulhosa da sua força!

Ela pegou outra polaroide:

— Nessa aqui, você e a Fay estavam no balanço do parquinho da Captain Cook Elementary School. Você tinha sete anos e gostava quando empurravam o balanço bem alto. Não sei o que vocês dois tanto conversavam, mas estavam tão sérios naquela tarde! — destacou outra foto que estava grudada no verso. — Veja esta! Hoje quando o vi nessa cama de hospital, lembrei-me do dia dessa foto. Você deitado num leito de hospital, após a cirurgia. Tão pequeno... tão frágil... mas já lutando pela vida após uma série de complicações da apendicite. Uma das enfermeiras frequentava a Rag Doll em seus primórdios e me permitiu entrar rapidamente de madrugada para vê-lo por alguns instantes. Fiquei dilacerada... e tudo que desejei naquele momento era poder trocar de lugar com você e não permitir que passasse por todo aquele sofrimento.

CheTilly pegou mais uma:

— Essa aqui é especial! Foi quando o entregador chegou com a caixa, você abriu e viu um violino, fez uma cara de estranhamento que me fez rir por semanas! Mas eu estava certa, você se encantaria com o violino. Olhe aqui na foto! Na primeira vez, sem saber como aquilo funcionava, colocou o instrumento na posição correta e passou o arco pelas cordas. Foi incrível! Você deve se perguntar até hoje quem mandou aquela encomenda — ela sorriu, orgulhosa. — Fui eu!

Revirou as centenas de fotos dentro da caixa até encontrar aquela que queria, desta vez uma mais recente, ainda com cores vivas:

— Essa é inesquecível! Naquela manhã de domingo no Stanley Park, no ano passado. Você estava sentado sozinho num banco do Hallelujah Point tocando a "Vocalise" do Rachmaninoff quando tirei essa foto. O vento estava revirando seu cabelo e acabou trazendo uma folha amarela que grudou no violino. Você parou de tocar, mas nem teve tempo de tirar a folha. Ela saiu voando sozinha, como se tivesse vida. Uma borboleta que não quis pousar.

CheTilly sentiu em Albert uma respiração mais profunda. Quando virou levemente a cabeça, seus olhos encontraram os olhos do garoto. Abertos. Uma expressão de incompreensão, assombro e, sobretudo, medo. Fez-se um silêncio sepulcral.

II

Nem sempre uma borboleta é a folha que se desprende, a flor que voa ou a origem de um furacão. Frágeis, a vida as obrigou a desenvolver uma habilidade poderosa: a capacidade de se disfarçar para enganar seus predadores. Um de seus truques mais comuns é, também, uma bênção da natureza. Em geral, o esplendor colorido de uma borboleta está na parte dorsal de suas asas, que quando abertas ao mundo exibem verdadeiras aquarelas. Entretanto, a parte ventral tem a cor do ambiente onde ela vive. Ao fechar as asas, camuflada fica. Seus algozes não conseguem distinguir. Outro bom truque usado pelas borboletas é a tanatose. Diante de uma ameaça, ela não voa ou faz qualquer movimento. Fica imóvel. A delicadeza alada se finge de morta para enganar os predadores.

Certo dia, um homem perguntou para a borboleta:

— Se é para ficar a maior parte do tempo parada, escondida entre as folhagens e troncos ou fingindo-se de morta para sobreviver, por que passar por todo aquele sofrimento para deixar de ser uma lagarta?

Ela abriu as asas e respondeu:

— Porque, quando voar, você vai saber que sou eu.

•

Albert imaginou estar imerso em um sonho estranho. O corpo doía e não conseguia sentir plenamente seus membros. A visão ainda estava meio turvada. Quando os sons começaram a construir frases com sentido, ouviu trechos de uma história esquisita. Abriu os olhos e decidiu ficar imóvel, forçando-os para focar nas polaroides que lhe eram mostradas por uma mulher de unhas compridas e cabelo loiro acastanhado, jogado sobre seu peito, impedindo-lhe de ver seu rosto. As imagens revelavam trechos de sua própria infância, adolescência e daquele começo de vida adulta. Algumas desbotadas pelo tempo. Outras vívidas, de colorido intenso, como os sentimentos que afloravam em seu coração naqueles últimos meses. Quando finalmente seus olhos encontraram os olhos daquela mulher, reconheceu CheTilly de imediato. Mas a dúvida que se agigantava era sobre quem, de fato, ela era.

— Quem é você? — perguntou Albert, falando baixo e sentindo a garganta seca pelo oxigênio soprado pelo cateter em seu nariz.

— Albert... que bom que você acordou! — havia uma mescla de alegria e desespero nas palavras de CheTilly. Se, por um lado, estava feliz por ver o garoto recobrar os sentidos, por outro, sentia que seu coração iria lhe arrebentar o peito diante da possibilidade de ele ter ouvido tudo que falara sobre as fotografias. *Quanto ele ouviu?*, era o pensamento que se repetia.

Albert percebeu que sua mão esquerda agora repousava sobre as mãos daquela mulher. Puxou-a com força, pois não queria ser tocado. Estava apavorado.

— Ei! Não faça movimentos abruptos — pediu CheTilly.

— Quem é você? — ele olhou ao redor: — Cadê o Jared? Onde eu estou?

— Você não passou bem nas montanhas. Agora, já está em Vancouver, no hospital. Não se preocupe, vai ficar tudo bem!

— Onde está o Jared? — insistiu Albert.

— Ele foi para casa tomar um banho e daqui a pouco estará de volta. Mas ficou todo o tempo do seu lado e disse que queria estar aqui quando você acordasse. Só não sabíamos que seria tão cedo!

O garoto sentiu a boca tremer e um nó se formar na garganta.

— Por que você tem fotos minhas? — perguntou, sentindo os olhos marejarem, uma vez que pressentiu qual seria a resposta. — Por que estava me falando aquelas coisas?

CheTilly se levantou lenta e delicadamente. Fechou a velha caixa de presente e foi à poltrona encantada, depositando-a no assento. Ficou algum tempo de costas para o garoto, tentando respirar, como se o ar estivesse rarefeito. *Ele viu e ouviu tudo!*, constatou em pensamento. Ainda de costas, tentou um último argumento.

— Você não está bem. Está num leito de hospital. Não é a melhor hora para termos essa conversa.

— Você é meu pai? — perguntou Albert, grave, sentindo lágrimas quentes descerem pelo rosto.

Ela fechou os olhos com força. Apertou os lábios e respirou profundamente quando aquela pergunta entrou pelos ouvidos e gelou cada vértebra da coluna. Havia chegado o momento de revelar o acorde secreto.

▸

 O Jeep vermelho entrou na Lions Gate sem encontrar trânsito àquela hora da madrugada. Apenas as luzes subindo pelos tirantes, formando dois arcos com os pilares da ponte e iluminando parte da English Bay e as brumas deslizando sobre suas águas. Jared não conseguiu dormir. Sequer tentou. Tudo que queria naquele momento era estar junto de Albert. Entrou no carro e partiu de West Vancouver rumo ao St. Paul's Hospital, em Davie Village. Retirou o pen-drive do sistema de som do veículo, deu dois toques na tela e deslizou o dedo para que uma rádio aleatória fosse encontrada. Não sabia o que queria ouvir. O desejo era apenas que uma outra voz, qualquer que fosse, assumisse o controle naquele momento, quando seus pensamentos vagavam ao redor de Albert. Foi uma fração de segundo o tempo necessário para que o sistema de som localizasse uma rádio e os primeiros acordes da música. Era Rufus Wainwright cantando "Hallelujah". Aceitou. Acelerou o carro. Era 1h16 do dia 21 de janeiro de 2019.

▸

 CheTilly tentou não fazer barulho com os saltos de seu sapato ao entrar na capela do St. Paul's Hospital, mas era impossível. Havia apenas um senhor, sentado à terceira fileira de cadeiras de madeira com estofado azul, concluindo suas orações. Ele fez o sinal da cruz e se levantou para deixar o local. Quando passou por aquela mulher com a maquiagem do rosto completamente borrada pelas lágrimas, o senhor puxou do bolso um lenço e lhe entregou. Ela agradeceu com um leve aceno de cabeça e ele lhe concedeu seu olhar mais tenro, emoldurado pelos cabelos brancos como a neve, contrastando com as marcas profundas deixadas pelo tempo. Aquele senhor colocou a mão com delicadeza no ombro de CheTilly e lhe disse:

— Tenha fé! Deus há de resolver tudo.

Quando o homem a deixou, ela foi em direção ao pequeno altar de mármore e, secando as lágrimas com o lenço que tão gentilmente recebera, contemplou a imagem de Jesus Cristo crucificado, iluminado por dois spots de luz amarela. Ajoelhou-se e rezou. E ninguém jamais saberá o teor da conversa que tivera com o Pai naquela madrugada fria de verdades plenas.

▶

Quando Jared abriu a porta do quarto, encontrou apenas Albert, sentado, apoiado pelo encosto da cama que havia sido reclinado para a frente. Diante dele, a caixa de presente de CheTilly aberta, donde o garoto retirava polaroides. Não havia sinal dela no quarto e Albert chorava baixo, ensimesmado.

Jared correu para lhe dar um abraço.

— Meu amor! — sentiu que o garoto lhe apertava com força. — Perdoe-me por não estar aqui quando você acordou. O que aconteceu? Por que você está chorando?

— Tire-me daqui... por favor! — implorou Albert, agora soluçando.

— Fique calmo! Você não pode ficar assim.

— Leve-me para casa! Vamos voltar para a cabana!

— Meu amor — Jared se sentou ao lado de Albert na cama, envolvendo o corpo do namorado com um dos braços e levando o outro ao rosto do rapaz, passando o dedão em sua bochecha encharcada pelas lágrimas. — Meu amor, tudo o que eu queria era poder tirar você daqui e levá-lo para a nossa casa nas montanhas, mas não posso. Você precisa ficar aqui alguns dias e eu não vou mais sair de perto de você.

Jared revirou as fotos na caixa, apenas para conferir se as fotografias eram as mesmas que CheTilly tinha lhe mostrado havia quatro meses, quando foi procurá-la na Rag Doll. Confirmada a suspeita, teve a certeza de que Albert precisava mais dele naquele momento do que em qualquer outro.

— Onde está CheTilly? — perguntou, ainda temendo pela resposta. — Aonde ela foi?

— Ele — o garoto fez questão de flexionar o gênero do pronome. — Você quis dizer... ele!

— Albert...

— Você sabia? — era visível o assombro do namorado.

— Sim... eu sabia.

— Há quanto tempo você sabe?

— Desde aquela época que fomos obrigados a nos afastar.

— Por que você não me contou? Por que não falou a verdade?

— Não era eu quem tinha de lhe contar... Eu até pensei, algumas vezes, mas não tinha esse direito — Jared voltou a levar à mão ao rosto de Albert para secar suas lágrimas. — Sinto muito, meu amor.

— Não sei o que fazer — disse Albert, sentindo-se perdido. — Não sei o que sentir!

— O que foi que ela disse?

— Ele! — reiterou o pronome masculino. — Ele deixou essa caixa. Tem muitas fotos minhas, desde quando eu era bem pequeno... coisas que eu nem lembrava mais.

— Essas fotos são incríveis! É a sua história inteira, meu amor!

— Você já as viu?

— Sim... Quando CheTilly invadiu meu apartamento para me contar, percebi que eu poderia confiar nela. Quando houve aquela Ordem de Restrição, foi a única pessoa que eu pensei em procurar para conversar. Não sabia o que fazer... e ela me mostrou essas fotografias.

— Olhar essas fotos é meio assustador — Albert ainda estava com a voz embargada. — É como se eu tivesse vivido todos esses anos com um espião ao meu redor.

— Meu amor, ela é uma ótima pessoa! Não era um espião... um stalker... Era alguém que não podia se aproximar de você, mas fez questão de participar dos momentos mais importantes da sua vida — Jared colocou a mão no peito de Albert. — Isso deve significar alguma coisa para o seu coração... ou não?

— Ele também deixou isso aqui — o garoto preferiu não responder e alcançou outros dois objetos que estavam dentro da caixa. — Uma boneca velha, de pano... e uma carta. Ele disse que eu já tinha a resposta, mas que naquela carta havia uma justificativa, se algum dia me interessasse saber.

— E você já leu?

— Não.

— Quer ficar sozinho para ler?

— É exatamente isso que eu não quero! — Albert esticou o braço, quase arrancando o soro, para alcançar o bíceps de Jared. — Eu quero ler... preciso... mas não quero fazer isso sozinho. Você fica comigo?

— Sempre!

Jared deu-lhe um beijo leve na boca. Alcançou o controle remoto da cama e a reclinou um pouco mais, de forma a não ficarem nem sentados, nem deitados completamente. Ligou o abajur ao lado da cama e nela se deitou, grudado com Albert, que começava a abrir o envelope.

— Eu não consigo! — o garoto lhe entregou a carta. — Você lê para mim?

— Claro, meu amor!

Jared, então, desdobrou as três partes daqueles papéis, cobertos por palavras escritas à mão e com uma caligrafia bonita. Começou a ler:

Albert, meu filho...

⏮

CheTilly desceu do táxi e cumprimentou rapidamente os clientes que ainda estavam na fila em frente à Rag Doll para entrar na balada em homenagem à chegada do outono. Era a primeira hora daquele 23 de setembro de 2018. Deu um beijo no rosto de Johan e avisou que não estava se sentindo muito bem naquela noite. Disse que iria subir, tomar um remédio e descansar um pouco. Conhecendo-a tão bem e havia tantos anos, o marido sabia que aquela era a deixa dada quando CheTilly queria ficar sozinha. Apenas deu-lhe uma piscadela e retribuiu o beijo. Ela pegou a velha caixa de presente e subiu para o terraço, onde o ar fresco e as luzes da noite em Vancouver seriam a companhia ideal. Consigo levou uma caneta e um bloco de papel. Sentou no sofá, sob a pérgola, ficou algum tempo olhando as polaroides e assumiu que era hora de escrever aquela carta, sem saber exatamente quando ela seria entregue.

Albert, meu filho,

O outono acaba de chegar. Do alto da minha casa, vejo a cidade e sinto a mistura de vento quente e seco de um tempo e a brisa fria e úmida doutro. Como se duas vidas fossem capazes de coexistir pacificamente em um mesmo corpo. Na verdade, não há paz. É, e sempre será, um duelo.

Hoje foi um dia especial. Falei com você pela primeira vez em quase dezenove anos. Isso não significa que não tenha tentado antes. Se estiver lendo esta carta, significa que também terá em mãos todas as fotografias dos principais momentos da sua vida. Estive em todos eles. Acompanhei cada passo. Registrei cada detalhe. Nunca estive longe, por mais que você não soubesse disso, o que dilacera minha alma.

É provável que você jamais me perdoe por essa ausência, mas é meu dever neste momento tentar esclarecer as minhas razões. Não em busca de perdão, tampouco compaixão. Quero apenas lhe contar a minha versão da história e lhe dizer o quanto é importante e amado.

Meu pai era um homem bruto, tosador de cavalos no distrito de Mission, não muito longe de Vancouver, às margens do Fraser River. Eu, filho mais novo de seis irmãos, era criança quando ele me levou pela primeira vez para ajudá-lo no trabalho e, ao invés de cortar a crina do cavalo, fiz-lhe uma bela trança! Apanhei durante todo o caminho de volta para casa e meu pai obrigou minha mãe a me dar um banho de salmoura para "purificar meus pecados". Todos os meus irmãos riram. Naquele dia, aprendi que as coisas que imaginava para mim eram incompatíveis com as expectativas do meu pai. Entretanto, a natureza humana é muito mais poderosa do que qualquer tentativa torpe de a negar.

Alguns dias depois, quando voltava da escola, fiquei apaixonado por uma boneca de pano à venda na vitrine de uma loja no centro da cidade. Implorei à minha mãe para que comprasse e ela disse que, além de não ter dinheiro para tal, não teria como explicar aquilo ao meu pai e acabaria ela própria na salmoura. Chorei noites inteiras por aquela boneca.

Anos mais tarde, quando conheci Abigail, minha mãe estava muito doente e meu pai disse que era meu dever dar a ela a felicidade de assistir ao casamento do filho caçula, o único solteiro até então. Casamo-nos no inverno de 1994 e estava prestes a completar vinte e cinco anos de idade. Minha mãe morreu dois meses depois, vencida por um câncer. Meu pai morreu no final daquele mesmo ano, atingido na cabeça pelo coice de um cavalo. Como você pode imaginar, foi um dos anos mais difíceis da minha vida.

No ano seguinte, nos mudamos para a casa da McKinnon

Street, em Killarney. *Tínhamos uma vida difícil. Eu havia estudado pouco. Não pude frequentar uma universidade, como eu queria, mas sempre fui uma pessoa esforçada, curiosa e com capacidade de aprender rápido qualquer trabalho. Mas o mundo estava em plena mudança e a era digital começava a dar sinais de vida, acabando com as possibilidades de muitas pessoas como eu.*

Consegui emprego em uma transportadora de Richmond, do outro lado do Fraser. Na mesma época, sua mãe começou a frequentar o Salão do Reino das Testemunhas de Jeová. Nosso casamento era péssimo e ser obrigado a frequentar aquele lugar era tortura ainda maior. Mas quando você, por mais que queira, não pode mudar uma situação, a única alternativa é suportar.

A virada do milênio foi um tempo estranho. Os servos do templo acreditavam que o mundo iria acabar. Num desses lances inexplicáveis do destino, Abigail finalmente ficou grávida na primavera de 1999. Quem diria? Minha criança chegaria quase junto com o novo milênio! A conjuntura me pareceu ainda mais favorável numa noite, quando estava voltando do trabalho e avistei, na vitrine de um brechó, aquela mesma boneca de pano que me encantara na infância. Eu tive certeza de que era ela assim que a vi. Estava mais velhinha, desbotada, mas enchia meus olhos com a mesma intensidade doutros tempos. Entrei e a comprei. Daria para você quando fosse maior. Eu tinha certeza de que você seria uma menina e havíamos escolhido o nome Victoria, como a grande rainha de uma era. Sua mãe insistia que poderia ser um menino e eu concordei quando ela sugeriu o nome Albert, tal qual o príncipe consorte da era vitoriana.

Eu já gostava de costurar naquela época! Aproveitava quando Abigail não estava em casa e passava horas no porão cosendo vestidos incríveis para a boneca, sonhando, inclusive, que um dia eu poderia fazer as roupas da minha filha. Algumas vezes, pegava vestidos da sua mãe e os vestia, realizando fantasias solitárias à beira do fim do mundo. O mundo acabou só para mim naquele ano. Num desses dias, Abigail me flagrou trajando um de seus vestidos e foi um escândalo. Servos do Salão vieram à nossa casa, gritando orações como se estivessem realizando um exorcismo, e os anciãos falavam ainda mais alto, exigindo que eu fosse expulso de casa e nunca mais pisasse ali. Foi horrível!

Sua mãe não teve outra saída senão me colocar para fora... para sempre. Ela estava com a barriga enorme e faltavam poucos dias para o Natal. Diante do Conselho de Anciãos, fui obrigado a dar a minha palavra de que desapareceria da vida de Abigail e da criança que nasceria. Ela já tinha passado por humilhações suficientes e eu dei a minha palavra, mesmo com o coração partido, sangrando.

Abigail pegou a boneca de pano e a rasgou em vários pedaços, jogando-os sobre mim, do lado de fora da casa de Killarney. Eu juntei cada um deles com cuidado e fui embora, disposto a nunca mais voltar.

O ano 2000 chegou, o mundo não acabou e eu fiquei sabendo que meu filho havia nascido em 6 de janeiro, Dia da Epifania. Sua mãe tinha razão: era um menino. Era você, Albert... e eu não podia voltar atrás, colocando em risco o seu futuro.

Foi quando eu decidi me transformar. Aceitei o meu destino. Deixei de ser Chester Tillymann e me tornei CheTilly. Ergui quem eu sou hoje a custo de muito trabalho e muita dor. Encontrei uma pessoa que gosta de mim como eu sou e que me ajudou a construir a Rag Doll e tudo que temos hoje. Tornei-me quem eu nasci para ser.

Cumpri minha palavra e fiquei distante de você todos esses anos. Acompanhei tudo a uma distância segura. Comprei uma câmera Polaroid para poder registrar cada momento e só me arrisquei quando lhe mandei aquele violino de presente. Um dia, quando observava do lado de fora do templo, percebi que você mexia no violino de um músico com bem mais do que mera curiosidade. O mínimo que eu poderia fazer era permitir que a arte invadisse sua vida.

Você nem pode imaginar o orgulho que senti quando o ouvi tocar pela primeira vez... e todos os domingos naquele mesmo banco do Stanley Park. E é provável que seu som tenha atraído Jared. Porque a lei da física é uma bobagem: opostos não se atraem. Tudo que é belo só poderia atrair mais beleza.

Hoje, quando falei com você pela primeira vez, percebi nos seus olhos o brilho de quem havia se apaixonado profundamente e precisava encontrar um jeito de estar com a pessoa amada. Foi o mesmo brilho que vi nos olhos de Jared, quando desceu as escadas correndo, afastou as pessoas ao seu redor e o tomou nos braços, como um príncipe, desesperado com a possibilidade de que algo grave estivesse acontecendo com você.

Albert, não tenha dúvidas de que Jared o ama. Não duvide do seu amor por ele. Vocês se completam, como a borboleta e a flor. Parecem ter sido feitos um para o outro. Viva intensamente esse amor. Você tem a sorte de viver num tempo em que quem você é e quem você ama não podem mais ser instrumentos de destruição, ainda que alguns tenham a petulância de permanecer mergulhados na ignorância. O tempo dos estúpidos acabou. Agora é o seu tempo. O nosso tempo.

Quanto à velha boneca de pano, fiz o que pude para salvá-la. Ficaram algumas cicatrizes, mas acredito que sejam marcas que só existem naqueles que sobrevivem.

Ela é sua, se assim a quiser.

Com amor,

CHE... (complete como julgar que deve).

rag doll

O que aconteceria ao mundo se a borboleta fosse obrigada a voltar a ser lagarta? Se um simples bater de asas pode dar início ao caos, destransformá-la seria o princípio do fim. Eis que, perseguido pelo Império Romano e exilado na ilha de Patmos, no mar Egeu, escreveu João, "aquele a quem Jesus amava", sobre o Juízo Final no livro de Apocalipse, capítulo 22, versículo 13, e o que lhe havia sido dito em revelação divina:

"Eu sou o Alfa e o Ômega, o primeiro e o último, o princípio e o fim."

▸

Quando os primeiros tímidos raios de sol surgiram em Vancouver naquela sexta-feira, 25 de janeiro de 2019, o relógio de parede do saguão de entrada do St. Paul's Hospital registrava 7h53. Com o movimento ainda mínimo de carros, Jared conseguiu fazer uma linha reta entre a saída do hospital, atravessando a rua num galope e logo alcançando a porta de entrada do Elysian Coffee, no pavimento térreo do The Burrard Hotel, na esquina da Helmcken com a Burrard Street. Sentou-se a uma mesa de canto, bem embaixo de um grande mapa do Canadá feito em tecido de tons azuis. Pediu um ancuyá, um dos cafés especiais do Elysian, com notas adocicadas de chocolate, cujos grãos são cultivados na cidade que lhe empresta o nome, na região de Nariño, na Colômbia. Para acompanhar, um amaretto e um feta & kale strata.

Conectou o celular no carregador e o ligou à tomada bem ao lado da mesa. Enquanto aguardava ser servido, ficou acompanhando a mudança nas cores da Burrard Street conforme o dia raiava. Não fazia mais do que quatro graus naquela manhã e estava difícil suportar a ansiedade. De acordo com as informações que recebera, a maior parte dos exames de histocompatibilidade ficaria pronta naquela sexta-feira, e o resultado deles poderia definir o futuro de Albert. Quando o celular vibrou sobre a mesa, Jared ficou ligeiramente decepcionado ao ver no identificador que se tratava de Charlotte.

— Oi, Charlie, bom dia! — ainda assim, foi simpático.

— Bom dia, Jared! — cumprimentou a moça do outro lado da linha. — Como Albert passou a noite?

— Ele não tem dormido bem... Qualquer pessoa que seja obrigada a ficar o dia inteiro prostrada numa cama de hospital certamente não vai dormir bem à noite.

— Tenho notícias dos advogados!

— Então diga logo. Boas notícias?

— O doutor Van Dyke acabou de me ligar e disse que a juíza Merrick finalmente aceitou o pedido e vai receber as duas partes às dez e meia no gabinete dela.

— Isso é ótimo! Preciso avisar CheTilly!

— Jared, tem certeza de que vocês devem levá-la à audiência?

— Ela é o pai do Albert! É óbvio que deve estar presente! — Jared foi taxativo. Questionou: — Mas por que você está dizendo isso?

— Não me leve a mal, Jared — escusou-se Charlotte, explicando. — O doutor Van Dyke me disse que esse caso só chegou a essa situação esdrúxula porque está nas mãos da juíza Merrick. Ela é extremamente religiosa e tem um histórico de decisões preconceituosas que não nos favorecem nesse momento.

— Pouco me importa as opiniões pessoais dela! — o rapaz estava firme em suas convicções. — Ela está lá para fazer justiça, para que se cumpra a lei e não para sustentar suas crenças pessoais em decisões judiciais.

— Nós sabemos que não é assim que funciona! — Charlotte não pretendia discutir aquela decisão, sobretudo porque também concordava com Jared. — Tudo bem! Me mantenha informada.

▶

Abigail tinha o olhar tenso e curioso de quem precisava reparar em todos os detalhes. Só havia visto um gabinete de juiz nas séries da CTV. Achou o lugar bem menor do que imaginava e se sentou no pequeno sofá verde de canto. Matilda Phryne e Daniel preferiam se manter de pé, enquanto aguardavam a chegada da magistrada.

Minutos depois, a secretária abriu a porta, dando passagem ao advogado Anthony Van Dyke, um homem careca e com terno de corte perfeito, aparentando ter uns sessenta anos de idade, que lhes cumprimentou com um sorriso seco. Atrás dele, Jared Kusch, com sua calça jeans surrada e tênis Adidas, e CheTilly, com uma blusa de gola olímpica em lã mostarda, um sobretudo caramelo e botas de salto fino.

Abigail sentiu seu estômago revirar quando seus olhos encontraram os olhos de CheTilly. Não via seu ex-marido havia praticamente duas décadas, mas o reconheceu de imediato.

— Como vai, Abigail? — perguntou CheTilly logo que a viu.

Não obteve resposta. Apenas o olhar de reprovação da ex-mulher e do ancião Daniel, que também reconhecera sua antiga identidade. Matilda Phryne, por sua vez, era a expressão da curiosidade:

— Vocês se conhecem? Quem é ess...

Não conseguiu concluir suas perguntas. A juíza Patrícia Merrick entrou em seu gabinete com a ligeireza daqueles que não têm tempo a perder. Uma mulher sisuda, de pele alva, rosto quadrado e olhos amendoados. Cabelos na altura da nuca sem um fio fora do lugar. Ela retirou a toga, pendurando-a no cabide ao lado da estante de livros e processos e só então se dirigiu aos presentes:

— Não gosto de ser pressionada a receber no meu gabinete as partes de um processo — adiantou-se, exibindo pouca paciência. — Por mais que eu acredite na efetividade dos acordos, acho que eles devem ser feitos fora daqui. Não gosto de ser mediadora de debates familiares. Vocês têm dez minutos para dizer o que querem! — olhou CheTilly de cima a baixo, franzindo levemente o cenho.

— Excelência, peço desculpas por pedir essa reunião em caráter de urgência, mas as condições de saúde do meu cliente exigem celeridade — explicou-se Van Dyke. Então prosseguiu: — O paciente, neste momento, está internado em um leito de hospital aguardando uma decisão desta Corte sobre questão já pacificada nos tribunais canadenses.

— Meritíssima — interveio Matilda. — O nobre colega faz uso de uma pacificação que não existe. O paciente é um servo do Reino das Testemunhas de Jeová desde quando nasceu, bem como sua mãe, que está aqui ao nosso lado — assim que mencionada, Abigail levantou do sofá e se posicionou meio corpo atrás do ancião Daniel.

— Isso não é verdade! — manifestou-se Jared. — Vocês o expulsaram!

— Por sua causa ele sofreu sanções! — atacou Matilda.

— Peço para que se contenham! — vociferou a juíza. — Já disse que não estou aqui para mediar uma briga familiar!

— Eles não são da família, Meritíssima! — disse a advogada.

— Excelência, com todo o respeito, mas a doutora Phryne não está correta em sua afirmação — Van Dyke mantinha o tom seco, quase monocórdio. — Estes são Jared Kusch, companheiro do meu cliente, e esta é a senhora Che... — titubeou sobre como deveria apresentar. Concluiu que deveria deixar que a situação fluísse. — Esta é a senhora CheTilly, pai do paciente.

— Pai? — interrogou a juíza Merrick, descrente.

— Sim! Eu sou pai do Albert. Algum problema? — questionou CheTilly, erguendo o queixo ao perceber que a magistrada tinha o preconceito estampado nos olhos.

Matilda Phryne dirigiu um olhar fulminante para Abigail e Daniel. Não gostava de ser surpreendida. Assim que recebeu o assentimento quanto à figura paterna de CheTilly, tratou de reordenar o argumento:

— É exatamente esse o ponto, Excelência! O filho desta mulher está num leito de hospital e pessoas que chegaram agora à vida dele querem retirar a tutela desta mãe em decidir como o filho deve receber tratamento médico conforme seus preceitos religiosos.

— Meritíssima, ninguém está tentando tirar a tutela da mãe! — pontuou Van Dyke. — Mesmo porque meu cliente é maior de idade e está em pleno gozo de suas faculdades mentais. A própria dogmática da religião à qual ele pertencia, antes de ser desassociado, garante que, em caso de transplantes de órgãos, a decisão compete exclusivamente ao indivíduo.

— Doutora Phryne, o que nos diz o doutor Van Dyke é verdade. Eu mesma pesquisei sobre o assunto diversas vezes nos últimos anos — disse a juíza.

— Sim, Excelência, é verdade — assentiu a advogada. Em seguida, contra-argumentou: — Entretanto, nossa Congregação, por decisão coletiva e majoritária, não concorda com esse posicionamento. E é dever do Estado garantir as bases da liberdade de crença religiosa neste país. Isso sem falar que a mãe do paciente é contra a intervenção cirúrgica.

— Essa é a sua posição? — a juíza se dirigiu diretamente à Abigail.

— Sim... é sim, Excelência! — concordou a mãe.

— Abigail, você perdeu a cabeça? — CheTilly se revoltou. — Nosso filho está morrendo e a única coisa que pode salvá-lo é esse transplante!

— Você não é o pai dele! — gritou Abigail. — O pai dele se chama Chester Tillymann. Não é um homem travestido de prostituta!

— Como ousa? — CheTilly tentou partir para cima de Abigail, mas foi contida por Jared, que também não conseguia acreditar no que acabara de ouvir.

— Doutores, contenham seus clientes! — Patrícia Merrick bateu com as mãos na mesa e se levantou da cadeira. — Isso aqui não é um circo!

Os advogados conseguiram controlar as partes, ainda que sussurros indecorosos pudessem ser ouvidos de lado a lado. A juíza, então, suscitou uma questão:

— Doutor Van Dike, na impossibilidade de ouvir o próprio paciente e sem que exista um acordo entre seus pais — ela olhou novamente para CheTilly, em visível reprovação. — Eu concedo o prazo de vinte e quatro horas para que a família tente encontrar um consenso. Até lá, eu mantenho os efeitos da liminar concedida anteriormente. Esta reunião está encerrada.

— Meritíssima, por favor — suplicou Jared. — Não tire do Albert o direito de lutar pela vida. Eu não saberia mais viver sem ele.

— Posso imaginar, senhor Kusch — disse a juíza, com algum sarcasmo. — Eu leio os jornais!

▶

Abigail decidiu subir sozinha ao quarto que Albert estava ocupando no St. Paul's Hospital. Daniel havia se recusado a estar novamente na presença daquele que considerava um impuro e Matilda Phryne concordou com o pedido da mãe para que tivesse a oportunidade de conversar a sós com o filho. Abriu a porta do quarto com algum cuidado e percebeu que o garoto, bastante abatido, dormia com alguma tranquilidade, mesmo com soro preso à mão e o cateter de oxigênio encaixado no nariz. O único som vinha do monitor cardíaco instalado ao lado do leito. No caminho, havia pensado em algumas coisas que pretendia dizer ao filho. Talvez uma última tentativa de convencê-lo a pedir perdão por seus pecados. Estava disposta a conversar com Daniel sobre aceitá-lo novamente no seio da Congregação.

Quando se aproximou da cama, percebeu que, ao lado do travesseiro de Albert, jazia a velha boneca de pano de Chester, aquela que ela havia rasgado em pedaços no passado. Presa por seu corpo reconstruído, uma polaroide do aniversário na boate, com Albert e CheTilly montada, ambos sorrindo. Abigail pegou a fotografia e observou o quanto o filho estava feliz na imagem e como era parecido com o pai, em amplo sentido. Seus dentes trincaram e suas bochechas largas coraram. Desistiu de suas pretensões. Era um caso perdido. Rasgou a polaroide em quatro pedaços. Sem fazer barulho, pegou a velha boneca de pano e a colocou na bolsa que trazia consigo. Estacou à porta, virando-se para olhar uma última vez para Albert. *Você fez a sua escolha*, lamentou em pensamento. Quando finalmente alcançou o corredor da Unidade de Internação de Nefrologia e Urologia rumo à saída, Abigail avistou Jared vindo na direção contrária. Assim que a viu, o rapaz teve vontade de avançar em seu pescoço. Conteve-se, mas seus olhos tremiam, deixando evidentes seus sentimentos naquele momento.

— Como você tem coragem de fazer isso com ele? — perguntou.

— Da mesma forma que você teve coragem de tirá-lo de mim! — respondeu Abigail, com uma altivez que não lhe era peculiar.

— Então, é por minha causa que você quer deixá-lo morrer?

— Foi você quem destruiu a vida do Albert! E eu aposto que foi você quem trouxe de volta os demônios do passado!

— Nós só queremos o melhor para ele... Eu o amo.

— Não fale sobre algo que você não sabe o que é! — a mulher mirou os olhos de Jared. — Isso que vocês fazem não é amor. É pecado. É a face de Satanás.

Abigail cuspiu na cara de Jared e saiu a passos largos, prendendo com força a bolsa contra o peito. Ele ficou estático, vendo aquela mulher desaparecer no corredor.

Assim que entrou no quarto, percebeu que Albert estava acordando, ainda com os olhos miúdos. Ao aproximar-se da cama, viu a polaroide rasgada, jogada no chão. Discretamente pegou os pedaços e os colocou no bolso, para que o garoto não percebesse.

— Tive a impressão de ouvir a voz da minha mãe — disse Albert, meio sonolento.

— Ela esteve aqui, mas você estava dormindo. — Jared contornou: — Ela não quis incomodar. Preferiu deixar para vê-lo outro dia… quando você estiver melhor. Curado!

— Que estranho.

— O quê?

— Eu achei que tinha deixado a boneca aqui do meu lado.

— Você deve ter sonhado isso! — Jared fez um carinho no rosto de Albert. — Ela deve ter ido dentro da caixa de presente com as fotos. Eu levei para o nosso apartamento, como você pediu.

— Eu tinha certeza de que a havia deixado aqui.

— Quando eu voltar ao *nosso* apartamento, eu confiro e a trago para você! — Jared fez questão de reiterar o *nosso* ao se referir ao loft da Twin Creek Place. Já tinha percebido que Albert gostava quando ele falava assim. Entretanto, havia uma notícia mais importante a dar. — Preciso conversar uma coisa com você. Temos uma boa notícia!

— Boa notícia? — questionou o garoto, cujos pensamentos ainda estavam lentos.

— Sim, uma ótima notícia, na verdade! — Jared pegou com cuidado a mão de Albert. — Nós já temos uma doadora compatível!

— Isso é sério?

— Sim! É sim, meu amor!

— Quem é?

Jared tinha um sorriso apreensivo no rosto e não sabia como Albert iria reagir. Mas era seu dever comunicar aquela verdade inarredável:

— Eu sei que você ainda está processando todas as informações que despencaram nos últimos dias e não sei exatamente como está se sentindo em relação a elas.

— Jared, não enrole! — o garoto pressentiu e pediu objetividade.

— Os exames comprovaram que CheTilly é plenamente compatível. Se tudo der certo, ela será a doadora.

Albert respirou fundo e seus olhos marejaram.

▸

Com os dias mais curtos durante o inverno, os tons crepusculares já tomavam conta da região de Davie Village próximo às cinco da tarde, quando Jared foi à sala 1555, no primeiro andar do prédio principal, onde funciona a biblioteca do St. Paul's Hospital, espaço de estudos mantido pela Faculdade de Medicina da University of British Columbia.

Assim que atravessou o hall de entrada da biblioteca, cujas paredes em amarelo-claro ressaltavam a grande foto panorâmica de Vancouver iluminada por vários pequenos spots, Jared avistou Julian e Lukas J. Seed sentados nas confortáveis cadeiras da primeira mesa redonda. Sentou-se com eles.

— Obrigado por atender ao meu pedido — disse, olhando para Julian. Em seguida, mirou os dois. — E obrigado por virem.

— Eu sei que nós não estamos vivendo nosso melhor momento — Julian demonstrava um constrangimento sincero. — Mas quero que saiba que sempre poderá contar comigo para o que precisar.

— Obrigado, Julian.

— Como está o Albert?

— Está bem, na medida do possível... está lutando.

— Diga a ele que estimo melhoras... de coração.

— Eu vou dizer.

Lukas suspirou, com ironia, e atravessou a conversa:

— Agora que vocês dois já fizeram as pazes, por que me trouxeram aqui? Jared, confesso que, depois dos nossos últimos encontros, estou sem saber se você quer dar outro soco na minha cara ou me jogar pela janela. — Sorriu com falsidade: — O que vai ser desta vez?

— Seed, preciso de um favor — disse Jared.

— Ah! Agora você quer que eu te faça um favor?

— Jamais pediria, se não fosse muito importante e urgente.

— É inacreditável.

— Lukas — Julian pegou carinhosamente no braço do jornalista —, apenas ouça o que o Jared tem a dizer.

— Sou todo ouvidos! — novamente, distribuiu um sorriso falso.

Jared, então, contou o que havia planejado e como Lukas J. Seed poderia ajudá-lo. Parecia um pedido insólito, mas era legítimo. Ninguém estaria cometendo um crime ou alterando a verdade. O que se propunha era exatamente colocá-la para funcionar em favor de Albert.

— Entendeu o que eu preciso que você faça? — questionou Jared.

— É óbvio que eu entendi! — respondeu Lukas, lançando outra pergunta. — Mas, me diga. Por que eu faria isso?

— Seed, eu poderia ter acabado com a sua carreira e não o fiz. Poderia ter exposto toda a história de vocês dois e feito da sua vida um inferno. Portanto, você me deve uma!

— Não devo nada a você!

— Lukas, se você acha que não deve nada ao Jared, eu devo — Julian novamente interveio, reconhecendo. — Ele poderia ter exposto nosso caso. Eu poderia perder o emprego e a dignidade. Se não quer fazer por ele, faça por mim.

— Tudo bem — assentiu Lukas, fazendo questão de pontuar. — Jared, fique sabendo que vou fazer isso pelo Julian e pelo Albert, que é o mais inocente nessa história, e não por você!

⦿

CheTilly chegou a se preparar com esmero para a performance daquela noite de sexta-feira na Rag Doll: o escandaloso vestido de onça-pintada, com fenda aberta ao longo de toda a perna, o boá pink, combinando com os tamancos superaltos, a peruca loira de cachos cheios e longos, e a maquiagem propositalmente exagerada. Não conseguiu. Sabia que muitas pessoas frequentavam a casa justamente para assistir aos shows, mas sua cabeça dava voltas em busca da força necessária para fazer aquilo que havia previsto durante a audiência na Corte pela manhã. O olhar da juíza não foi apenas crítico. Foi uma rejeição.

O preconceito é, na verdade, um sanduíche de fast-food. A pessoa poderia escolher uma receita especial para o jantar, passar no supermercado e comprar os ingredientes mais frescos, chegar em casa e passar horas preparando aquela comida, colocando nela o que há de melhor em si. Mas tudo isso dá muito trabalho. É mais fácil comprar um sanduíche pronto! Combater o preconceito é um desafio de grande envergadura porque exige que a vítima ajude o seu algoz a enxergar e a seguir pelos caminhos mais longos e complexos da vida. Algumas vezes, são necessárias medidas extremas.

CheTilly tinha essa consciência. Ainda montada, subiu para seu quarto, abriu o armário e pegou uma caixa grande. Dentro dela, fedendo à naftalina, a última roupa masculina que usara. Jogou o boá sobre a cama. Despiu-se completamente. Diante do espelho da penteadeira, retirou a peruca loira e sentou-se na banqueta. Com cuidado, foi puxando cada grampo que prendia seus cabelos naturais. Balançou-os, em despedida. Na gaveta à frente, alcançou a tesoura e começou a cortá-los, mecha por mecha. Ao final, passou a mão pelos fios curtos, retirando o excesso dos aparados. Seu rosto estava borrado, cores derretidas pelas lágrimas. Pegou a loção demaquilante e o algodão e começou a retirar as tintas que a faziam deusa. Levantou-se e vestiu a roupa velha que estava na caixa. Quando terminou de abotoar o suéter de lã cinza, olhou novamente para o espelho e tudo que enxergava era o passado resgatado de um abismo sombrio. Só assim teria uma chance de salvar a vida de Albert. Tirou de cena a boneca colorida e voltou a ser Chester Tillymann. Alfa e Ômega, o princípio e o fim.

⬤

Do outro lado da cidade, Abigail teve uma noite insone. Não conseguia dissipar do pensamento a imagem de Albert e CheTilly felizes naquela fotografia, como se tivessem passado uma vida juntos. Ela própria não tinha uma foto assim com o filho. Por mais que reafirmasse para si todos os ensinamentos e doutrinas impostos pela fé que decidira abraçar na vida, era no íntimo de seus pensamentos que os demônios rondavam. Não os seres oníricos que povoam as tentações bíblicas. Seus demônios eram outros: a infelicidade, a rejeição e o sentimento de culpa, que jamais deixaram de persegui-la. *O que eu fiz de tão errado na vida para merecer esse duplo castigo?*, era a principal questão que rondava sua existência. Às vezes, os demônios são mais fortes.

Abigail não esperou o dia raiar. Pegou a velha boneca de pano e um litro de álcool e foi para o quintal dos fundos da casa amarela da McKinnon Street. Enquanto a encharcava com líquido combustível, remoeu palavras inauditas de ódio e rancor. Palavras de dor. Jogou a boneca no chão e ateou fogo.

▸

Ainda na noite de sexta-feira, Lukas J. Seed cumpriu o que havia prometido a Jared: publicou uma nota em sua badalada coluna on-line no *The Province* falando sobre a atuação da juíza Patrícia Merrick no caso de Albert. Fazendo uso de bem elaborado jogo de palavras, deixou subentendido que a magistrada estaria violando a Carta Canadense de Direitos e Liberdades, primeira e principal parte da Constituição de 1982 do Canadá e a jurisprudência consolidada pela Suprema Corte do país. A repercussão foi quase imediata. Parte do público já nutria simpatia pela relação entre Jared e Albert desde as polêmicas matérias de setembro de 2018, e aqueles que guardavam reservas foram tomados pela empatia diante do grave quadro de saúde do garoto e da luta de seu namorado para garantir que ele tivesse uma chance de sobreviver. Em minutos, as hashtags *#FreedomForAlbert* e *#PrayForAlbert* tornaram-se trending topics das redes sociais.

Era uma estratégia arriscada, que teve a anuência do advogado Anthony Van Dyke. Encurralar a juíza fazendo uso da opinião pública poderia provocar uma reação de antagonismo, mas garantia bons argumentos para o Tribunal de Apelação, caso fosse necessário.

— Onde está CheTilly? — perguntou Van Dyke, constatando que havia chegado a hora marcada para a audiência final com a juíza Merrick naquela manhã de sábado, 26 de janeiro de 2019.

— Eu não sei! — respondeu Jared, aflito. — Ela não atende ao telefone!

A secretária os convidou para entrar no gabinete. A magistrada ainda não estava lá, mas Matilda Phryne já estava sentada no sofá verde. A advogada mantinha expressão neutra, indecifrável, tal qual uma jogadora de pôquer boa de blefe. Não tardou para que a juíza Patrícia Merrick entrasse pela porta lateral de seu gabinete. Foi uma surpresa vê-la em trajes diversos do figurino sisudo que adotava no dia a dia. Naquela manhã, ela parecia uma jovem avó vestida para passear com o neto no parque. Mas a seriedade bruta estava em seu olhar e, também, no tom de voz:

— Espero que tenham alcançado algum consenso para fazer valer a pena eu estar aqui no meu dia de descanso — foi objetiva. Diante do silêncio das partes, resmungou algo incompreensível e se voltou para a advogada. — Doutora Phryne, onde está a mãe do paciente?

— Meritíssima, diante de situação tão adversa, a senhora Tremblay teve uma indisposição nesta manhã, razão pela qual eu peço um adiamento desta audiência, até que ela esteja plenamente recuperada — pediu Matilda.

— Excelência, isso é um absurdo! — interpelou Van Dyke. — O caso é urgente. Meu cliente está hospitalizado em estado grave e a ilustre colega quer um adiamento por uma indisposição?

— Doutora Phryne — seguiu a juíza, encarando-a —, tenho cinquenta e cinco anos de idade e há vinte anos atuo nesta Corte. Nunca faltei a um único dia de trabalho, com ou sem indisposição. Aliás, espanta-me sua perspectiva acerca do que seja a prioridade aqui — voltou-se então para o advogado. — Doutor Van Dyke, vejo apenas o senhor Kusch ao seu lado. Onde está o pai do paciente? Ele também teve uma *indisposição*?

— Excelência, infelizmen...

Van Dyke não conseguiu terminar. Foi interrompido pela secretária, que abriu a porta e avisou:

— Perdoe-me por interromper a audiência, Meritíssima! Mas o pai do garoto desta causa acabou de chegar. Posso deixá-lo entrar?

— Sim, sim. Mande-o entrar — autorizou a juíza.

O espanto foi generalizado. Na sala, entrou um homem de meia-idade sem grande expressão. Vestia uma calça cáqui, camisa social branca com uma gravata em xadrez azulado e um suéter de lã cinza com quatro botões grandes. Não eram apenas as roupas que cheiravam à naftalina. Tudo naquela imagem era memória de um passado distante.

— Che... — Jared tinha os olhos marejados e não sabia como deveria chamar aquela nova pessoa que entrara na sala.

— Meritíssima, peço desculpas pelo meu atraso — disse o homem, em tom grave, prosseguindo. — Eu sou Chester Tillymann, pai do Albert. Estou aqui para implorar que Vossa Excelência permita que eu dê uma parte de mim para salvar a vida do meu filho.

A juíza olhou aquele homem com compaixão. Sua decisão foi taxativa: anulou os efeitos da liminar e rejeitou a petição de Matilda Phryne em nome de Abigail e da Congregação. Além disso, determinou que os efeitos fossem imediatos, garantindo o início dos procedimentos preparatórios para o transplante.

Quando todos estavam deixando o gabinete, a magistrada pediu para que Jared retornasse e ficasse mais um pouco. Precisava lhe dizer algo:

— Senhor Kusch, não gosto de ser ameaçada em páginas de jornal!

— Cada um luta com as armas de que dispõe, Excelência — respondeu Jared, agora mais sereno após a decisão favorável. Completou: — Não é nada pessoal. Aquilo foi apenas a expressão de um homem lutando para salvar o amor de sua vida.

— Eu sei que sim — finalmente, a juíza Patrícia Merrick ensaiou exibir um sorriso, quase imperceptível.

▶▶

Foram necessárias três semanas de preparação, desde a decisão final da juíza Patrícia Merrick, para que o transplante pudesse ser realizado com segurança. Foram dias muito difíceis para Albert. A alta carga em esquema tríplice, com doses diárias de globulina antitimócitos, muromanab-CD3 e um glicocorticoide, três diferentes imunossupressores, o deixou ainda mais debilitado. Entretanto, era o procedimento necessário para evitar a rejeição ao novo rim que receberia. Além disso, o fato de estar sob tratamento de imunossupressão no período perioperatório obrigou Jared e os demais a manterem uma distância segura, sem contatos físicos e em dias e horas cada vez mais espaçados. Com as defesas naturais sendo anuladas pelos medicamentos, qualquer vírus ou bactéria, por mais simples que fosse, poderia desencadear um efeito devastador capaz de levar Albert à morte.

Jared estava convencido de que aquelas três semanas tinham sido as piores de sua vida. Dia após dia, assistia ao aumento paulatino da debilidade e do abatimento de Albert. Algumas vezes, acompanhou, por trás do vidro da porta, crises de dor e vômitos incessantes do namorado. Chorava em silêncio. Sentiu a envergadura da impotência e o desespero de não saber como seria o dia seguinte.

●

Quando finalmente chegou o dia 19 de fevereiro de 2019 e o helicóptero trazendo de Seattle os doutores Anne e Louis Bourgogne pousou em Vancouver, ele fez um pedido especial. Uma súplica, na verdade. Queria falar com Albert antes do início da cirurgia. Dar-lhe um beijo. Segurar sua mão por alguns segundos. Cinco minutos foi o tempo concedido. Após passar por um processo longo de higienização e desinfecção, entrou no quarto e se aproximou do leito de Albert. Quanto mais perto chegava, mais rápido ficavam os sons do monitor cardíaco. Toda a equipe deixou a sala, garantindo-lhes alguma privacidade. Os olhos do garoto estavam profundos e seus movimentos faciais eram lentos.

— Meu amor — disse Jared, baixinho, quase sussurrando. — Não diga nada, o.k.? Chegou a hora de você receber uma nova vida — ao perceber que Albert tentava falar algo, não permitiu. — Meu anjo, não fale nada. Não é o momento de consumir forças. É o momento de preservá-las. E eu estou aqui para te passar o quanto eu puder da minha. Eu vou estar aqui fora te esperando e quero que você tenha certeza disso.

Jared se ajoelhou ao lado da cama:

— Então, Albert, você aceita se casar comigo e ser o amor da minha vida? E, se aceitar, só vou te entregar a aliança quando você voltar.

Lágrimas saltavam dos olhos profundos do garoto, que teve forças apenas para fazer um sinal positivo com o dedo polegar. Jared se aproximou e lhe deu um selinho na boca, deixando que suas lágrimas se misturassem às dele. Ouviu quando Albert murmurou, quase sem mover os lábios:

— Eu amo você.

— Eu também te amo... muito!

▶

Chester foi à capela do St. Paul's Hospital. Entrou e se sentou na última fileira de cadeiras de madeira com estofado azul. Reparou que aquele mesmo senhor, que encontrara semanas atrás naquele mesmo local, novamente estava concluindo suas orações. Desta vez, era ele quem secava as lágrimas. Chester se levantou e o interrompeu:

— O senhor está bem? Precisa de alguma coisa?

Sem entender quem era aquele homem, mas com a sensação de já tê-lo visto antes, o velho senhor passou a mão pelos ralos fios brancos e lhe disse:

— Não sei quem você é, mas obrigado por perguntar. Acredito que não vá gostar da única resposta que eu tenho.

— Tenha fé! Tudo vai dar certo!

— Meu companheiro acabou de partir para junto do Pai. Foram mais de cinquenta anos juntos... contra todas as adversidades... contra todos os preconceitos. Fomos um casal feliz por mais de meio século! Eu deveria dizer que é injusto o que acaba de acontecer. Mas, depois de tanto tempo, não aguentaria vê-lo sofrer nem mais um dia. Só me resta esperar o dia em que vamos nos encontrar de novo... porque tenho fé que esse dia chegará.

Chester percebeu que as lágrimas daquele senhor corriam feito rios por entre as rugas. Sacou do bolso o lenço que tão gentilmente dele recebera semanas atrás. Assim que o entregou, percebeu o espanto quando aquele triste viúvo reconheceu o próprio lenço. Mirou os olhos de Chester e, mesmo em meio a tanta dor, conseguiu lhe conceder um sorriso tenro, saindo sem se despedir, amparado por uma bengala.

Chester sentou novamente e ficou algum tempo pensando no que acabara de ouvir. *Eles ficaram juntos mais de cinquenta anos*, repetiu algumas vezes para si mesmo. Quando finalmente abriu o envelope que Albert lhe dera, foi a sua vez de deixar que as lágrimas saltassem descontroladamente. Olhou a pequena imagem de Jesus Cristo crucificado, iluminada pelos dois spots de luz amarela, e agradeceu:

— Obrigado... por tudo!

Em sua situação tão frágil, Albert não lhe escrevera uma grande carta ou qualquer coisa parecida. Na verdade, havia lhe devolvido a própria carta. Entretanto, na linha final e com uma caneta vermelha, havia riscado o que estava entre parênteses e completado o nome do pai:

CHE... ~~(complete como julgar que deve)~~. TILLY.

À carta, havia um pequeno bilhete preso por clipe:

Você disse que eu deveria fazer um pedido quando apagasse as velas do bolo de aniversário. Eu fiz. Meu desejo era poder conhecer meu pai. Você estava certa: o desejo foi plenamente realizado.

Seu filho,
Albert.

Dentro do envelope também havia outro documento: o último prontuário médico de Albert, onde ele havia riscado o sobrenome e escrito como gostaria de ser chamado a partir daquele dia:

ALBERT ~~TREMBLAY~~ TILLYMANN

●

O dr. Louis Bourgogne chegou à sala de espera por uma porta lateral. O jaleco azul mostrava vestígios de suor. Ao seu lado, a esposa, dra. Anne. Jared saltou da poltrona, com o coração disparado e os lábios trêmulos. Não foi preciso uma única palavra. O olhar vazio e abatido do médico era a afirmação mais eloquente de que algo terrível e irremediável havia acontecido durante a cirurgia.

Emma deitou a cabeça no peito de Don e começou a chorar. Nadine abraçou Fay, que mantinha os olhos arregalados, estáticos. Eugene se amparou no braço do sofá e sentou, pois as pernas lhe faltaram. Johan também não conseguiu se levantar. Cobriu o rosto com as duas mãos, como se não quisesse ver mais nada. Charlotte, que estava voltando à sala falando ao telefone, deixou o aparelho cair no chão ao ver a cena.

Jared estava estático, tomado por um frio devastador. Não conseguia chorar. Não conseguia sequer respirar. Saiu correndo da sala, ignorando o sinal que a dra. Anne lhe fez, atravessou as portas corta-fogo e desceu correndo os vários lances de escada. Saiu correndo pela porta principal, desceu o primeiro lance com três degraus e, logo depois, o outro. Segurou com força no corrimão de aço. Percebeu que poderia desabar, então se sentou nos degraus. Carros pareciam passar pela Burrard Street sem emitir qualquer som. Apenas as luzes dos faróis desenhavam riscos turvos. Os olhos ainda estavam sem rumo e a mente vagando num vazio sem fim. Sentiu seu coração apertar e desabou em um choro incontrolável de tristeza, de dor, de medo. As lágrimas do fim são diferentes.

river deep, mountain high

A fila de carros descia a Capilano Road desde a entrada da Kusch House até próximo à Canyon Boulevard. Os convidados, em roupa de gala, eram contados às centenas e nunca aquela região havia visto evento de tal magnitude. Havia se passado exato um mês desde os eventos no hospital. Era a noite do emblemático 19 de março de 2019, dia de são José, que, para todos os efeitos, foi o pai de Jesus Cristo.

▶

— Nadine, fico feliz que tenha vindo — cumprimentou Emma, abraçando-a com carinho. — Seja muito bem-vinda à Kusch House!

— A iniciativa de vocês é emocionante! — disse a professora.

— É nosso dever, depois de tudo que vivemos nos últimos seis meses.

— O objetivo da fundação será amparar o maior número possível de crianças e adolescentes que necessitem de um transplante — explicou Don.

— Nós tivemos a oportunidade de sentir na pele o que elas passam — concordou o diretor Eugene.

— E não só elas — emendou Emma. — Também as famílias.

Don convidou Eugene para seguirem até um dos bares disponíveis na grande área que a festa ocupou nos jardins. Emma aproveitou a oportunidade e puxou Nadine para um canto, onde poderiam conversar mais reservadamente:

— Quero lhe pedir um grande favor!

— Claro! — respondeu a professora de imediato. — Se eu puder ajudar.

— Na verdade, não é bem um favor... é e não é! — Emma tentava se explicar. — Quero contratá-la para me ajudar em um projeto.

— Da fundação?

— Não, não, querida! Eu recebi um convite muito especial. Irrecusável, eu diria! Um grande diretor de cinema decidiu investir em uma produção para a televisão. Vai gravar o piloto para uma série e as locações serão aqui em Vancouver.

— Que interessante — Nadine ainda tentava compreender. — Mas onde eu entro nisso?

— Bom, eu fui convidada para ser a protagonista!

— Meu Deus! Parabéns!

— Obrigada — Emma estava orgulhosa do feito, após tanto tempo de inércia da carreira. — Para ser sincera, eles primeiro queriam chamar a Nicole Kidman, mas ela vai começar a filmar a adaptação do musical *The Prom* para o cinema e declinou do convite. Então, vieram a mim.

— E qual será o seu papel? — questionou Nadine.

— É exatamente onde você entra! Minha personagem é uma professora idealista que leciona História na escola de um bairro muito pobre e precisa convencê-los a mudar suas próprias histórias. Em linhas gerais, é isso!

— É um desafio... mas, continuo sem entender onde eu entro.

— Eu gostaria de contratar você para me ajudar a construir essa personagem. Talvez eu possa fazer alguns laboratórios assistindo às suas aulas, conversando com alunos da Killarney Secondary. Se você aceitar, é claro!

— É óbvio que eu aceito! Será uma honra tê-la na escola... o tempo que for necessário. Os alunos ficarão excitadíssimos!

— Ótimo! — Emma fez sinal para que Nadine a acompanhasse de volta ao cenário da festa, enquanto dava seguimento à conversa. — Vamos marcar um café na próxima semana... pode ser aqui mesmo, na minha casa.

▸

Em meio aos convidados, Charlotte avistou Julian e Lukas J. Seed. Não havia visto seus nomes na lista de convidados e foi ao encontro dos dois certa de que estavam ali como penetras, não sabendo como o cuidadoso esquema de segurança havia permitido tal desatino.

— Boa noite, cavalheiros! — cumprimentou-os ironicamente. — Estão gostando da festa?

— Como vai, Charlie? — perguntou Julian, sem responder sobre a festa.

— Eu estou ótima! — ela tinha um olhar de reprovação.

— Olha, eu sei o que você está pensando! — adiantou-se Lukas. — Só que hoje estou aqui à paisana, apenas para curtir a festa! Nada de matérias!

— Jared fez a gentileza de nos convidar — Julian tratou de explicar.

Charlotte sorriu, sem compreender como aquela informação havia passado sem que ela soubesse. *Preciso conversar com o Jared sobre isso!*, pensou, mesmo convicta de que não conseguiria demovê-lo da generosidade que o fazia quase ingênuo em situações correlatas. Antes de deixar Julian e Lukas, alfinetou:

— Aproveitem a festa! Mas, Lukas, não beba em demasia. Jornalistas já são naturalmente um porre... De porre, então, são insuportáveis!

— *Santé!* — ele ergueu a taça de espumante em sua direção.

▶

Sozinha, deslocada como sempre, Fay caminhou pelo deque à margem do Capilano. Ao final, tirou a sandália de salto e se sentou, balançando os pés, quase tocando as águas escuras naquela noite de festa. Lembrou das mensagens excitadas que Albert lhe mandara naquele domingo de setembro. Pegou o celular, abriu o aplicativo de mensagens e correu o dedo para descer a tela até a data. Sorriu quando releu o que ele havia escrito:

Fay, preciso te contar uma coisa!

Conheci uma pessoa hoje!

É melhor do que o Lanterna Verde!

De fato, ele tinha razão. Jared não apenas parecia um super-herói, como era mais bonito do que o Ryan Reynolds.

— Por que uma mulher tão bonita iria querer ficar na beirada do lago quando há uma festa acontecendo ali atrás, nos jardins? — perguntou o jovem garçom, segurando uma bandeja com duas taças de espumante.

A garota se assustou com aquela abordagem inesperada. Ninguém jamais a havia chamado de *mulher*. Por um momento se sentiu poderosa, mas, por ter se levantado tão rapidamente, se desequilibrou e quase caiu no lago. Foi o garçom quem a salvou, ao custo de deixar a bandeja e as taças mergulharem nas águas do Capilano.

— Vou ter que pagar pelo prejuízo! — lamentou ele.

— Espero que... não seja... muito caro! — disse Fay, ainda amparada pelos braços macios daquele rapaz belga de vinte anos, filho de um brasileiro, com a barba falhada, boca carnuda e olhos amendoados estreitos.

— Algumas coisas na vida não têm preço.

▸

Os fogos de artifício começaram a levantar voo das balsas instaladas no Capilano Lake, iluminando-o sobremaneira. Tal qual as estrelas mais luminosas, cada explosão revelava o contorno dos *Leões* em sua longínqua altivez. A música não cessou, mas todos deixaram a pista de dança e foram para as margens do lago admirar o espetáculo de luz e cores que podia ser visto de toda a Vancouver.

Sozinho e lentamente, Jared atravessou o extenso gramado e subiu as escadas de acesso à Kusch House. Do alto do grande deque, próximo à borda infinita da piscina, colocou as mãos no bolso do smoking e ficou observando as figuras que ilustravam aquela multidão contemplando os céus. Avistou Julian e Lukas J. Seed discutindo por uma taça de champanhe. Viu Charlotte, com o celular a um ouvido e o dedo tentando isolar o outro, como sempre furiosa, perdendo a festa em nome do trabalho incansável. Mesmo à distância, percebeu quando Fay estendeu discretamente sua mão ao garçom, ambos felizes e peraltas, ainda que constrangidos, sendo monitorados a certa distância por Eugene e Nadine. Avistou seu pai e sua mãe dividindo um beijo carinhoso.

Sentou no banco de madeira, arrastado, como se a gravidade naquela noite estivesse mais acentuada. Enquanto os fogos de artifício iluminavam seu rosto e cintilavam aquela noite, respirou fundo. Havia um compasso de aspiração que se fazia necessário para tentar preencher plenamente os pulmões. Os músculos do pescoço estavam tensionados, obrigando-o a ajustar com um dedo a gola e a gravata-borboleta. O coração batia forte, pancadas doloridas, sôfregas. Paradoxalmente à multidão em festa, naquele exato momento, Jared só conseguia dimensionar a ausência, o vágado breve que atinge a alma quando se percebe que alguém não está onde, de fato, deveria estar. A visão turvou com o marejar dos olhos, refletindo ainda mais as estrelas artificiais lançadas ao céu, e uma lágrima despencou por seu rosto, acompanhando a cadência das luzes.

●

A imensa claridade dos fogos impediu que Jared percebesse o flash atrás de si, registrando sua solidão sentado ao banco de madeira e tendo ao fundo a festa, alguma área visível do Capilano e os fachos de luz promovidos pela explosão dos fogos de artifício. De repente, foi surpreendido por Tungow, jogando suas patas dianteiras sobre o banco e latindo alto.

— Ei! Você está aqui! — Jared aproximou o rosto do focinho do cachorro, que imediatamente lambeu aquelas lágrimas que insistiam em cair. Revolvendo os vastos pelos do pescoço de Tungow, brincou: — Achei que você não viria para a festa!

Jared ergueu os olhos e sorriu.

— Eu também achei que você não viria! — disse Albert, retribuindo o sorriso, dentro do belo smoking Tom Ford e, numa das mãos a velha Polaroid, noutra o filme instantâneo sendo sacodido. Sentou-se ao lado de Jared.

— Você está muito bonito nesse traje de gala — derreteu-se Jared.

— Uma vez você disse que eu era bonito... sempre... — Albert semicerrou os olhos, questionando: — Mudou de opinião?

— Não — Jared atravessou o braço pelas costas de Albert e o puxou para mais perto, num abraço. — Hoje você está especialmente bonito.

— Hum — Albert saiu do abraço para conseguir mirar dentro dos olhos de Jared. — Você está lindo... um pouco diferente de quando o vi pela primeira vez no Stanley Park — respirou fundo —, mas especialmente lindo... como sempre.

— Eu já disse o quanto eu amo você?

— Não... mas pode começar agora, enquanto estamos em trajes de gala!

— Então, quero que saiba que você deu um sentido à minha vida que, tenho certeza, eu não merecia. — Jared aproximou seu rosto, deixando que as bocas ficassem a milímetros de distância uma da outra. Sussurrou: — Eu te amo... da profundeza do rio, ao topo da montanha — seus lábios tremiam antes do beijo. — Eu te amo muito... muito... para sempre.

Após o beijo mais apaixonado que ambos já tinham experimentado na vida, Albert mostrou a Jared a foto que acabara de tirar, propositalmente guardando enorme similaridade com a fotografia daquela manhã de domingo no Stanley Park.

— Eu te amo, Jared... e agora sei que estou completo — era Albert quem estava com os olhos marejados.

— Agora — Jared respirou fundo, antes de concluir —, a borboleta está inteira.

Os dois olharam para o palco da festa, ao longe, emoldurado por aquela ampliação gigante de um pedaço da foto de CheTilly e Albert na noite do aniversário, recuperada por Jared, que lhe emprestou seus pincéis para ocultar as marcas de que fora rasgada. Nela, lia-se: CheTilly Foundation.

EPÍLOGO

ultravioleta

Os primeiros raios de sol foram tomando os terraços do loft na Twin Creek Place e logo atravessaram as paredes de vidro, alcançando a enorme fotografia suspensa na sala. Em preto e branco, única, CheTilly com os olhos fechados, a cabeça levemente erguida e os braços abertos, como que pronta para alçar voo do estacionamento do Stanley Park. Brotando de suas costas, dezenas de fotos de Albert em todas as fases da vida, tiradas a distância por Chester em sua velha Polaroid, e cuidadosamente coladas em mosaico, formando asas de uma borboleta, imensas e coloridas. Na ponta de uma delas, a última foto, tirada na noite anterior durante a queima de fogos. Uma homenagem póstuma e saudosa, digna do grande ser humano que foi Chester e da estrela que foi CheTilly.

Jared e Albert dormiam, confortavelmente abraçados, em paz. Os trajes de gala espalhados pelo chão da área suspensa do quarto. Sobre o criado-mudo, uma gravata-borboleta repousava em cima de uma pequena caixa preta aveludada, aberta e vazia. Entrelaçados os braços, a mão direita de Jared encontrava seu par na de Albert, uma sobre a outra. Em cada dedo anelar, o reluzir de douradas alianças exibia o poder do instinto, o destino em sua plenitude.

Quando os raios de sol alcançaram as polaroides da grande tela com CheTilly, refletiu-se por todos os cantos do apartamento a cor dos olhos do garoto. Violeta é a cor constituída pelo menor comprimento de onda da luz visível. É o limite. Acima dessa frequência, a luz se torna invisível à maioria dos seres. Visível apenas às borboletas. Ultravioleta, assim é chamada.

Delicadamente, Jared abriu os olhos e ergueu a cabeça, tentando compreender toda aquela luminosidade em tom incomum. Sorriu, mescla de profundidade e leveza, como quem é tocado intimamente por uma obra de arte. Uma obra-prima.

Violeta... essa era a cor... como os olhos de Albert.

agradecimentos

Algumas histórias precisam ser contadas. Como escritor, essa é a minha missão e ela é solitária, ainda que os esforços de muitas pessoas estejam envolvidos, por vezes até sem que elas saibam disso. Não poderia deixar de citar algumas delas.

Meu coração ao meu marido Tiago e à minha mãe Miria, pelo respeito e compreensão aos meus tempos quando preciso contar uma história, sem nunca me deixarem sem carinhos e mimos. Jamais conseguiria sem vocês.

Minha gratidão eterna à médica psiquiatra dra. Luciana Pelissari Arcos, por ensinar que sombras só existem onde há luz. Resgatar em alguém a capacidade de abrir os olhos e enxergar a luz da inspiração não é uma tarefa corriqueira que possa ser desempenhada por qualquer pessoa. É preciso entender de almas para resgatar uma.

Da mesma forma, meu carinho a duas amigas muito especiais: a Silvana Destro, por sempre me ouvir a qualquer hora do dia — e da madrugada! — e por enviar tantas energias positivas; e a Adriane Gomes Pereira Canhete, por ter entrado na minha vida com sua ansiedade e companheirismo inestimáveis.

Jamais deixaria de citar as procuradoras federais Adriana Ligabo Duarte — quem presentearia um escritor com um bloco de anotações? Graças a Deus, ela fez isso! — e Núbia Nunes Nogueira, por me receberem de braços e mentes abertas para a temporada de muito aprendizado na Procuradoria Federal no Estado de Mato Grosso, da Advocacia-Geral da União, enquanto esta obra estava em curso.

Quero agradecer à gentileza do fotógrafo italiano Giuseppe Pinto, que nos presenteou com a magnífica foto do busto de Antínoo que ilustra a capa deste romance e encontra-se em exposição permanente no Museu Arqueológico Nacional, em Atenas, Grécia.

Meu muito obrigado aos editores Rosana Martinelli e Renato Potenza Rodrigues e a toda a equipe da Editora Quatro Cantos pela dedicação, pelo profissionalismo e, sobretudo, pela paciência. É graças a pessoas como vocês que as histórias contadas ganham o mundo. Quero eu que todos os escritores possam ter, um dia, editores como vocês, borboletas da minha carreira.

Por fim, meu especial agradecimento aos leitores que me acompanham há tantos anos. Seja em mensagens afetuosas, em fotos ou vídeos tão generosos, e até tatuando na própria pele trechos das minhas histórias, tão nossas. Vocês são a razão da existência destas páginas e sou um homem melhor e mais feliz cada vez que vocês me lembram disso.

Sou-lhes gratíssimo!

Cuiabá/MT, 30 de julho de 2020, 2h08
Aniversário de nascimento de Mário Quintana...
e eu amo o poder do universo!

OUTROS TÍTULOS DA COLEÇÃO

Águas turvas — Helder Caldeira
A cidade das sombras dançantes — Pedro Veludo
Viva Ludovico — Flávio Sanso

composição: Verba Editorial

impressão e acabamento: Color System

papel da capa: cartão 250 g/m²

papel do miolo: pólen soft 80 g/m²

tipologia: Sabon

outubro de 2020

A marca FSC® é a garantia de que a madeira utilizada na fabricação do papel deste livro provém de florestas que foram gerenciadas de maneira ambientalmente correta, socialmente justa e economicamente viável, além de outras fontes de origem controlada.